Volkmar Nebe/Ralf Pingel

Träum weiter, Mann

atb aufbau taschenbuch

Volkmar Nebe lebt in Hamburg. Er arbeitete als Krankenpfleger, Treckerfahrer und Traumschiffpianist. Seit 1990 ist er freier Autor und schreibt auch fürs Fernsehen.
Ralf Pingel lebt in Köln und arbeitet seit 1998 als Drehbuchautor.

Von ihnen erschien bisher als Aufbau Taschenbuch: »Männer können auch anders«.

Gerald, seines Zeichens Immobilienmakler, hält sich für einen Macher: Wenn er etwas haben will, dann kriegt er es auch – meint er. Als er die Kellnerin Steff sieht, ist es um ihn geschehen. Er will sie – am besten sofort. Doch da taucht ein seltsamer Rivale auf: Heiner, ein angeblich erfolgreicher Schriftsteller. Beide Männer beginnen ihren Kampf um Steff – und ihnen ist jedes Mittel recht, damit der andere auf der Strecke bleibt. Ein besonderes Lesevergnügen – eine Lovestory der besonderen Art – zwei Männer am Rande des Wahnsinns.

Volkmar Nebe/Ralf Pingel

Träum weiter, Mann

Roman

atb aufbau taschenbuch

FSC
www.fsc.org
MIX
Papier aus verantwortungsvollen Quellen
FSC® C083411

ISBN 978-3-7466-2905-6

Aufbau Taschenbuch ist eine Marke
der Aufbau Verlag GmbH & Co. KG

1. Auflage 2013

Umschlaggestaltung Mediabureau Di Stefano, Berlin
unter Verwendung eines Motivs von © Roberto A Sanchez/iStockphoto
Satz LVD GmbH, Berlin
Druck und Binden CPI – Clausen & Bosse, Leck
Printed in Germany

www.aufbau-verlag.de

Inhalt

1
Wintergarten mit Meerblick

Die dunklen Abendwolken ziehen sich bereits zusammen, und feiner Nieselregen weht über die Straße. Durch die leise quietschenden Scheibenwischer schaut Heiner auf abgeerntete Maisfelder, die von langen, fast laublosen Knicks begrenzt werden. Nachdem er einen kleinen Mischwald durchquert hat, kann er kurz den endlos-grauen Teppich der Ostsee sehen. Dann passiert er endlich das Ortsschild von O. In dem kleinen Badeort hängen überall Schilder mit der Aufschrift »Gästezimmer zu vermieten« in den Fenstern, die meisten der rot verklinkerten Pensionen haben den Betrieb schon ganz eingestellt und die Rollläden heruntergelassen.

Im Vorbeifahren sieht er neben einem kleinen Fußweg Hinweise zu den Hauptattraktionen von O.: »Zur Steilküste«. Und natürlich: »Zum Strand«. Ansonsten kann Heiner in dem kleinen Dorf nur einen EDEKA-Markt, einen Briefkasten, zwei Bushaltestellen und eine kleine Boutique für Strandmode entdecken. Dazu ein paar einsame Senioren, die mit einem Regenschirm spazieren gehen. Ein Restaurant, das mehr nach einem Imbiss aussieht, und ein rot-weiß gestreifter Funkmast der Bundesmarine, der sich im Norden befindet und 30 Meter hoch in den bewölkten Himmel ragt.

Heiner hat die Ortsmitte fast erreicht, als auf seinem Navi eine kleine schwarz-weiße Flagge aufblinkt. Am Ende einer versandeten Sackgasse, die hinunter zum Meer führt, ist er endlich am Ziel seiner Reise: der Pension *Möwenwind.*

Er hat das Haus vorher nur im Internet gesehen. Wie immer kann die Realität mit dem schönen Schein des Werbefotos nicht mithalten. Das kleine Hotel ist ein einstöckiger Quader, gebaut in den Dreißigerjahren. Der weiße Putz ist seit mindestens zehn Jahren nicht mehr gestrichen worden und hat bereits etwas Patina angesetzt.

Doch als Heiner auf den Parkplatz fährt, hat er das Gefühl, dass er im Paradies angekommen ist. Und tatsächlich bricht in diesem Moment die Sonne durch die Wolken, und ein paar Strahlen tauchen die kleine Pension in ein warmes, hoffnungsvolles Licht.

Heiner steigt leise ächzend aus seinem Golf. Der Rücken macht ihm seit ein paar Monaten Probleme, vor allem nach längeren Autofahrten. Aber auch das kann seine gute Laune jetzt nicht trüben. Er streckt sich und atmet tief durch. Der frische, salzige Geruch der nahen Ostsee ist überwältigend. Lächelnd schließt er die Augen. Und sofort sind sie da, die Erinnerungen an Urlaube mit den Eltern, überfüllte Strände in Travemünde, an Sonnencreme, warmen Sand und Capri-Eis mit Orangengeschmack.

Er seufzt glücklich. Dann holt er seine Taschen aus dem Auto, seinen Koffer und seine nagelneue Crumpler-Bag mit seinem Laptop und wirft einen kurzen Blick auf die anderen Wagen, die auf dem kleinen Hotelparkplatz stehen. Ein Fiat Uno mit Lübecker Kennzeichen, ein rostiger Passat-Kombi aus Dortmund und ein grüner Landrover mit Ostholsteiner Nummer.

Wirklich ausgebucht ist das Hotel im Moment wohl nicht. Umso besser, denkt Heiner, so hat er seine Ruhe und kann ungestört arbeiten. Nur deshalb ist er schließlich hergekommen. Er kann es kaum erwarten, sich hinter seinen Laptop zu setzen und anzufangen. Gut gelaunt schnappt er sich sein Gepäck und geht über den sorgfältig geharkten Kiesweg in das Gebäude.

Die Rezeption ist nicht besetzt. Heiner stellt seine Sachen ab und schaut sich um. Auf einem Tisch liegen neben einer Schale mit Sahnebonbons Prospekte über Attraktionen in der näheren und etwas weiteren Umgebung. Wieder die Steilküste. Das U-Boot in Laboe. Das Hansa-Land in Sierksdorf. Auf der Theke eine gläserne Sammelbüchse des Seenotrettungsdienstes, dahinter an der braun getäfelten Wand das gemalte Bild eines Windjammers im Sturm.

»Ah, Sie müssen der Herr aus Hamburg sein«, meldet sich plötzlich eine freundliche Stimme und eine Frau kommt aus dem seitlichen Flur in die kleine Lobby hinein. Blonde, streng nach hinten gebundene Haare, freche Falten um die blau blitzenden Augen und auf der Stupsnase eine abgerundete Lesebrille.

Sie gibt Heiner die Hand. »Guten Abend, mein Name ist Ingrid Schmidt.«

Die Besitzerin des Hotels, bei ihr hat er das Zimmer per E-Mail reserviert.

»Deuters«, erwidert er die Begrüßung. Frau Schmidt geht freundlich lächelnd hinter den Tresen. Heiner schätzt sie auf weit über fünfzig, vielleicht sogar schon sechzig. Trotzdem ist Frau Schmidt immer noch eine sehr attraktive Frau.

»Haben Sie eine gute Fahrt gehabt?«

»Ja, kein Problem.«

»Tut mir leid mit dem Regen. Aber bis gestern hatten wir noch strahlenden Sonnenschein.«

Er nickt nur freundlich. Für das, was er vorhat, ist ihm egal, wie das Wetter ist.

Frau Schmidt sieht in ihren Computer. »Mal schauen, das war ein Einzelzimmer für zwei Wochen.«

Heiner hebt den Zeigefinger. »Nichtraucher.«

»Natürlich. Und mit Blick aufs Meer.«

»Und ruhig muss es sein.«

»Keine Sorge. Unsere Zimmer sind alle ruhig.«

»Das ist wirklich wichtig für mich. Ich kann nicht arbeiten, wenn ich nicht absolute Ruhe habe.«

»Herr Deuters, Sie können sicher sein, die Möwen und das Rauschen der Ostsee werden das Einzige sein, was sie in der Nacht hören.«

»Und das WLAN funktioniert?«, fragt er.

Frau Schmidt nickt stolz. »Überall im Hotel. Hat mein Neffe ganz neu eingerichtet. Wir mögen ein bisschen abgelegen sein, aber technisch sind wir auf dem letzten Stand.« Sie legt ihm ein Blatt auf den Tresen. »Wenn Sie hier bitte noch unterschreiben?«

Er sieht auf das Anmeldeformular, auf dem Frau Schmidt schon seine Daten eingetragen hat, und setzt seinen Namen darunter.

Frau Schmidt reicht ihm seinen Zimmerschlüssel. »Zu ihrem Zimmer geht es da den Flur entlang. Frühstück gibt es ab halb acht im Wintergarten, Abendessen ab 18 Uhr. Wenn Sie irgendwelche Fragen haben, Tipps für Ausflüge zum Beispiel, können Sie sich jederzeit an mich wenden.«

Heiner schüttelt den Kopf: »Ich glaube nicht, dass ich

viele Ausflüge machen werde. Wie gesagt, ich bin nur zum Arbeiten hier.«

Frau Schmidt mustert Heiner mit einem ungläubigen Lächeln. »Arbeiten? Hier?«

Heiner streckt sich. »Ich schreibe an einem Roman.«

Frau Schmidt hebt die Augenbrauen. »Ach, wie nett, Sie sind Schriftsteller?«

Heiner winkt bescheiden ab, nickt aber.

»Sie schreiben Geschichten? So richtig kreativ?«

»Nun ja …« Heiner nickt wieder.

Frau Schmidt lächelt. »Na dann, Herr Deuters. Ich wünsche Ihnen eine schöne Zeit bei uns im *Möwenwind*. Und viele gute Ideen für Ihr Buch.«

Heiner nickt, schnappt sich seine Sachen und macht sich auf die Suche nach seinem Zimmer.

Er findet es am Ende des Flures. Besonders groß ist es nicht, aber es ist mit viel Liebe eingerichtet. Helles Holz, ein Strauß mit frischen Blumen auf dem Tisch, ein kleines Sofa, sorgfältig drapierte Daunenbettwäsche und an der Wand wieder ein Ölbild, dieses Mal eine Hafenimpression. Dazu steht auf dem Tisch eine Flasche Wasser mit einem frischen Glas. Auf dem Bettkissen liegt ein großes, herzförmiges Stück Schokolade. Er schiebt die Spitzengardine zur Seite und schaut hinaus. Tatsächlich, er kann das Meer sehen und sogar hören, wie die Wellen leise auf den Strand rauschen. Dazu wieder der frische, salzige Geruch. Er lächelt. Hier lässt es sich aushalten.

Heiner stellt seine Sachen ab und probiert das Bett aus. Sehr weich. Das ist nun leider nicht so schön. Gift für seinen Rücken. Er nimmt sich vor, Frau Schmidt nach einer härteren Matratze zu fragen.

Er greift nach seiner Crumpler-Tasche, holt seinen Laptop heraus, stellt ihn mit aufgeklapptem Bildschirm auf den Tisch und setzt sich davor. Er nickt zufrieden. Genug Platz für seine Maus, die Sitzhöhe ist genau richtig, und am Computer vorbei hat er einen perfekten Blick auf das Meer. Jetzt noch ein gutes Glas Wein, und er kann mit der Arbeit beginnen. Endlich. Er lächelt glücklich. Genauso hat er sich das vorgestellt.

Sein Magen grummelt leise. Nicht weil Heiner Hunger hat, auf der Autobahn hat er eine kurze Rast bei McDonalds gemacht und einen Big Mac hinuntergeschlungen. Mit einer großen Portion Pommes und anschließend noch einem Eisbecher. Offensichtlich zu viel für seinen schwachen Magen.

Er schaut auf die Uhr. Das Abendessen müsste bereits vorbei sein. Die Gelegenheit, um sich mal den Raum anzuschauen, der letztlich der Grund war, warum er sich gerade für diese Pension entschieden hat.

Leise ächzend stemmt Heiner sich vom Bett hoch, greift nach seiner Strickjacke, klemmt sich sein Laptop unter den Arm und verlässt sein Zimmer.

Zu seiner angenehmen Überraschung ist der Wintergarten sogar noch größer, als er ihn sich aufgrund des Fotos im Internet vorgestellt hat. Die große Fensterwand mit Blick auf den Strand und das Meer, die bequemen Polsterstühle, die plüschige Sitzecke mit Sofa und Fernseher – insgesamt sieht der Wintergarten aus wie eine Mischung aus Wohn- und Esszimmer. Tatsächlich steht er den Gästen auch außerhalb der Essenszeiten als Aufenthaltsraum und Treffpunkt zur Verfügung.

Außer Heiner sind nur wenige Gäste da. Ein müde aussehendes Ehepaar mit zwei halbstarken Jungs, die unruhig auf ihren Stühlen herumrutschen und lustlos an den letzten Resten des Abendbrots herumnagen. Ein junges, etwas dickliches Pärchen, das schweigsam vor zwei Weingläsern sitzt. Dazu zwei einzelne Herren mit Schlips und Anzug, die alleine an ihren Tischen sitzen. Der eine liest eine Ausgabe der Kieler Nachrichten, der andere, ein hünenhafter, etwas grobschlächtig aussehender Mann mit Dreitagebart und buschigen Koteletten, hat sein Jackett über den Stuhl gehängt und sitzt mit starrer Miene vor seinem Computer.

Heiner ist etwas enttäuscht. Halbwegs attraktive Frauen scheint es hier nicht zu geben. Nicht, dass er irgendwelche Absichten gehabt hätte. Aber ein bisschen was fürs Auge wäre schon schön gewesen.

Er grüßt diskret in die Runde. Die anderen nicken ihm nur kurz zurück. Das dicke Mädchen lächelt ihn an. Der Computer-Mann mustert ihn nur mit abschätziger Miene und blickt dann mit einem leisen Lächeln wieder auf seinen beleuchteten Bildschirm.

Heiner sucht sich einen Tisch direkt am Fenster, von dem er nicht nur gut hinaus aufs Meer schauen kann, sondern auch einen Überblick über das Restaurant hat. Er hasst es, keine Deckung zu haben und nicht zu wissen, was hinter seinem Rücken passiert. Erst jetzt merkt er, dass jeder Tisch mit einem anderen maritimen Gegenstand versehen ist, zum Beispiel ein drapiertes Seil, ein kleiner Anker oder zwei Signalflaggen.

Auf seinem Tisch befindet sich ein Messingkompass, der tatsächlich funktioniert. Er klopft gegen das Glas und beobachtet, wie der kleine Pfeil sich bewegt. Der Strand ist im

Süden, die Küche hinter dem Tresen liegt genau im Norden.

Frau Schmidt kommt aus der Schwingtür und balanciert ein Tablett mit einem Pils zu einem der beiden Männer, die alleine an einem Tisch sitzen. Anschließend kommt sie zu Heiner.

»Na, alles in Ordnung mit dem Zimmer?«, erkundigt sie sich freundlich.

»Ja, alles gut.«

»Das freut mich. Wollen Sie was zu Essen? Noch ist die Küche offen.«

Heiner schüttelt den Kopf. »Nein, danke, nur einen Rotwein bitte.«

Frau Schmidt zeigt auf den Rechner, den Heiner feierlich vor sich auf den Tisch gelegt hat. »Sagen Sie bloß, Sie wollen jetzt noch was schreiben?«

Heiner zuckt lächelnd mit den Schultern. »Hilft ja nichts. Von alleine wird der Roman nicht fertig.«

»Na dann, viel Erfolg!«

Frau Schmidt zwinkert ihm noch mal kurz zu und geht wieder. Heiner sieht ihr nach, wie sie wieder in der Küche verschwindet – und stutzt.

Am Tresen ist mittlerweile eine junge Frau erschienen. Mit gelangweilter Miene zapft sie mehrere Biere und gießt für die Jungs Fanta in zwei Gläser. Dabei reibt sie sich gedankenverloren mit dem nackten Unterschenkel des einen Beines über das andere.

Offensichtlich handelt es sich um Frau Schmidts Tochter. Die gleichen blonden Haare und die gleichen hohen Wangenknochen, eine nordische Schönheit wie ihre Mutter, nur jünger. Heiner fragt sich, wie alt sie ist. Bestimmt kaum älter als fünfundzwanzig. Selbst die biedere Kellnerinnen-Uniform kann ihre weiblichen Formen nicht verbergen, und trotz der klobigen Arbeitsschuhe gelingt es ihr, verführerisch durch den Raum zu gleiten. Heiner fragt sich, wie sie wohl in normaler Kleidung aussehen würde. In Jeans vielleicht. Oder in einem leichten Sommerkleid. Für einen Moment sieht er sie wie in Zeitlupe am Strand entlanglaufen.

Er lächelt versonnen. Vielleicht wird es in diesen zwei Wochen ja doch noch etwas Abwechslung neben seiner Arbeit geben.

Die Frau versorgt die Familie mit ihren Getränken und kommt dann zu seiner großen Freude auch zu ihm an den Tisch.

»Ein Rotwein, bitteschön«, sagt sie und schaut ihm dabei für einen kurzen, einen ganz kurzen Augenblick lächelnd in die Augen.

»Danke«, stottert Heiner und klingt dabei wie ein gemütskranker Frosch.

Die Frau nickt ihm nachsichtig zu und geht wieder zurück zur Bar.

Heiner starrt ihr mit großen Augen hinterher, fasziniert von ihrem sanften Hüftschwung. Für einen Moment glaubt er sogar, ihr Parfüm riechen zu können. Ein frischer, süßer Duft wie Frühling, wie ein Versprechen. Er atmet tief durch.

Da bemerkt er, dass er beobachtet wird. Der unrasierte Tarzan mit dem Powerbook hat seinen begehrlichen Blick bemerkt. Jetzt sieht er Heiner mit einem spöttisch abschätzigen Grinsen an und schüttelt dabei vorwurfsvoll den Kopf.

Heiner dreht sich schnell weg und tut so, als ob er nichts bemerkt hat. Was bildet sich der Kerl ein? Er hat nichts Anrüchiges getan. Ja, das Mädchen gefällt ihm, na und? Was ist denn schon dabei, wenn man sich gerne eine schöne Frau anschaut?

Und dieses kurze Lächeln – eigentlich hat sie doch mit *ihm* geflirtet? Warum auch nicht? Im Vergleich zu den anderen Gästen ist er für sie bestimmt einer der wenigen Lichtblicke.

Aus den Augenwinkeln sieht er wieder zu dem Unrasierten, der drei Tische weiter sitzt. Gelangweilt schaut er auf den Bildschirm seines Powerbooks. Bestimmt nur irgendein Vertreter. Der hat es gerade nötig, sich über andere zu erheben, denkt Heiner.

Mit einem zufriedenen Lächeln schaltet er sein Laptop ein, öffnet ein Textdokument und liest die erste Seite:

Der seltsame Franzose
von Heiner Deuters

Stolz schaut er sich im Wintergarten um. Zu seiner leichten Enttäuschung scheint keiner ihn zu beachten, jeder ist nur mit sich selbst beschäftigt.

Aber dann schüttelt er gedankenverloren den Kopf. Umso besser, denkt Heiner, dann kann er endlich in Ruhe arbeiten. Er lächelt selig, wie unendlich lange hat er auf diesen Moment gewartet! Mit leisem Knacken lockert er seine Finger, reibt euphorisch die Hände aneinander, trinkt noch einen Schluck Rotwein und fängt dann an.

2 Chai Latte mit Schuss

»Ich will nicht hier sein.«

Gerald Schöning schaut sich erschrocken um: Er war so tief in Gedanken, dass er nicht sicher ist, ob er es gerade laut gesagt hat. Das wäre ihm peinlich. Aber die Gäste im Wintergarten sitzen zum Glück genauso öde da wie zuvor, keiner guckt zu ihm herüber; auch nicht die mittelalten Eltern mit ihren pubertierenden Jungs, die sich hier ohne andere Jugendliche so wohl fühlen wie in einem Straflager. Draußen ist es bereits dunkel geworden, vom nahen Meer sieht man nichts. Neben ihm langweilt sich das schweigsame, dickliche Pärchen, er mit silbernem Ohrring, sie behängt mit billigem Goldschmuck, den sie vermutlich spontan im Verkaufsfernsehen geordert hat, hinten lungern noch zwei Geschäftsleute mit teuren Schlipsen und preiswerten grauen Anzügen herum. Am schlimmsten ist der Typ um die 40, der sich erst prüfend umschaut, als er hereinkommt, und dann ans Fenster des Wintergartens hastet. Er wirft nicht einen Blick auf die Ostsee, die sich wie ein grandioser riesiger Teich vor dem Fenster ausbreitet, sondern setzt sich mit dem Rücken zum Meer. Vermutlich ein Kontrollfreak, der zwanghaft das gesamte Restaurant im Blick haben muss.

Gerald streicht sich nachdenklich über seinen stoppeligen Dreitagebart, das sind natürlich alles nur Vermutungen, wahrscheinlich sind die Leute alle total sympathisch, und seine Vorurteile hängen mit seiner Laune zusammen, die ziemlich am Boden ist.

Er klappt seinen Laptop auf und schaut auf seine Website. Hat sich schon jemand auf seine neuen Angebote gemeldet? Er ist Makler und hat gerade zwei neue Objekte hereinbekommen: ein hervorragend ausgestattetes Haus, das aber 20 Kilometer von der Ostsee entfernt liegt, und eine Schrottbude mit Meeresblick. Beides sind Notverkäufe und kommen viel zu spät, jetzt im Oktober geht es schon langsam auf Weihnachten zu. Im Herbst sind die Leute nicht in der Stimmung, sich ein Ferienhaus zuzulegen. Er muss unbedingt mit seiner Hausbank reden, denn er überlegt ernsthaft, die Schrottbude billig zu kaufen (die Maklerprovision fiele ja weg) und renovieren zu lassen. Es ist eine günstige Gelegenheit, seine Kunden brauchen das Geld dringend und sind bereit, mit dem Preis nach unten zu gehen. Aber Geralds Bank zickt bereits wegen der Zwischenfinanzierung für die Handwerksarbeiten in seinem Privathaus herum. Wenn er die Handwerker schon mal im Haus hat, will er sich natürlich verbessern, ein Wintergarten mit Jacuzzi-Pool und Fußbodenheizung im ganzen Haus sollte schon drin sein.

Er ist nicht freiwillig hier, die Ostsee vor dem Wintergarten und der endlose Strand sind für ihn höchstens das kleinere Übel. Er wäre jetzt gerne zu Hause, was nur 30 Kilometer entfernt liegt.

Aber sein Zuhause gibt es nicht mehr.

Städter halten die freiwillige Feuerwehr gerne für einen skurrilen Trachtenverein, in dem sich debile Dörfler zum Saufen treffen. Dass Feuer eine ernste Gefahr darstellt und Berufswehren auf dem Land weit weg sind, vergessen sie dabei. Als vor drei Tagen der Dachstuhl seines Hauses brannte, waren die freiwilligen Helfer aus seinem Dorf in nur zwölf Minuten vor Ort, eine Spitzenleistung. Weil sie so hervorragend ausgebildet worden waren und jede und jeder genau wusste, was zu tun war, bekamen sie den Brand schnell in den Griff. Es war leider nicht zu verhindern gewesen, dass Löschwasser ins Erdgeschoss lief und alles vernichtete, was dort stand, die Möbel und den Holzfußboden, Teppiche, die Stereo-Anlage, einfach alles, es ist schlimmer als der gesamte Brandschaden am Dach.

Das kann Gerald den Helfern natürlich nicht vorwerfen. Wenn sie später gekommen wären, hätte er gar kein Haus mehr gehabt. Selbstverständlich hat er am nächsten Tag zwei Fässer Bier und einen größeren Betrag gespendet, das war das Mindeste. Nun hockt er schon drei Tage in dieser Pension und hofft, dass die Handwerker mit den Renovierungsarbeiten schnell vorankommen.

»Was kann ich für Sie tun?«, fragt eine warme Altstimme neben ihm, sie scheint aus einer vollkommen anderen Welt zu kommen.

Er dreht sich um.

Die Kellnerin. Sie muss neu sein, in den letzten Tagen hat er sie noch nicht gesehen. Ihre Wangenknochen liegen hoch, und die hellen grünen Augen sind betont kühl – ganz im Gegensatz zu ihrer rauen Soulstimme. Sie hat sich die kräftigen blonden Haare hochgesteckt, aber einige Strähnen lassen sich mit den Klammern nicht bändigen und lugen keck hervor.

»Einen koffeinfreien Chai Latte bitte!«

Ein kleiner Scherz. Auch ohne in die Karte geschaut zu haben, weiß er natürlich, dass es in der Pension *Möwenwind* weder einen Chai Latte mit noch einen ohne Koffein gibt (wobei ein Milchkaffee oder eine Latte macchiato durchaus im Angebot ist). In dem Moment, in dem er es ausspricht, tut es ihm schon wieder leid. Wenn sie es falsch versteht, klingt es total schnöselig.

»Nehmen Sie den italienischen oder den aus fairem Welthandel?«, fragt sie mit gelangweiltem Gesichtsausdruck zurück. Grandios!

»Mit Schuss«, entscheidet Gerald, und bezieht sich damit wieder auf die landestypischen Gepflogenheiten der Region.

»Sehr gerne.«

Sie entschwindet mit betont Po wackelndem Gang, dass Gerald kurz auflachen muss: Sie ist sich so dermaßen sicher, dass er ihr nachschaut …

Der Kontrollfreak vom Fenster stiert neugierig herüber und versucht, der Kellnerin flirtende Blicke zuzuwerfen. Er sieht dabei aus wie ein Bettler. Der Mann kommt Gerald vor wie das Klischee eines armseligen Vertreters für etwas, das geringe Margen bringt, Putzeimer vielleicht oder Schrauben. So zögerlich, wie er in seinen Laptop tippt, laufen die Geschäfte nicht besonders, da gibt es nichts Wichtiges, was er bearbeiten müsste. Die Produkte, die er vertritt, können in der Regel kaum verbessert werden, höchstens in Farbe und Struktur. Was manche Firmen nicht davon abhält, es trotzdem »ganz anders als gewohnt« zu machen, um aufzufallen. In der Regel werden das Flops. Gerald grinst in sich hinein. Wahrscheinlich ist er ein Vertreter für sechseckige Putzeimer mit Schlangenhautmuster oder etwas in dieser Richtung. Arme Sau!

»Einmal Chai Latte, koffeinfrei aus fairem Handel mit Schuss.«

Da ist die Kellnerin wieder. Sie hat die Spangen herausgenommen und trägt ihr blondes Haar jetzt offen, es sieht ziemlich verwuselt aus – was ihr noch viel besser steht. Gerald schätzt sie auf Ende 20. Mit runden, eleganten Bewegungen stellt sie ein Kännchen Filterkaffee und einen Cognac im großen, angewärmten Glasschwenker auf seinen Tisch.

Gerald versucht nicht zu lächeln: »Ich hätte nicht gedacht, dass Sie das hier haben.«

»Ich bitte Sie!«

Immerhin ist die Humorfrage damit schon mal geklärt, was ihn hoffen lässt: Wenn er noch länger hier wohnt, werden sie täglich miteinander zu tun bekommen. Was hat so eine Klassefrau hier am Ende der Welt verloren? Plötzlich fühlt sich seine Zwangslage schon viel leichter an, er fühlt sich deutlich wacher als zuvor.

Die Kellnerin verteilt Kerzen auf den Tischen und zündet sie an. Sie bewegt sich geschmeidig wie eine Tänzerin, obwohl sie gar nicht so gebaut ist, zum Glück! Sie besitzt relativ breite Hüften, ein gebärfähiges Becken, wie man so sagt, auf eine ganz archaische Art wirkt sie sehr weiblich.

Dann ist sie wieder verschwunden. Gerald starrt in die Kerze vor ihm. Wenn er ehrlich ist, muss er zugeben, dass sich die Renovierungsarbeiten für ihn alleine kaum lohnen. Seit seiner Scheidung wohnt er alleine in dem Haus. Vielleicht sollte er den Kasten einfach verkaufen und sich ein Zweizimmer-Apartment oder ein Loft in der Stadt zulegen. Andererseits stammt er aus dem Dorf und kennt alle und jeden, es ist ein guter Ort, auch geschäftlich: Er kauft seinen Spielkameraden von damals die überschuldeten Höfe ab und verscherbelt sie weiter an reiche Hamburger, die eine Dreiviertelstunde über die Autobahn entfernt wohnen.

Sollte er den Brand als Zeichen nehmen, dass seine Zeit im Dorf vorbei ist? Nein, wie Gerald es auch dreht und wendet, das Haus bleibt sein Traum: die alten Apfelbäume in seinem Garten, der kleine Teich und der wacklige grüne Holztisch, an dem sich im Sommer das ganze Leben abspielt – falls er mal da ist.

Und wenn, ist er meistens alleine.

Die Möglichkeiten als Single auf dem Land, eine Frau kennenzulernen, gehen gegen null – wenn man sich nicht gerade nach Affären mit verheirateten Frauen sehnt, was auf Dauer deprimierend ist.

Womit er sich wieder im Kreis dreht.

»Entschuldigung, kann ich mal kurz den Zucker entführen?«

Gerald schaut auf. Vor ihm steht der Vertreter für sechseckige Putzeimer. Seine Eckzähne stehen etwas vor, wie die von Vampiren.

»Wollen Sie ein Haus kaufen?«, fragt Gerald und lächelt ihn auffordernd an. Seine Provision ist bestimmt mickrig, aber vielleicht hat er ja geerbt, wer weiß. Er dreht ihm den Laptop hin. Der Mann kommt keinen Schritt näher, sondern beugt sich nur mit dem Oberkörper etwas nach vorne, um auf den Bildschirm zu schauen.

»Sechs Zimmer, 3000 Quadratmeter Grundstück, Sauna, Whirlpool, voll unterkellert, alles neu.«

»Kostet …?«

Gerald dreht den Laptop zurück.

»Zu viel für Sie.«

»Wie kommen Sie darauf, dass ich mir das nicht leisten kann?«

»Die Frage nach dem Preis kam zu früh. Leute mit Geld wollen erst einmal mehr über die Ausstattung wissen.«

Der andere nickt beleidigt und schluckt.

»Entschuldigen Sie mich bitte, ich habe zu tun«, murmelt er und wieselt wieder an seinen Platz am Fenster. Gerald ist sicher, dass er den Typen für immer los ist, und wertet das als Erfolg dieses Tages. In seiner Lage feiert man eben auch Punktsiege. Morgen wird er die Handwerker anweisen, ihm wenigstens einen Raum in seinem Haus bewohnbar herzurichten.

Er muss dringend hier weg.

Aber vorher muss er mehr über die Kellnerin erfahren, die ihn vom Tresen aus immer wieder verstohlen mustert.

3
Das Mädchen von Seite 1

Heiner zieht seine Schuhe aus und legt sich, immer noch komplett angezogen, auf sein Bett. Nachdenklich starrt er an die Decke.

Was für ein Idiot! Was erlaubt sich dieser schief gewachsene Riese, so mit ihm zu reden? In Heiners Wut mischt sich Scham. Wieso hat er sich dessen Frechheiten einfach so gefallen gelassen? Warum hat er den Kerl nicht in seine Schranken gewiesen?

Weil die Attacke so plötzlich gekommen ist. Heiner ist sicher, wenn er nicht so überrascht gewesen wäre, hätte er diesen hohlen Klotz mit Worten scharf wie Rasiermesser innerhalb von Sekunden auf den Boden gedrückt. Aber leider hat er nicht so schlagfertig reagiert. Mit einem unwohlen Gefühl im Bauch wird ihm klar, dass dieser Riesenaffe ihn jetzt aus gutem Grund für einen antriebslosen Schwachkopf halten wird.

Er stöhnt leise. Warum regt er sich so auf? Soll der Kerl doch denken, was er will. Der hat ja keine Ahnung, mit wem er es hier zu tun hat.

Ein Immobilienmakler, denkt er und verzieht spöttisch das Gesicht. Eigentlich auch nur ein besserer Verkäufer, ein Vertreter, mehr nicht. Von solchen kleinen Geistern und ihrer Spießerwelt sollte er sich am besten komplett fernhalten.

Zufrieden über diese Erkenntnis starrt Heiner einfach nur an die Decke und lauscht dem gleichmäßigen Rauschen der Wellen, das durch das halboffene Fenster in sein Zimmer dringt. In der Ferne hört er Möwen, dazu den Wind, der leise durch die Büsche vor dem Haus streicht. Frau Schmidt hat recht, die Ruhe ist vollkommen.

Er überlegt träge, was er tun soll. Noch ist er gar nicht müde. Er sieht zu seinem immer noch geschlossenen Koffer. Soll er seine Kleider in den Schrank räumen? Nein, dafür ist morgen auch noch Zeit.

Er beschließt, sich ein bisschen für die nächsten Tage vorzubereiten, und holt seine kleine Reisebibliothek aus der Tasche: zunächst das Handwerkszeug eines guten Autoren, der Duden. Feierlich stellt er die Ausgaben für die Rechtschreibung, Fremd- und Stilwörter nebeneinander auf seinen Tisch. Dazu als Inspirationshilfe *Der Idiot* von *Dostojewski*, *Der Zauberberg* von *Thomas Mann* und *Der Butt* von *Günther Grass*. Dazu das Buch, das er sich extra für seinen Ausflug an die Ostsee gekauft hat, *Freiheit* von *Jonathan Franzen*.

Zufrieden betrachtet er die kleine Bücherreihe, die ordentlich nach Größe sortiert hinter seinem aufgeklappten Laptop steht. Jetzt noch ein Glas guter Rotwein und fertig ist der perfekte Autoren-Arbeitsplatz.

Er greift sich den Franzen und beginnt, darin zu lesen. Bisher kennt er nur die überschwängliche Kritik im Hamburger Abendblatt. Doch schon nach ein paar Seiten legt er das Buch wieder weg. Zielloses Geplapper, findet er, und schaltet den Röhrenfernseher an, der auf einem Extratischchen neben dem Fenster steht. 12 Programme, darunter auch zwei dänische Sender. Er schaltet ein bisschen herum und bleibt schließlich mit gedankenverlorener Miene bei einer Quizsendung des NDR mit lokalen D-Promis hängen.

Endlich reißt er sich vom Fernseher los. Er ist nicht an die Ostsee gefahren, um sich solchen Mist anzuschauen! Warum nicht ein bisschen arbeiten? Schließlich hat Heiner die Erfahrung gemacht, dass er abends besonders kreativ ist.

Leise ächzend rollt er sich aus dem viel zu weichen Bett und schaltet seinen Laptop an, wartet, bis der Rechner hochfährt, geht dann auf Word und öffnet seinen Text. Zufrieden liest er wieder den Titel: »*Der seltsame Franzose*«.

Er muss daran denken, wie er vorhin im Wintergarten gesessen hat. Mit einem verträumten Lächeln erinnert er sich an die hübsche Kellnerin. Bisher hat sie ihn kaum beachtet. Kein Wunder, schließlich musste sie arbeiten. Außerdem ist er für sie bisher nur ein Gast von vielen. Wenn sie wüsste, dass er ein echter Schriftsteller ist …

Vorhin hat er sie noch einmal zu sich an den Tisch gerufen, um einen weiteren Wein zu bestellen. Davor hatte er den Rechner etwas zu ihrer Seite gedreht. Eigentlich hätte sie den Titel seines Buches lesen *müssen*! Aber Fehlanzeige. Ohne die kleinste Reaktion war sie wieder davongegangen.

Egal, denkt Heiner jetzt, ich bin zwei Wochen hier, da ist noch reichlich Gelegenheit, sie näher kennenzulernen.

Bevor er mit seiner Arbeit beginnt, surft er ein bisschen im Cyberspace herum. Die übliche Runde: *Bild Online*, *Spiegel Online*, die Internetseiten der *Mopo*, die *HSV*-Homepage und dann wieder die *Bild*.

Ihm fällt auf, dass das Seite 1-Girl so ähnlich aussieht wie Frau Schmidts Tochter. Gut, nicht wirklich, sie hat nur auch blonde Haare. Sonst sieht das Zeitungsmodel ganz anders aus. Frau Schmidts Tochter hat nicht so eine schiefe Nase. Und eine gepiercte Lippe auch nicht.

Heiner sieht versunken am Computer vorbei hinaus in die dunkle Nacht und versucht, sich daran zu erinnern, wie genau sie aussieht. Aber so sehr er sich auch bemüht, das Bild von ihrem Gesicht bleibt verschwommen. Sie hat ihn nur einen ganz kurzen Moment angelächelt. Er ärgert sich, dass er sofort schüchtern den Blick gesenkt hat, und nimmt sich vor, ihr am nächsten Tag einen langen, direkten Blick in die Augen zu schenken. Dann wird er sich ihr Gesicht ganz genau einprägen. Und sie bei der Gelegenheit auch gleich nach ihrem Namen fragen.

Vor Heiners geistigem Auge entwickelt sich ein federleichter, geistreich-witziger Dialog wie in einem Woody-Allen-Film. Er überlegt, wie er das Gespräch so lenken kann, dass sie schließlich bei ihm am Tisch Platz nimmt. Lächelnd stellt er sich vor, wie sie ihre schönen Beine übereinander schlägt und andächtig seinen Anekdoten aus dem großen Hamburg lauschen wird.

Dann kann er ihr auch von seinem Buch erzählen. Natürlich wird sie interessiert sein. Einfühlsam wird er sie daran erinnern, dass sie jetzt wohl leider wieder an ihre Arbeit zurückkehren müsste. Aber wie wäre es später mit einem Spaziergang am Strand …?

Heiner beschließt, nichts zu übereilen. Zwei lange, bestimmt sehr spannende und arbeitsreiche Wochen liegen vor ihm. Er wird seine Chance bekommen. Und er wird sie nutzen.

Hier geht es nicht um Ordinäres wie Sex und Liebe, sondern nur um ein wenig Inspiration für die schwere Aufgabe, die vor ihm liegt. Natürlich will er nichts von dem Mädchen. Aber was ist schon dabei, wenn man sich etwas freundlicher unterhält?

Er lächelt zufrieden …

… als er auf einmal einen unangenehmen Geruch bemerkt. Einen *sehr* unangenehmen Geruch. Angewidert rümpft er die Nase. Hat er etwa doch ein Raucherzimmer bekommen? Misstrauisch schnüffelt er an der Bettwäsche, kann aber nur feststellen, dass sie frisch gewaschen ist.

Woher zum Teufel …?

Dann versteht er. Draußen vor seinem halboffenen Fenster steht der Gast aus dem Nachbarzimmer und raucht.

4
Pyjama-Party

Ein schwerer, weißer Seenebel verpackt die Pension *Möwenwind* in dicke Watte, nur die erste Lampe der Dorfstraße ist noch vage als krissliger, heller Punkt zu erkennen. Gerald drückt die Zigarette am Fensterrahmen aus und schnippt sie in das Nichts unter ihm. Über dem Meer ertönt das behäbige, tiefe Horn eines großen Schiffes, es klingt dumpf wie in einem abgeschlossenen Raum mit starker Dämmung.

Gerald legt sich auf das französische Bett, das viel zu breit für eine Person ist. Neben ihm stehen übereinander gestapelt vier riesige Koffer. Normalerweise reist er nicht mit so viel Gepäck, aber er konnte seine Kleidung ja schlecht auf der Baustelle lassen. Er hat sowohl seine Sommer- als auch die Wintersachen mitgenommen, alles, was er besitzt, außer den Schuhen, die liegen auf dem Teil des Dachbodens, der vom Brand nicht betroffen war.

Er kann nicht schlafen, was ihm selten passiert. Missmutig starrt er auf den grünen Rumpf des Viermasters »Rickmer Rickmers«, der als großformatiges Poster an der Wand gegenüber hängt. Aus irgendeinem Grund verstärkt das Bild seine Unruhe noch. Er überlegt, ob er den Fernseher einschalten soll, lässt es aber sein. Besser, er bewegt sich etwas.

Also zieht er sich wieder an, streift sich die wetterfeste rote Jacke mit der dicken Kapuze über und schleicht sich leise durch den Hotelflur. Draußen wird er im nächtlichen

Nebel zwar nicht viel sehen können, aber wenigstens bewegt er sich in der kalten Luft, das wird ihm gut tun.

Im Wintergarten brennt noch Licht. Er bleibt neben der dunklen Rezeption stehen und schaut ins Helle. Die Tische sind alle bereits mit weißen Tellern, lila Servietten und umgedrehten Kaffeetassen zum Frühstück eingedeckt, bis auf einen am Fenster. An dem sitzt die blonde Kellnerin über Papieren und tippt Zahlen mit ihren schlanken Fingern in einen Taschenrechner. Sie hat sich umgezogen, trägt Jeans und eine kurzärmlige dunkelblaue Bluse, die etwas altmodisch wirkt. Immer wenn sie ihre Hand auf dem Tisch ablegt, bildet sie einen kleinen Hohlraum, als befände sich darunter eine Computermaus. Müde sieht sie aus, eine Haarsträhne fällt ihr vors rechte Auge, sie bläst sie kurz weg und tippt weiter. Gerald ist fast erschrocken darüber, wie zart ihr Gesicht ohne die professionelle Kellnerinnenkleidung aussieht.

Sie hat ihn nicht gehört.

Plötzlich schiebt sich in ihm eine Erinnerung nach vorne, die er sofort wieder wegwischen will: Er hat diese Frau im Wintergarten schon einmal gesehen und zwar genau hier, im Nebel! Gerald neigt sonst nicht gerade zur Esoterik, er ist Baufachmann, kennt sich aus mit Trittschall, Kältebrücken, Heizungsanlagen und Dächern, und was am wichtigsten ist: Er weiß, wie man eine Schrottimmobilie mit einem Tausender für Farbe und Kleinkram zu einem Palast aufhübschen kann. Das, worauf die Käufer achten, ist auch das, worauf sie am leichtesten hereinfallen.

Das Déjà-vu lässt sich nicht vertreiben, es verdichtet sich zur Gewissheit! Er weiß es jetzt so sicher, wie ordentlicher Mörtel Steine hält: Alles in seinem bisherigen Leben war nur dazu da, um ihn an genau diesen Punkt zu bringen, an dem er gerade steht! Dass er in seinem Heimatdorf wohnen geblieben ist, seine Maklerfirma, der Brand, alles führte zielgenau in die Pension *Möwenwind*, zu dieser Frau!

Gleichzeitig verunsichert ihn das kolossal. Wie soll er jetzt damit umgehen? Gerald ist wie gelähmt, sogar das Atmen wird schwer, so etwas hat er noch nie vorher in seinem Leben erlebt! Gerald überlegt, wie es vorhin war, als sie ihm den »Chai Latte« gebracht hat. Da hat er sie zwar gesehen, aber nicht erkannt. Jetzt gibt es keinen Zweifel mehr.

Eine Diele unter dem Teppich knarrt erbärmlich, er will so schnell wie möglich abhauen.

»Na, schlaflos?«, kommt es aus dem Wintergarten.

Zu spät, sie hat ihn entdeckt.

Ihre Stimme klingt müde und gleichzeitig irgendwie intim. Gerald tritt aus dem Dunkel heraus.

»Ja«, bekennt er, weil er nicht weiß, was er sonst sagen soll.

»Es ist noch Alkohol da«, erklärt sie, greift neben sich und stellt eine Flasche auf den Tisch. »Holen Sie sich ein Glas an der Bar, wenn Sie mögen.«

Gerald schleicht zur Rezeption und kommt mit einem großen Wasserglas zu ihrem Tisch – eigentlich ungeeignet für einen alten Cognac. Sie kümmert das nicht, das gefällt ihm, ohne Zögern gießt sie beiden das Glas voll, dann stoßen sie an. Ihre Augen sind nicht mehr kühl, sondern ganz offen und weich. Sie hat keine Scheu, sich so privat zu zeigen, das spricht für ihre Stärke. Man darf nicht vergessen, sie ist die Kellnerin, er der Gast, sie treffen sich hier im Geschäftsbereich.

»Prost.«

»Ich bin übrigens Gerald.«

»Stefanie. Aber die meisten nennen mich Steff.«

»Wirklich Steff? Nicht Steffie?«

»Nur wer will, dass ich ihn töte, nennt mich Steffie!«

Sie sucht Augenkontakt.

»Und wie findest du es hier bei uns?«

Er versucht, locker zu bleiben.

»Wenn man sich daran gewöhnt hat, mit Vertretern für Putzeimer zu essen, gut.«

Steff lehnt sich zurück und verzieht fragend ihr Gesicht: »Vertreter für Putzeimer?«

Gerald lächelt nervös, das war ein reichlich blöder Witz, er hätte die Klappe halten sollen.

»Ach, das ist nur ..., so nenne ich den Typen, der vorhin hier gesessen hat.«

Steff nickt verstehend.

»Ah, Herr Deuters. – Du bist Makler, nicht?«

»Wenn du eine Ferienimmobilie suchst ...«, bietet er kokett an – und bereut es im nächsten Moment. Es ist ein Automatismus bei ihm geworden, nach der Berufsnennung gleich eine Immobilie anzubieten. Eigentlich kotzt es ihn selber an, zudem ist es gefährlich: Die Vorherbestimmung, die ihn an diesen Tisch gebracht hat, ist ein Angebot, das man nur einmal im Leben bekommt. Man kann es auch versauen, sehr leicht sogar, er kennt Steff ja gar nicht. Ein Fehler, eine falsche Vokabel, irgendetwas gut finden, was sie unmöglich findet, schon ist es vorbei – es gibt Tausende Möglichkeiten, an denen er scheitern kann.

»Da lebst du von deiner Menschenkenntnis, oder?«

»Ja!«

»Und wie würdest du mich einschätzen?«

Wenn er diese Frage ernsthaft beantwortet, kann es nur schiefgehen. Ihm wird noch einmal klar, dass er gar nichts von Steff weiß. Plötzlich kommt er sich selber lächerlich vor, wahrscheinlich hat das Ganze gar nichts mit Vorhersehung zu tun, sondern er ist einfach ein Fall für einen Therapeuten. Man kann sich nicht ernsthaft in eine Frau verlieben, die man gerade fünf Minuten gesehen hat, so haltlos sind nicht einmal Teenies!

»Bei dir ist es einfach«, behauptet er.

»So?«

Gerald grinst.

»Alleinerziehende Mutter, vier Kinder ... Du bekamst von deinem letzten Mann eine Abfindung in Höhe von drei Millionen Euro. Hier machst du gerade eine Selbstfindungsphase, indem du die Kellnerin spielst. In Wirklichkeit stehst du kurz davor, eine der wenigen Frauen im Vorstand von Porsche zu werden.«

Steff lacht schallend, das gefällt ihm sehr.

»Ich bin beeindruckt.«

»Gelernt ist gelernt.«

Gerald ist froh, dass er mit seinen Sprüchen noch einmal die Kurve bekommen hat. Was wäre wohl passiert, wenn er Steff aus dem Nichts heraus seine Liebe gestanden hätte? Das Schlimme ist nämlich: Er war kurz davor, das zu tun – peinlich!

Steff klärt ihn auf: »Der Vertreter für Putzeimer ist übrigens in Wirklichkeit Schriftsteller.«

Das überrascht ihn mehr, als es sollte.

»Nein!«

Auf seinen Instinkt hat er sich tatsächlich etwas eingebildet.

»Doch.«

»Meinen wir denselben …?«

Steff hebt bedauernd die Schultern. »Ja.«

Gerald schüttelt den Kopf. »Hätte ich nie gedacht.«

Steff spürt, wie sehr er über sich selbst enttäuscht ist.

»Wenigstens bei mir lagst du ja richtig«, tröstet sie ihn mit lachenden Augen.

»Schriftsteller …«, wiederholt Gerald ungläubig, er hat noch nie einen Schriftsteller persönlich kennengelernt. Er möchte noch weiter mit Steff reden, am liebsten die ganze Nacht. Aber nicht über diesen Schriftsteller.

»Na, Pyjama-Party?«, kommt eine Männerstimme aus dem dunklen Raum neben der Rezeption. Wenn man vom Teufel spricht … Etwas linkisch wieselt Schriftsteller Deuters heran. Er trägt einen roten Seidenpyjama, einen teuren Hausmantel und elegante Lederschlappen.

»Herr Deuters, hallo! Holen Sie sich ein Glas und trinken Sie einen mit«, schlägt Steff vor. »Ich gebe einen aus.«

Der Mann schlurft zum Tresen und holt sich ein Glas. Steff entschuldigt sich kurz und huscht in Richtung Toiletten.

Gerald ist es gar nicht recht, dass dieser Typ sich zu ihnen setzt, aber er kann es nicht ändern.

»Ich habe mich noch gar nicht vorgestellt«, sagt er und reicht ihm die Hand. »Schöning ist mein Name.«

Der Mann nickt nur und weicht seinem Blick aus.

»Steff behauptet, Sie sind Schriftsteller?«

»Ja.«

»Das stimmt also?«

Er kommt gar nicht darüber hinweg.

»Ja.«

»Was haben Sie denn so geschrieben?«

»Kennen Sie sich aus mit Literatur?«, kommt es von Deuters gelangweilt zurück.

»Wenig.« Gerald hebt entschuldigend die Schultern. »Zu viel Arbeit …«

»Sehen Sie«, kanzelt ihn Deuters ruhig ab.

Doch so leicht gibt Gerald nicht auf.

»Hatten Sie schon mal einen Bestseller? Vielleicht kenne ich ja zufällig einen Titel von Ihnen.«

Der Mann beantwortet das einfach nicht. Eine peinliche Stille entsteht, die Gerald instinktiv mit Gequatsche zu füllen versucht.

»Ich kann mir das gar nicht vorstellen, wenn ich was schreiben sollte. Mir würde nichts einfallen, es sei denn, es geht um Häuserverkauf. ›Von der Terrasse mit Fußbodenheizung geht der Blick über das Meer bis zu den dänischen Inseln‹, so etwas in der Art, aber das kann man wohl schlecht auf den Büchertisch legen, was?«

Deuters hebt misstrauisch den Kopf. »Von wo aus kann man denn bis zu den dänischen Inseln schauen?«

»Das ist nur ein Spruch.«

»Ah ja.«

Auf Sprüche scheint Deuters nicht zu stehen, was Gerald überrascht: Lebt ein Mensch des Wortes nicht überwiegend von Sprüchen?

»Kann man denn vom Schreiben existieren?«, erkundigt er sich.

Deuters Pyjama sieht teuer aus und sein Morgenmantel auch, arm ist der Typ nicht. Andererseits, würde ein berühmter Autor in der Pension *Möwenwind* absteigen? Der Mann überlegt einen Moment, dann explodiert er, ohne laut zu werden, was geradezu gespenstisch wirkt.

»Damit das mal klar ist«, zischelt er, »hier agiere ich unter meinem normalen, bürgerlichen Namen! Mein Pseudonym braucht keiner kennen, jeden Tag als der berühmte Bestsellerautor begrüßt zu werden, das brauche ich wirklich nicht.«

Gerald hebt abwehrend die Hände: »Entschuldigung, ist klar.«

Dieses zickige Gehabe kennt er von seinen Kunden zur Genüge. Dieser Deuters ist es gewohnt, mit anderen Prominenten über den roten Teppich zu laufen, als sei der extra für ihn gefertigt worden. Den ganzen Tag lang wird solchen Typen von allen Menschen in seiner Umgebung Zucker in den Hintern geblasen. Das tut auf Dauer keinem gut. Gerald fummelt instinktiv am Reißverschluss seiner Wetterjacke herum. Mit einem Vertreter für sechseckige Putzeimer hätte er mehr Spaß gehabt. Vielleicht wäre es besser, hinaus in den Nebel zu gehen, anstatt sich weiter diesem Idioten auszusetzen. Aber da kommt zum Glück Steff zurück und gießt allen einen ein, sie wirkt plötzlich wach und geradezu unternehmungslustig, da will er natürlich bleiben.

»Skål for gamle denmark, Herr Deuters, skål Gerald«, ruft sie und stößt mit ihm und Deuters an.

»Skål.«

Ihre Augen strahlen fröhlich in die Runde. Immerhin duzt sie ihn, während Deuters gesiezt wird, was Gerald als Punktsieg feiert. Trotzdem ist es anders als vorher, drei sind einer zuviel. Es ist schon mit Steff alleine verwirrend genug, da braucht er nicht noch Konkurrenz. Gerald weiß, dass Frauen Künstler lieben, im Zweifelsfall aber lieber einen Arzt heiraten. Denn ein Leben ohne Geld ist ein echter

Hinderungsgrund in Hinsicht auf eine Familiengründung. Das klingt schematisch und klischeehaft und die meisten Frauen würden es vielleicht nicht so schonungslos ausdrücken, aber Gerald hat es mehrere Male in seinem Dorf erlebt, wo sich eine Zeitlang eine kleine Malerkolonie aufgehalten hat.

Nur dieser Deuters ist ein ganz anderes Kaliber als seine Dorfkommunenmaler: Der scheint mit seinen Büchern so viel Geld zu verdienen wie ein Chefarzt, warum auch immer. Was nichts daran ändert: Steff ist für ihn, Gerald, bestimmt, und das soll sie so bald wie möglich wissen.

5
Hemingway ohne Whiskey

In was für eine Situation ist er da nur geraten?!

Eigentlich wollte Heiner sich nur eine Flasche frisches und vor allem kaltes Wasser holen. Er konnte einfach nicht einschlafen, nachdem der Zigarettenrauch in sein Zimmer geweht war. Heiner hasst nichts so sehr wie den kalten Gestank von Zigaretten. Es erinnert ihn an seine Studienzeit, damals vor fast zwanzig Jahren, als er einen dunklen Winter lang als Taxifahrer jobbte. Den abgestandenen Nikotingeruch, der sich tief in die Polster seines Mercedes eingebrannt hatte, wird er nie vergessen.

Und nun steht er hier, mitten in der Nacht, zusammen mit diesem unrasierten Makler-Schnösel, muss Konversation machen und widerlichen Cognac trinken.

Wieso tut er sich das an? Er könnte sich ganz einfach entschuldigen, sagen, dass er müde ist und dann zurück auf sein Zimmer gehen.

Aber dann würde er die süße Kellnerin alleine mit diesem Widerling lassen. Immerhin, Heiner hat jetzt erfahren, wie ihr Name ist: Steff. Ein schöner Name.

Schon komisch, vorhin im Wintergarten hat der Kerl noch spöttisch gegrinst, als Heiner der Kellnerin beeindruckt hinterhersah. Jetzt starrt er sie selbst mit glänzenden Augen an.

Misstrauisch beobachtet Heiner, wie der Makler und Steff über den Immobilienmarkt in O. plaudern.

Ihm entgeht nicht, wie Schöning versucht, sie mit ein

paar Anekdoten für sich einzunehmen. Vertreter-Humor. Heiner kann sich genau darin erinnern, wann er das letzte Mal solche dummen Sprüche gehört hat: beim Autohändler, als ihn der vorlaute Verkäufer unbedingt überzeugen wollte, seinen Golf zu verkaufen und sich stattdessen einen mindestens doppelt so teuren E-Klasse-Mercedes zu holen.

Irritiert muss er feststellen, dass Steff der abgedroschene Humor zu gefallen scheint. Immer wieder schenkt sie dem Kerl ihr offenes, freundliches Lächeln.

Was für ein Verhältnis haben die beiden eigentlich? Wieso duzen sie sich? Kennen sie sich besser? Sind sie gute Freunde? Oder duzen sich hier draußen auf dem Land sowieso alle? Er könnte natürlich fragen, aber Heiner ist nicht so gut in Smalltalk. Unsicher beschränkt er sich darauf, dem Gespräch der beiden stumm zu folgen.

Woher weiß Steff eigentlich, dass er Schriftsteller ist? Hat sie doch die Überschrift in seinem Laptop gelesen? Er lächelt leise. Offensichtlich hat er mehr Eindruck auf sie gemacht, als er dachte.

»Wie sieht es bei Ihnen aus, Herr Deuters, könnten Sie sich auch vorstellen, hier an der Ostsee ein Haus zu kaufen?«, zieht Steff ihn plötzlich mit einem neugierigen Lächeln mit ins Gespräch.

Nicht nur sie, auch dieser Koteletten-Makler sieht ihn erwartungsvoll an. Gerald heißt er – das hat Heiner jetzt erfahren. Kein schöner Name, findet er.

»Ein Haus? Hier in O.?«, stammelt er.

»Sagen Sie bloß, es gefällt Ihnen hier nicht?«

»Ich habe ja noch nichts gesehen.«

»Geben Sie's zu: Als erfolgreicher Schriftsteller haben Sie

doch sowieso bestimmt schon irgendwo eine Zweitwohnung?«, meldet sich Schöning.

Heiner sieht ihn überrascht an. Will der Kerl ihn verarschen? Oder ist da wirklich so etwas wie Respekt oder sogar Bewunderung in seiner Stimme?

»Das weiß man doch«, behauptet der Makler, »Schriftsteller haben alle ein Apartment in Frankreich. Da sitzen sie dann ein paar Monate rum und zack – schon haben sie ein neues Buch.«

Lächelnd sucht er die Bestätigung für seine launige Behauptung in Steffs Blick. Aber die sieht in diesem Moment nur zu ihm.

Er räuspert sich. »Kein Autor, der was von sich hält, hat noch eine Wohnung in Frankreich. Außer er hat Lust, sich mit Lehrern und Frührentnern um Campingstellplätze und verfallene Hütten herumzuschlagen.«

»Ach, wo findet man dann die Autoren?« Schöning wirkt beeindruckt.

»Im Moment ist die amerikanische Ostküste angesagt. Oder noch besser Kanada. Aber nur der französischsprachige Teil.«

Die beiden sehen ihn mit großen Augen an. Heiner nestelt am Kragen seines Hausmantels.

»Aber für mich wäre das nichts. Um zu arbeiten, brauche ich nur ein bisschen Ruhe. Dafür muss ich nicht extra soweit wegfahren«, sagt er und sieht dabei nur Steff an.

Diese Augen. Diese Anmut, mit der sie sich die Haarsträhne aus dem Gesicht streicht. Diese Frau ist ein Traum. Und Heiner kann es nicht fassen: Sie scheint sich tatsächlich für ihn zu interessieren.

»Ist das wirklich so?«, erkundigt sie sich.

Heiner sieht sie leicht verwirrt an.

»Schreiben Sie so ihre Romane? Ein bisschen Ruhe und schon geht alles von alleine?«

Heiner zwingt sich zu einem jovialen Grinsen. »Im Prinzip schon.«

»Und was ist mit der Kreativität?«

»Was meinen Sie?«

Steff streicht sich wieder ihr störrisches Haar aus dem Gesicht. Dabei sieht sie Heiner weiter direkt in die Augen. Er spürt, wie ihm ein wohliger Schauer über den Nacken streicht.

»Na ja«, antwortet Steff, »ich dachte immer, ein Autor braucht ein bisschen Chaos, damit er neue Ideen hat.«

Heiner schaut wieder von Steff zu Schöning. Dass er ausgerechnet vor diesem Kerl über seine Arbeit reden soll, mag er gar nicht. Wie finster der ihn anstarrt!

Oder ist er nur eingeschnappt, weil er erkennen muss, dass er bei Steff gerade überhaupt nicht angesagt ist?

Heiner entscheidet sich, ein Zeichen seiner Professionalität zu geben. »Im Gegenteil«, sagt er und hebt dramatisch den Finger, »Das Wichtigste ist nicht das Chaos, sondern Struktur. Ohne Struktur geht gar nichts. Ohne Struktur keine Geschichte. Wenn man eine genaue Struktur hat, kommt die Kreativität von ganz alleine.«

Beeindrucktes Schweigen. Nur das Ticken der alten Schiffsuhr an der Wand ist zu hören.

Heiner nickt zufrieden und genießt die stille Anerkennung, die aus Steffs Miene spricht. Was Schöning denkt, kann er dagegen nicht erkennen. Der Makler mustert ihn abschätzend und spielt dabei mit seinem leeren Cognacglas.

»Wow«, sagt Steff schließlich, »da habe ich ja wieder was gelernt.«

Heiner nickt ihr wohlwollend lächelnd zu.

»Struktur, das ist also der Trick …«, sagt Steff gedankenverloren, greift nach der Cognacflasche und schenkt noch einmal nach. »So, meine Herren, die Runde geht aufs Haus.«

»Und was ist mit dir?«, erkundigt sich Schöning und zeigt erstaunt auf Steffs leeres Glas.

Steff schüttelt den Kopf. »Für mich ist Schluss. Ich gehe ins Bett, habe morgen einen anstrengenden Tag. Gute Nacht.«

Damit nickt sie den beiden noch einmal freundlich zu und verschwindet nach hinten zur Rezeption.

Heiner schaut Steff hinterher, fasziniert von ihrem natürlichen, aber gerade deshalb so verführerischen Hüftschwung. Allerdings ist er auch irritiert: Wie kann sie ihn hier mit diesem unrasierten Vertreter alleine lassen?

»Was für eine Frau …«

Heiner sieht Schönings breites Grinsen. Er lächelt gepresst und nickt.

»Ja, sehr … nett.«

»Nett? Jetzt tun Sie mal nicht so höflich. Steff ist der Hammer! Ich habe genau gemerkt, wie Sie sie angeschaut haben.«

Heiner sieht unsicher zu dem großen Mann hoch, der ihm verschwörerisch zuzwinkert und dann kumpelhaft auf die Schulter klopft. »Und ich habe den Eindruck, dass Sie umgekehrt bei ihr auch ordentlich Eindruck gemacht haben.«

»So? Meinen Sie?«

»Aber hallo!«

Heiner lächelt verlegen. Aber er versteht den Mann nicht. Wieso schmeichelt der Kerl ihm? Was soll dieses anbiedernde Grinsen, als wenn sie beide dicke Freunde wären?

Schöning hebt das Glas. »Auf Steff!«

»Ich weiß nicht … Ich habe eigentlich schon genug getrunken.«

»Kommen Sie, ein letzter Drink. Und dann geht's ab in die Koje!«

Heiner zögert immer noch.

»Sagen Sie bloß, der ist Ihnen zu stark? Ist doch nur Cognac!«, sagt der Makler und beugt sich dabei mit einem provozierenden Grinsen zu ihm herunter.

Heiner rümpft die Nase. Schöning stinkt nach Zigarette. Außerdem erinnert er ihn an Carsten, einen alten Bekannten aus dem Gymnasium. Der hat ihn damals immer wieder überredet, bei irgendwelchem Blödsinn mitzumachen, Mädchen ärgern, abschreiben oder heimlich Bier auf dem Schulhof trinken. Meistens ging irgendwas schief, und sie wurden erwischt. Und wer musste dann immer zum Direktor? Heiner. Und wer stand immer lachend im Hintergrund? Carsten.

»Also, was ist?«, drängt Schöning und stößt herausfordernd an Heiners volles Glas. »Wollen Sie mich hier die ganze Nacht stehen lassen?«

Seufzend nippt Heiner an dem Cognac.

»He, nicht schummeln. Ein Schluck und weg damit!«

Heiner gibt sich einen Ruck und trinkt das Glas aus. Der Cognac schmeckt furchtbar. Er schüttelt sich.

Schöning klopft ihm lachend auf den Rücken. »Was ist denn los? Ich dachte, Ihr Schriftsteller könnt etwas vertragen? Hemingway ist doch auch nie ohne Whiskeyflasche aus dem Haus gegangen, oder?«

Zehn Minuten später liegt Heiner wieder in seinem viel zu weichen Bett. Das Fenster bleibt geschlossen. Wie sich herausstellt, hat Schöning ausgerechnet das Zimmer neben ihm. Der unbekannte Raucher vor dem Fenster – das ist der bescheuerte Makler gewesen.

Heiner wälzt sich hin und her. Der Cognac hat einen unangenehm-pelzigen Geschmack auf seiner Zunge hinterlassen. Und obwohl es nur zwei Gläser waren, hat er das Gefühl, schon beschwipst zu sein.

Zuhause trinkt er fast nie Alkohol. Ab und zu mal ein Glas Rotwein, das ist es dann aber auch. Mehr würde ihn sehr schnell sehr betrunken machen. Dann verliert Heiner die Kontrolle. Und er hasst es, die Kontrolle zu verlieren.

Er muss an diese Filmfeier denken. Einige Schauspieler hatten ihn so abgefüllt, dass er schließlich mitten auf das Buffet kotzte. Seit diesem peinlichen Erlebnis macht Heiner einen großen Bogen um jedes volle Schnapsglas. Und wenn Steff gerade nicht dabei gewesen wäre, hätte er auch jetzt nichts getrunken.

Steff. Das Bild, als sie hüftschwingend davonschwebte, geht ihm nicht aus dem Kopf. Genauso wenig wie die Erinnerung an ihren aufmerksam-interessierten Blick.

Ob dieser Schöning recht hat?

Hat er tatsächlich so einen Eindruck bei ihr gemacht?

Heiner lächelt still in sich hinein. Vielleicht war es doch gar nicht so schlecht, dass dieser Blödmann eben mit dabei war. Dadurch muss ihr klar geworden sein, was sie an ihm hat. Was ist ein Makler schon im Verhältnis zu einem Mann seines Geistes? Egal wie viel Geld er auf seinem Konto hat, in Gegenwart eines echten Künstlers muss er sich immer hinten anstellen. Vielleicht weiß Schöning, wie man Leuten überteuerte Immobilien andreht. Aber dafür kann er die Menschen in die Welt der Poesie und der Fantasie führen, ihr Herz mit Wärme und Liebe füllen.

Kein Wunder, dass Steff ihn so angehimmelt hat.

Heiner dreht sich auf dem knirschenden Bett auf den Rücken und starrt lächelnd an die Decke.

Wahrscheinlich kann er diese Nacht kaum ein Auge zukriegen, so aufgeregt ist er.

Er fühlt sich wie ein verliebter Teenager.

Er hat es ganz deutlich gespürt: Steff ist eine ganz besondere Frau, hübsch, sexy, natürlich. Aber auch sinnlich, ein Freigeist, immer interessiert an neuen Erfahrungen. Heiner ist ganz sicher – sie beide verbindet eine Seelenverwandtschaft.

Lächelnd beschließt er, am nächsten Tag aufs Ganze zu gehen. Vielleicht kann er sie ja zu einem Spaziergang durch O. überreden? Oder am Strand? Er überlegt, über welche Themen er mit ihr plaudern könnte. Kunst? Die Natur? In Gedanken geht er bereits das Gespräch mit ihr durch, überlegt sich geistreiche Bemerkungen und humorvolle Bonmots. Noch mal will er nicht so einen mundfaulen Eindruck machen. Nein, Steff soll sehen, dass er mit Worten umgehen kann.

Vielleicht kann er ihr ja sagen, dass er sie als Figur in seinem nächsten Roman einbauen könnte. Welche Frau würde bei so einem Angebot nicht sofort weich werden?

Zufrieden über seinen Entschluss kuschelt er sich unter die Decke. Morgen wird ein wunderbarer Tag, da ist er ganz sicher.

6
Geisterhaus

Am nächsten Morgen hat der Wind aufgefrischt. Auf den Wellen der Ostsee tanzen bis zum Horizont Millionen weißer Schaumkronen, und die Sonne scheint prall von einem knallblauen Himmel herunter. Die Temperatur ist allerdings unter zehn Grad gefallen, was man im warmen Wintergarten zum Glück nicht spürt. Gerald nimmt ein kräftiges Frühstück zu sich, Spiegelei mit Speck und ein Brot mit würziger spanischer Wurst. Er trägt Baustellenkleidung, grobes Schuhwerk, Cargohose und Wollpullover und hat sich die Lokalzeitung geschnappt.

Auf der anderen Seite des Wintergartens sitzt Deuters, er hat sich zum Frühstück Jackett und ein weißes Hemd übergezogen und liest den *Spiegel*. Gerald hätte sich zu ihm setzen können, zumal sie zurzeit die einzigen Gäste hier sind. Aber nur weil man mal einen Cognac zusammen getrunken hat, muss man ja nicht automatisch zusammen frühstücken, oder? Gerald nickt ihm kurz zu, mehr muss nicht sein. Frau Schmidt kümmert sich um den Kaffeenachschub für beide und hat für jeden ein nettes Wort, alles ist gut.

Das ändert sich schlagartig, als Gerald von der Zeitung aufschaut und zufällig draußen Steff entdeckt, die mit einem Daypacker über der Schulter aus dem Haus geht. Die Kellnerinnenkleidung hat sie gegen schwarze Jeans getauscht, die sich eng an ihre breiten Hüften schmiegen, dazu trägt sie eine braune Wildlederjacke, die offen über der weiten Bluse hängt. Deuters hat sie auch gesehen, beide Männer ziehen die gleiche Schlussfolgerung: Steff geht zum Bus!

Beide springen gleichzeitig auf und hetzen hinaus zu ihren Wagen. Beide ohne Jacken, dabei ist es draußen kälter als erwartet. Aber das zählt jetzt nicht. Gerald liegt etwas vorne, weil er näher an der Tür gesessen hat. Dafür parkt sein flaschengrüner Landrover etwas weiter weg. Er muss als Erster vom Platz kommen, denn der Diesel des klobigen Geländewagens beschleunigt bei weitem nicht so schnell wie der Volkswagen. Wenn er zuerst vom Parkplatz rollt, wird er den Schriftsteller nicht mehr vorbeilassen. So ein Wettrennen zwischen Jungs ist natürlich total albern. Trotzdem will jeder gewinnen: Immerhin ist der erste Preis eine exklusive Fahrt mit Steff!

Beim Hineinspringen in ihre Wagen sind beide im Gleichstand. Deuters kommt einen Hauch schneller vom Platz als er. Es gibt nur eine Ausfahrt, auf die Deuters mit durchdrehenden Reifen zu schleudert. Gerald müsste ihn rammen, um noch vor ihm vom Gelände zu kommen, aber so weit will er nicht gehen.

Deuters hat gewonnen, so ein Mist!

Jetzt grinst er auch noch frech herüber. Dadurch würgt er aus Unaufmerksamkeit den Motor ab. Gerald zieht mit aufheulendem Diesel lachend vorbei und verkneift sich gerade noch ein höhnisches Hupen.

Auf der Dorfstraße, die hinter der Pension *Möwenwind* beginnt, ist ungewohnte Lebendigkeit zu verzeichnen: Der Postbote arbeitet sich mit seinem gelben Lieferwagen Haus für Haus vor, vor dem »EDEKA«-Markt stehen zwei alte

Frauen und unterhalten sich gestikulierend. Steff steht an der Bushaltestelle hinter der Kurve, sie hat von dem Wettrennen hoffentlich nichts mitbekommen. Gerald geht in die Eisen, als hätte er sie gerade zufällig entdeckt, und reißt die Beifahrertür auf.

»Moin, Steff!«, grüßt er lächelnd.

»Hi, Gerald.«

Das erste Mal, dass er seinen Namen nach der offiziellen Vorstellung aus ihrem Mund hört.

»Wohin?«

Sie schaut ihn skeptisch an.

»Vielleicht kann ich dich mitnehmen.«

»Nach Büthow?«

»Das bei Hellingsdorf?«

»Ja.«

»Ist nur ein kleiner Schlenker für mich.«

»Okay.«

Steff wirft ihren Rucksack in den Fußraum und steigt ein. Sie ist nicht geschminkt, ihre wuseligen blonden Haare hat sie zu einem Pferdeschwanz gebunden, die hellgrünen Augen sind wach und entspannt, obwohl sie nicht besonders viel geschlafen haben kann.

»Das ist wirklich nett«, bedankt sie sich. »Der Bus braucht mit Umsteigen über eine Stunde für die 30 Kilometer.«

Gerald gibt Gas, soweit das mit dem rumpeligen, hart gefederten Geländewagen möglich ist.

»Toller Wagen«, sagt Steff, »ich liebe Landrover.«

»Ich muss manchmal auf Grundstücke fahren, die noch gar nicht erschlossen sind, irgendwo im Wald oder auf dem Feld, da lässt der mich nie im Stich.«

»Ich bin die letzten Monate fast nur mit solchen Kisten unterwegs gewesen.«

Und dann plaudert Steff munter drauf los. Bis vor ein paar Wochen hat sie noch in Australien am Strand gejobbt, da sei jetzt Frühling, insofern sei es eigentlich total schwachsinnig von ihr gewesen, ausgerechnet jetzt ins kälter werdende Deutschland zurückzukehren.

»Warum hast du es dann getan?«, fragt Gerald neugierig.

»Meine Mutter will sich langsam aus der Pension zurückziehen. Und ich muss allmählich mal Wurzeln schlagen.«

»Du bist hier aufgewachsen?«

»Ja.«

Also auch ein Kind vom Land wie er. Vielleicht ist er Steff sogar früher begegnet, als er mit seinen Eltern zum Kaffeetrinken in die Pension *Möwenwind* gefahren ist. Aber ihm ist aus seiner Teenagerzeit keine blonde Schönheit in Erinnerung geblieben, dazu waren sie zu selten hier: Der »Hausstrand« seiner Kindheit und Jugendzeit lag 20 Kilometer entfernt. Außerdem war Steff damals ein kleines Mädchen und er Jugendlicher, fällt ihm auf, das hat er zwischendurch vollkommen vergessen.

»Wie lange warst du in Australien?«

»Fast ein Dreivierteljahr.«

»Und jetzt ist das Fernweh weg?«

»Irgendwann wird man einfach müde, wenn man wieder und wieder an einen neuen Ort kommt.«

»Verstehe.«

»Wirklich?«

»Sogar ich bin schon mal über Ostholstein hinausgekommen.«

»Was war das weiteste?«

»Hamburg-Harburg.«

Sie lacht.

Plötzlich muss Gerald scharf bremsen, fast wäre er auf das Ende eines kleinen Staus aufgefahren. Ein mächtiger Eichenstamm blockiert die Straße, der auffrischende Wind hat dem Baum den letzten Schubs gegeben. Zwei Männer mit roten Leuchtwesten machen sich mit nervös aufheulenden Kettensägen daran zu schaffen. Gerald schaltet den Motor aus.

»Holstein ist nun mal wildes Abenteuerland«, kommentiert Steff und grinst ihn an.

Gerald lacht.

»Ja, das geht hier nicht so gesittet zu wie in Australien!«

Im Rückspiegel erkennt er den Golf von Heiner Deuters. Der Schriftsteller steigt aus und kommt linkisch lächelnd auf seinen Wagen zu.

»Ich habe keine Lust zu warten«, erklärt Gerald und startet den Motor.

Steff schaut ihn fragend an.

»Festhalten!«, ruft er.

Dann legt er den Geländegang ein und nimmt einen Weg, der eigentlich gar keiner ist: Er schiebt den Landrover über einen flachen Graben, das Wasser spritzt nach allen Seiten. Gerald muss aufpassen, damit der schwere Wagen nicht vorne aufsetzt. Das Manöver gelingt, auf der anderen Seite rumpelt er mit Vollgas weiter über ein abgeerntetes, braunes Feld mit hellen Stoppeln. Der schwere Wagen schaukelt wie ein Boot auf hoher See. Im Rückspiegel genießt Gerald das leere Gesicht von Deuters, der ihnen hilflos hinterherschaut.

»Der Mann, der überall durchkommt«, lobt ihn Steff mit leicht ironischem Unterton.

»Es wäre nicht meine schlechteste Eigenschaft«, erklärt Gerald.

»Die wäre?«

»Top secret«, flüstert Gerald und kommt sich dabei blöde vor, aber was soll man auch darauf antworten? Aus Verlegenheit stellt er das Radio an, es läuft gerade der Wetterbericht mit guten Aussichten für die nächsten Tage.

»Was magst du für Musik?«, erkundigt sich Steff.

Gerald weiß, wenn er jetzt das Falsche antwortet, könnte sich schnell eine unsichtbare Mauer aufbauen.

»Ich bin immer neugierig auf Neues«, behauptet er vage.

Sein Musikgeschmack ist vollkommen durchschnittlich, er hört, was gerade im Radio läuft.

»Und was fandest du jemals gut?«

»Fettes Brot, Elvis, Coldplay, quer durch den Garten. Und du?«

»Am liebsten Tango, argentinischen Tango, und afrikanische Musik.«

»Ah ja.«

Beides kennt er gar nicht, er nimmt sich vor, es später auf seinem Laptop zu googeln. Steff erzählt noch mehr von Australien, von den schlimmsten Kellnerinnenjobs mitten unter Minenarbeitern und von einer Krokodilfarm. Nach ungefähr einer Viertelstunde passieren sie die Straße in Geralds Dorf.

»Willst du mal sehen, warum ich in der Pension wohnen muss?«

»Das angekokelte Geisterhaus?«

»Hast du Lust?«

Steff schaut auf die Uhr.

»Wenn es nicht zu lange dauert.«

»Wir müssen nicht, ich kann dich auch direkt nach Büthow fahren.«

»Nein, ich will es sehen.«

Als Gerald mit Steff auf dem Beifahrersitz durch sein Dorf rollt, in dem er aufgewachsen ist, signalisiert ihm ein tiefes Gefühl, dass Steff hierher passt, als sei es der Platz, den das Schicksal für sie vorgesehen hat. Vom Dorfplatz mit dem Gebäude der freiwilligen Feuerwehr biegt er ab in eine kleine Sackgasse, an deren Ende sein Haus steht. Steff reißt erstaunt die Augen auf, als Gerald den Wagen stoppt. »Hier wohnst du?«

Das Grundstück ist ein Traum. Gerald hat das alte Bauernhaus mit dem Reetdach behutsam renoviert, die alten, roten Klinker mit dem Fachwerk sind im Original belassen, nur die Sprossenfenster mit Dreifachverglasung sind neu. Um das Haus herum befindet sich ein großer Rasen mit zwei Apfelbäumen, vor der Küche beginnt ein großer Blumen- und Kräutergarten, der jetzt allerdings längst verblüht ist. Hinter dem Haus geht ein Hang hinunter zu einem kleinen See, dahinter beginnt ein dichter, dunkler Fichtenwald. Doch leider besitzt das Idyll einige Brüche: Das abgebrannte Loch im Reetdach ist mit einer hässlichen, giftgrünen Plastikfolie abgedeckt, und im Kräutergarten stehen Baumaterialien auf riesigen Paletten herum, die mit durchsichtigen Kunststofffolien verschweißt sind.

»Wohnst du hier alleine?«, fragt Steff.

»Vorübergehend, ja.«

»Was heißt das?«

Bis du hier einziehst, denkt Gerald und sagt: »Man weiß es nie. Es ist unsinnig, zu viele Pläne zu machen.«

Er hofft, dass das einigermaßen schlau klingt und seine Single-Ödnis etwas kaschiert. Diese Sätze hat er aus einem Interview mit einem Popsänger geklaut, und er steht eigentlich nicht einmal dahinter, denn er ist ein leidenschaftlicher Planer.

Gerald überlässt Steff mit einer galanten Geste den Vortritt, als sie ins Haus gehen. Drinnen sieht es schlimm aus, der Fußboden ist aufgerissen und nur teilweise neu verlegt. Immerhin kann man noch erahnen, wie schön es hier mal war. Allein der neue Jacuzzi-Pool steht fix und fertig installiert mitten im Wohnzimmer, wie von einem anderen Planeten.

Den Pool findet sie richtig gut.

»Und dann sitzt du hier im Blubberwasser und schaust Fernsehen?«, erkundigt sie sich.

Gerald nickt. »Und dazu knistert der Kamin. Das ist viel schöner als im Badezimmer, finde ich.« Und in Gedanken fügt er hinzu: Und am schönsten wird es zusammen mit dir!

Steff staunt. Nur die verrußten Antilopenbilder mit den erdigen Naturfarben gefallen ihr aus irgendeinem Grund nicht.

»Die stammen von einem Maler aus dem Dorf. Hier gab es mal eine Künstlerkolonie.«

Gerald zückt das Handy, denn er fragt sich, wieso hier kein Handwerker zu sehen ist. Haben die nicht kapiert, wie eilig er es hat? Er brüllt mit barschem Ton Beschwerden ins Telefon, während Steff sich weiter umschaut. Als er fertig ist, baut sie sich dicht vor ihm auf.

»Also gut«, nölt sie in herrlich affektiertem Tonfall, der Gerald reichlich vertraut vorkommt, »ich nehme das Objekt – falls wir uns über den Preis einigen können. Die Renovierung müsste dann aber tipptopp werden!«

Gerald lächelt gequält, seine Handwerker sind sämtlich auf einer Großbaustelle in Mecklenburg-Vorpommern, wo ein Spa-Wellness-Dorf gebaut wird. Zwar hat er den Leuten mächtig Dampf gemacht, aber gegen den Neubau eines ganzen Dorfes bringt ein einzelnes Haus zu wenig in die Kasse. Er wird also noch länger in der Pension *Möwenwind* wohnen müssen, was momentan schöner ist, als er sich es je hätte träumen lassen.

Trotzdem will er so schnell wie möglich die Einweihung seines Hauses feiern, zu zweit mit Steff!

Plötzlich sieht er, wie draußen jemand am Fenster vorbeihuscht. Er kann es nicht fassen, das ist ein Mensch gewordener Alptraum: Heiner Deuters ist auf seinem Grundstück!

Wie kommt der hierher?

Woher weiß der überhaupt, dass er hier wohnt?

Und vor allem: Was will der hier?

An liebsten würde Gerald die Polizei rufen, er kennt den Dorfsheriff noch von der Schule, Holgi Lüders würde ein Riesenspektakel veranstalten wegen Hausfriedensbruch. Aber das würde Gerald vor Steff schlecht aussehen lassen. Steff hat Deuters noch nicht entdeckt. Gleich sind die letzten Sekunden der Zweisamkeit mit Steff vorbei. Gerald möchte gerne etwas Bedeutendes sagen, das ihr später nachgeht, aber er ist einfach kein Mann des Wortes. Anders als der erfolgreiche Schriftsteller, dem gehen mit Sicherheit nie die schlauen Sprüche aus.

»Hallihallo!«, ruft es erneut von draußen.

Steff schaut Gerald freundlich an. »Da kommen sie, deine Handwerker!«

Dann steht Deuters in der Tür. Er trägt immer noch den grauen Anzug und das weiße Hemd.

»Herr Deuters!«, staunt Steff.

»Was machen Sie denn hier?«, raunzt Gerald ihn abweisend an.

»Ich fuhr hier zufällig vorbei, da sah ich Ihren Landrover und dachte, ich schaue mal vorbei.«

Alles klar.

Das Haus ist derartig schwer einsehbar von der Dorfstraße, und überhaupt ... Langsam müsste auch Steff schnallen, was hier abgeht. Peinlich!

Oder nicht?

»Hallo«, meldet sich erneut eine Männerstimme von draußen.

Gerald geht zur Tür. Vor ihm steht ein braungebrannter, bärtiger Kerl mit Ohrring und Zimmermannskluft.

»Ich komm wegen der Holzdielen«, brummt der Mann freundlich, »wo sollen die hin?«

Gerald überlegt.

»Erst einmal fahre ich dich nach Büthow«, sagt er zu Steff, »dann komme ich wieder.«

Deuters meldet sich zu Wort: »Aber das ist doch gar kein Problem, ich kann Frau Schmidt mitnehmen.«

»Nein«, weist ihn Gerald mit drohendem Unterton zurück.

Steff legt ihre Hand auf Geralds Schulter, was er als Zeichen von Vertrautheit wertet.

»Mann, Gerald, das ist total nett von dir, aber du wirst hier gebraucht. Und wenn Herr Deuters so nett ist …«

»Gerne!«, erklärt Deuters grinsend.

Sie wirft dem Schriftsteller einen liebevollen Blick zu. In diesem Moment hat sich die Stimmung zu seinen Ungunsten gedreht, das spürt Gerald deutlich. Wie kann das sein, angesichts eines schlecht aussehenden Zwerges in einem schlecht sitzenden Anzug? Dieser Schreiber macht ihn in seiner eigenen Burg zum Knecht, Gerald würde ihn am liebsten kräftig durchschütteln.

Für ihn ist das eine Kriegserklärung, ab jetzt wird zurückgeschossen und zwar mit großem Kaliber!

7
Reifeprüfung

Er kann es selbst nicht glauben.

Er hat es geschafft!

Wie der Held in einem ganz großen Drama. Einer klassischen Liebesgeschichte. Wie Dustin Hoffman in *Die Reifeprüfung*, als er Katherine Ross im letzten Moment vom Traualltag weg entführt.

Er hat Steff aus den Fängen dieses Angebers gerettet. Nicht mit Gewalt und miesen Tricks, sondern mit Energie und Köpfchen.

Dabei schien vor einer halben Stunde noch alles verloren, auf diesem Parkplatz vor dem Hotel, als er sein Auto abwürgte und die blöde Scheißkiste nicht mehr anspringen wollte. Was hatte er geflucht und auf den Lenker eingeschlagen, als dieser großkotzige Makler mit seinem dicken Jeep davonfuhr.

Endlich sprang der Golf wieder an. Sofort versuchte Heiner die beiden einzuholen. Natürlich war diese ganze Verfolgungsjagd ein bisschen würdelos für einen erwachsenen Mann und für einen gebildeten wie ihn besonders. Aber er durfte Steff doch nicht einfach in den Armen dieses nach Rauch stinkenden Machos lassen!

Und der liebe Gott stand auf seiner Seite. Der umgestürzte Baum mitten auf der Straße, der dem flüchtenden Schöning den Weg versperrte – ein eindeutigeres Zeichen konnte es ja wohl nicht geben!

Trotzdem war der Kerl mit seinem Jeep plötzlich über

den Acker davon gerauscht. Aber wohin? Als Heiner endlich die nächste Kreuzung erreichte, verzweifelt, ernüchtert, weil er dachte, dass er Steff endgültig verloren hatte, sah er das Straßenschild. Und da war sie ihm wieder eingefallen, die Adresse des Maklers. Ein exzellentes Gedächtnis macht eben einen guten Autoren aus. Er hatte Straße und Ort gestern Abend gelesen, oben, über der Anzeige.

Heiner hatte recht. Schöning war mit Steff zu seinem Haus gefahren. Dieser Angeber! Ein Sprudelbecken mitten im Wohnzimmer! Ein Kamin und ein dicker Teppich vor einem Großbildfernseher! Dachte er wirklich, dass Steff so oberflächlich, so ordinär ist, dass sie sich von so einem Großkotz beeindrucken lässt? Niemals!

Denn nun sitzt sie neben ihm, hier in seinem kleinen Wagen und sieht lächelnd aus dem halb offenen Fenster, während der Wind sanft mit ihren blonden Haaren spielt. Heiner kann sein Glück kaum fassen. Er ist so aufgeregt, dass er seine Finger ins Lenkrad krallt und kein Wort herausbekommt.

»Tolles Wetter, was?«, stößt er plötzlich mit belegter Stimme hervor und ärgert sich im gleichen Moment. Das war nicht die geistreiche Ansprache, die er sich die letzte Nacht zurechtgelegt hat!

Aber Steff ist ganz entspannt. Sie nickt lächelnd. »Was habe ich nur für ein Glück. Zwei Kavaliere an einem Tag. Wenn das so weitergeht, kann ich meine Monatskarte für den Bus zurückgeben.«

Versonnen streicht sie sich eine blonde Strähne aus dem Gesicht und schiebt sie hinter ihr Ohr.

»Aber was ich immer noch nicht so ganz kapiert habe,

wieso sind Sie eigentlich auf einmal bei Gerald aufgetaucht?«

Heiner grinst verlegen. Für einen Moment ist er so unkonzentriert, dass er vergisst, einem tiefen Schlagloch auszuweichen. Der ganze Wagen ruckt wie ein hüftkranker Gaul.

»Habe ich doch gesagt: Ich bin einfach so herumgefahren. Und da habe ich dann eben zufällig den Jeep gesehen.«

»Herumgefahren? Hier? Warum sind Sie nicht am Meer geblieben? Da ist es doch viel schöner.«

Heiner räuspert sich. Er merkt, wie ihm der Schweiß den Rücken herunterläuft. Das passiert ihm ständig, wenn er Auto fährt. Er ist kein besonders sicherer Fahrer.

»Das mache ich immer so. Ich schaue mir die Leute an, sehe wie sie wohnen, miteinander reden und arbeiten. Dann habe ich wieder Stoff für neue Geschichten«, sagt er viel zu hastig.

»Wirklich?« Steff blickt zweifelnd auf die abgeernteten Felder, eine verfallene Scheune und die schlammige Straße. »Ausgerechnet hier wollen Sie Ideen für Ihre Bücher finden?«

Heiner nickt heftig. »Gute Geschichten gibt es überall. Man muss nur genau hinschauen.«

Wieder sieht Steff ihn mit großen Augen an. Mit ihren großen grünen Augen. Heiner spürt einen wohligen Schauer im Nacken, fast kommt er von der Straße ab.

Steff zeigt auf einen Bauern, der ihnen mit seinem Trecker auf der Straße entgegenknattert. »Was ist mit dem? Fällt Ihnen zu dem auch etwas ein?«

Heiner blickt unsicher zu ihr.

»Sie haben gesagt, gute Ideen findet man überall«, wiederholt sie. »Na, dann los, jetzt möchte ich aber den Beweis.« Sie meint es tatsächlich ernst, ohne jeden Argwohn oder Häme.

Er räuspert sich. »Ich bin sicher, auch dieser Mann hat eine Geschichte.«

»Aber welche?«, fragt sie und sieht Heiner herausfordernd an.

Was für wundervolle Augen, denkt er wieder. In seinem Kopf fliegt alles durcheinander. Wie soll er da auf Knopfdruck kreativ sein?

»Vielleicht leidet er ja an einer seltenen Krankheit …«

»Was? Der?! Niemals. Der sah kerngesund aus.«

»Oder seine Frau. Vielleicht ist die ja krank. Und er macht sich jetzt Sorgen, wie es mit ihr weitergehen soll.« Heiner quält sich zu einem Lächeln und öffnet auch sein Fenster etwas. Er braucht frische Luft. Sein Hirn fühlt sich an wie feuchte Watte.

Steff ist in Gedanken immer noch bei dem dicken Bauern. Heiners kreative Auswürfe haben sie offensichtlich nicht überzeugt.

»Vielleicht hat er ja auch Geldprobleme?«, versucht er es noch einmal.

Sie schüttelt den Kopf. »Haben Sie nicht den nagelneuen Trecker gesehen? Das war ganz bestimmt kein armer Mann.«

»Und was, wenn er sich mit dem Kauf des teuren Treckers übernommen hat?«

Wieder überlegt Steff einen Moment.

»Interessant …«, murmelt sie dann.

Heiner nickt erleichtert. Ein Glück, er hat noch mal die

Kurve gekriegt. Letzte Nacht, alleine auf seinem quietschenden Bett, war er in Gedanken schon einmal jedes mögliche Gespräch mit ihr durchgegangen. Literatur, Tagespolitik, sein Lieblingsfilm, sogar zum Thema Mode und Theater hatte er sich ein paar geistreiche Bonmots zurechtgelegt, um im entsprechenden Moment Steffs Aufmerksamkeit, vielleicht sogar ihr Herz, gewinnen zu können.

Ein Dialog über Trecker fahrende Bauern war nicht dabei gewesen.

»Ups«, sagt Steff auf einmal, »da hätten wir abbiegen müssen.«

»Was?« Erschrocken bringt Heiner den Wagen mit einer Vollbremsung zum Stehen. »Tut mir leid, das habe ich nicht gesehen.«

»Heh, alles gut, Herr Deuters.« Steff lacht. »Mein Fehler. Ich habe Ihnen nicht Bescheid gesagt.«

Heiner wendet den Golf mitten auf der Landstraße. Ein BMW kann gerade so ausweichen, blinkt wütend auf und rauscht dann viel zu schnell weiter. Verlegen blickt Heiner rüber zu Steff, aber die bleibt ganz locker.

Nach fünf Minuten erreichen sie endlich Büthow, ein kleines verträumtes Dorf mitten im holsteinischen Nirgendwo. Steff bittet Heiner vor einem kleinen Wall aus Findlingen und Rosensträuchern zu halten. Hinter riesigen Rhododendren kann er ein rot verklinkertes Bauernhäuschen erkennen.

»So, da wären wir«, sagt Heiner und schaltet den Motor aus. Steff, die sich bereits ihren Rucksack geschnappt hat und nur kurz aus dem Auto springen will, sieht ihn überrascht an.

»Na dann, grüßen Sie Ihren Freund von mir«, sagt er

und sieht sie mit einem wissenden Lächeln an. Diesen Satz *hat er* sich letzte Nacht überlegt.

»Wie kommen Sie darauf, dass ich zu meinem Freund will?« Steff mustert ihn mit amüsiertem Lächeln.

Heiner gibt sich verwirrt. »Haben Sie das nicht vorhin gesagt?«

»Nein, habe ich nicht. Eigentlich haben wir gar nicht über mich geredet.«

»Ach nein? Dann müssen wir das später unbedingt nachholen.«

Steff lächelt. »Gerne.«

»Soll ich Sie nachher abholen?«

»Vielen Dank. Nicht nötig.«

Damit springt sie aus dem Golf. Heiner will gerade noch etwas sagen, da beugt sie sich durch das halb offene Fenster. »Ach ja, wenn Sie es wissen wollen: Ich besuche nur eine Freundin. Sie schreibt morgen eine Klausur. Ich helfe ihr beim Lernen.«

Damit winkt sie ihm noch mal fröhlich zu, läuft den kleinen Weg hinunter und verschwindet hinter dem Rhododendron.

Heiner sieht ihr mit zufriedenem Lächeln hinterher. Dann schließt er die Augen und atmet tief ein. Noch kann er Steffs Duft in seinem Wagen wahrnehmen. Es riecht nach Frühling, mitten im Oktober.

Ein halbe Stunde später hat er seinen Wagen am Hotel abgestellt und geht alleine am Strand spazieren. Die Sonne hat sich wieder hinter einer grauen Wolkendecke versteckt, und das Meer spült ihm mit jeder Welle weißen Schaum vor die Füße.

Lächelnd spürt Heiner, wie der Wind ihm feinen Sand ins Gesicht bläst. In einiger Entfernung sieht er das dicke Pärchen aus dem Wintergarten. Lachend versuchen sie, den heranbrausenden Wellen auszuweichen, platschen mit ihren breiten Füßen aber immer wieder ins Wasser.

Heiner atmet tief durch. Schon lange hat er sich nicht mehr so lebendig gefühlt wie in diesem Augenblick. Alles leuchtet, alles strahlt. Die Aussicht, dass in den nächsten zwei Wochen alles passieren kann, nimmt ihm fast den Atem.

Ist er verliebt?

Heiner schüttelt gedankenverloren den Kopf und lächelt. Natürlich nicht. Er ist ein erwachsener Mann, so schnell verliebt man sich da nicht mehr. Außerdem kennt er Steff ja noch gar nicht. Was weiß er denn schon über sie? Sie arbeitet im Hotel ihrer Mutter und hilft einer Freundin beim Lernen. Eigentlich ist sie noch eine völlig Fremde für ihn.

Das sagt sein Kopf.

Sein Herz sagt ihm, dass er eine Seelenverwandte gefunden hat, die sich für ihn und seine Arbeit interessiert.

Wie clever sie auf seine Frage nach ihrem Freund reagiert hat! Natürlich hat sie sein – geschicktes – Manöver durchschaut, das sollte sie auch. Die Art, wie sie ihn darauf angesehen hat, hat ihm verraten, dass er ihr nicht gleichgültig ist.

Und sie sagte *gerne*, als er sie fragte, ob sie sich nicht näher kennenlernen wollen. Sie hätte ja nichts sagen müssen oder *später* oder *nein*. Aber sie sagte *gerne*. Er ist nicht unbedingt ein Frauenheld, aber er glaubt, als Autor schon ein gutes Gespür dafür zu haben, was Frauen denken und fühlen.

Und wenn das kein Flirt war, was dann?

Aber soll er sich ausgerechnet hier an der Ostsee, in dieser kleinen Pension, auf einen Flirt einlassen? Er ist hierhergekommen, um endlich in Ruhe an seinem Roman zu arbeiten, um endlich all seine Kraft auf den *Franzosen* zu fokussieren.

Für einen Augenblick verharrt sein Blick starr am Horizont. Dann schüttelt er den Kopf. Als Kreativer – und schon lange hat er sich nicht so kreativ gefühlt wie jetzt – ist es seine Pflicht, sich auf alle Gefühle und Abenteuer einzulassen. Wie soll er über die Liebe schreiben, wenn er jeder Romanze aus dem Weg geht und nur auf den Bildschirm starrt? Kann man über die Liebe schreiben, wenn man sie nicht lebt? Ganz bestimmt nicht. Seine Leser würden mit dem ersten Wort spüren, dass er ein Scharlatan ist und sein Buch in die Ecke werfen!

Er schaut auf die Uhr. Schon fast zwölf Uhr und er hat noch nicht eine Silbe geschrieben! Dabei hat er sich einen genauen Plan zurechtgelegt, wie viele Seiten er am Tag schaffen möchte. Jeden Vormittag vier, dann nach einer kleinen Mittagspause noch mal vier, wenn es gut läuft vielleicht sogar sechs.

Aber alles braucht seine Zeit, und um richtig in Stimmung zu kommen, muss er sich erst einmal an die neue Umgebung gewöhnen. Viele Menschen denken, ein Schriftsteller setzt sich einfach vor den Computer, konzentriert sich ein bisschen, und schon ist das Buch fertig.

Aber so funktioniert das mit kreativer Arbeit eben nicht. Ein guter Autor muss sich emotional auf die jeweilige Situation einstellen, bevor er anfängt zu schreiben. Er muss langsam in die jeweilige Person eintauchen, eins werden mit ihr, um zu fühlen, wie sie spricht und sich verhält. Das braucht natürlich seine Zeit.

Doch heute Nachmittag, da ist Heiner ganz sicher, da werden die Worte nur so aus seinen Fingern fließen. Heute wird er den Grundstock für ein neues Meisterwerk schaffen. Und wer weiß, vielleicht trifft er im Wintergarten auch wieder Steff. Wenn Sie ihn erst einmal richtig bei seiner Arbeit sieht, und er sie zu einem Kaffee einlädt, dann –

»Ganz schön windig geworden, was?«

Heiner dreht sich überrascht um. Hinter ihm steht Schöning, die Hände tief in den Taschen seiner Jeans und mustert ihn mit einem spöttisch-abschätzigen Lächeln.

»Hallo, Herr Schöning, wieder hier?«, stottert Heiner.

Der Makler nickt nur langsam und lässt ihn nicht aus den Augen.

Heiner versucht, die Mundwinkel lässig nach oben zu ziehen, aber sein Gesicht ist wie gelähmt. Was will der Kerl hier? Ärger machen, weil er ihn vorhin vor Steff so vorgeführt hat?

Unsicher wendet er den Blick vom Makler ab und sieht wieder hinaus aufs stürmische Meer, wo ein Kite-Surfer über die Wellen fliegt.

Schöning stellt sich neben ihn und sieht ebenfalls hinaus auf das Wasser. Für einen endlosen Moment schweigen beide.

Heiner räuspert sich. »Und? Haben Sie alles mit Ihren Handwerkern geregelt?«

»Ja, habe ich.«

»Ein schönes Haus haben Sie da, wirklich.«

»Freut mich, dass es Ihnen gefällt. Müssen mich unbedingt mal besuchen kommen, wenn alles fertig ist.«

»Gerne.« Heiner sieht nervös zu Schöning. Irgendwie klang die Einladung eher wie eine Drohung.

»Und was ist mit Ihnen? Haben Sie Steff gut nach Büthow gebracht?«, erkundigt sich der Makler mit tonloser Stimme.

Heiner nickt. Jetzt bloß keine Szene. Was kann er dafür, dass sich Steff am Ende für ihn entschieden hat?

Aber der einen Kopf größere Schöning sieht nur zu ihm herunter und lächelt. »Waren Sie schon mal an der Steilküste?«

Heiner schüttelt den Kopf.

»Unglaublich schön. Sollten Sie sich unbedingt mal anschauen.«

»Danke für den Tipp. Vielleicht gehe ich morgen mal hin.«

»Ich habe gerade ein bisschen Zeit. Wir könnten zusammen ein bisschen spazieren gehen.«

Heiner blickt unsicher zu Schöning hoch. Ihm fällt auf, dass der Makler sich am Kinn nicht sauber rasiert hat.

»Eigentlich wollte ich etwas arbeiten«, sagt er.

»Ach was, dauert auch nicht lange. Nur eine Viertelstunde. Eine ziemlich steile Treppe. Aber dafür können Sie von da oben bis nach Dänemark sehen.«

Heiner betrachtet nachdenklich Schönings seltsam glänzende Augen. Vielleicht sollte er ihm lieber von seiner Höhenangst erzählen. Aber eigentlich möchte er nicht, dass ausgerechnet dieser Kerl ihn für einen Waschlappen hält.

»Ein anderes Mal gerne.«

»Jetzt kommen Sie schon, Herr Deuters«, drängt Schöning, und sein Lächeln wirkt so freundlich wie das Maul einer Bulldogge. »Oder haben Sie etwa Angst vor mir?«

8
Auf der Steilküste

Die Abendsonne leuchtet die herbstliche Bucht in kräftigen Farben aus, blau, grün und ockerbraun. Ein schmaler Trampelpfad schmiegt sich in einer lang gestreckten S-Kurve direkt an der Steilküste hinauf zu dem düsteren kleinen Waldstück mit dem Funkmast in der Mitte. Am Anfang des Weges steht ein unübersehbares Schild, das Heiner Deuters sehr zu beeindrucken scheint: *Lebensgefahr! Teile des Weges können unterspült sein und abbrechen. Betreten verboten! Die Gemeindeverwaltung.*

Gerald reibt sich unternehmungslustig die Hände und lächelt.

»Die Treppe geht vom höchsten Punkt direkt runter zum Strand, da können wir dann zurückgehen.«

In Deuters schreit alles »nein, niemals!«, das ist seinen Augen überdeutlich anzumerken.

»Sag mal, wollen wir uns nicht duzen?«, schlägt Gerald vor und marschiert einfach los.

»Ja«, murmelt Deuters und rennt hinterher, bis er neben ihm ist. Er achtet natürlich penibel darauf, dass Gerald außen an der Abbruchkante geht und er auf der Landseite. Gerald atmet tief ein. Er mag den rauen Wind, der ihm das kräftige Meersalz von der Seite direkt in die Nase weht, aber noch mehr als das genießt er den unglücklichen Gesichtsausdruck von Deuters. Der Schreiberling will wohl demonstrieren, dass er ihm auf Augenhöhe begegnet, das wird ihm nicht gelingen.

»Und Heiner? Wie findest du die Kleine?«, erkundigt er sich schmierig.

Gerald tut so, als sei Steff für ihn ein reines Lustobjekt und nicht mehr, was er mit einem blöden Gelaber von Macho zu Macho abfeiern will.

»Welche Kleine?«, fragt Deuters unsicher zurück.

Gerald weiß, dass ihn seine Wortwahl komplett überfordert: Aus Höflichkeit müsste Deuters darauf eingehen, obwohl er es abscheulich findet, so über Steff zu reden.

»Na, die Braut aus dem *Möwenwind*, die ihren heißen Hintern eben so fest in deinen Autositz gepresst hat.«

Er vermutet, dass Deuters solche Sprüche hasst wie die Pest. Unter anderem, weil sie das aussprechen, was er mit Sicherheit die ganze Zeit denkt.

»Ach so, die«, antwortet Deuters so beiläufig wie möglich.

Total lächerlich.

»Die hat einen guten Charakter, was?«

Gerald hält seine Hände an seine Brust, um zu demonstrieren, was er meint.

»Hmh.«

Deuters sieht mit seinem unglücklichen Gesichtsausdruck und den hängenden Schultern wie ein Gefangener aus, der gerade in den Knast geführt wird, er hat richtig Angst. Zu recht, ein Schubser von Gerald, und er segelt 30 Meter hinunter und landet auf harten Steinen. Gerald weiß, dass es unsinnig wäre, einen Intellektuellen mit Intellekt zu bekämpfen, da könnte er nicht mithalten, nein, solchen Typen zieht allein die Andeutung von roher Gewalt den Boden unter Füßen weg!

»Ein Paradies hier oben, oder?«

Sie haben den Anfang des Waldstücks erreicht. Der Weg zwischen den dichten Tannen und der Abbruchkante wird noch schmaler als vorher und zwingt sie unmittelbar an den Abgrund. Gerald wechselt schnell die Seite, so dass Deuters sich nun an der Kante wiederfindet. Der verlangsamt das Tempo, um hinter ihm zu bleiben, aber auch Gerald bleibt stehen, um ihm den Weg auf die sichere Seite abzuschneiden.

Deuters schaut unsicher in die Tiefe, in der die Wellen schaumig auslaufen.

Gerald grunzt glücklich auf.

»Die Ostsee wird immer maßlos unterschätzt, dabei ist sie eines der schönsten Meere auf unserem Planeten, oder was meinst du?«

»Ich kenne das Mittelmeer besser«, haspelt Deuters. Auf seinem Gesicht ist ein dünner Schweißfilm zu erkennen, er ist ziemlich außer Atem.

»Wo warst du da denn so?«, erkundigt sich Gerald.

»Mallorca, Griechenland, Zypern, Israel …«

»Kenne ich alles.«

Plötzlich klingt alles so harmlos wie ein Smalltalk unter Pensionsgästen.

»Und du?«, fragt Deuters.

Doch Gerald hat keine Lust zu antworten, er ist schon einen Schritt weiter.

»Ich würde ja immer noch zu gerne wissen, wie dein Schriftstellername ist«, raunt er Deuters zu und haut ihm kräftig auf die Schulter. »Verrätst du ihn freiwillig?«

Deuters braucht seine gesamte Kraft und Konzentration dafür, dass ihn das Schulterklopfen nicht aus dem Gleichgewicht bringt.

»Kann ich innen gehen?«, stöhnt er.

»Höhenangst?«

»Quatsch!« Deuters lacht gekünstelt. »Das sind doch keine Berge hier!«

»Es ist hoch genug.«

Wie von selbst hat sich bei Gerald ein bedrohlicher Unterton in die Stimme gelegt.

»Ach was.«

»Kein Problem«, bietet Gerald ihm an und tritt zur Seite. »Sag mal, wie heißt du denn nun? Ich sage es auch nicht weiter.«

»Wie gesagt …« Deuters bricht ab und schweigt.

Gerald lässt nicht locker. »Wie gesagt, *was* …?

»Nichts. Es ist alles gut so.«

Das klingt ein bisschen pampig. Deuters fühlt sich auf der Waldseite viel zu sicher, ärgert sich Gerald.

»Verstehe, du bleibst lieber anonym. Aber ich bekomme es heraus, verlass dich drauf.«

Plötzlich steigt in Gerald eine Mischung aus Wut und Neid hoch, weil er der Prominenz von Deuters nichts entgegenzusetzen hat. Gerald hat so etwas nie angestrebt, er hätte den Medien auch nichts Besonderes anzubieten. In den Maklerberuf ist er mehr oder weniger hineingerutscht und macht ihn wirklich gut, gelegentliche Konjunkturdellen mal herausgerechnet. Er denkt sich nichts Neues aus, sondern betritt die berufliche Spielfläche erst wenn jemand Erfolg hat und sich ein Haus leisten kann – Leute wie Deuters zum Beispiel.

Inzwischen haben sie den höchsten Punkt der Steilküste erreicht. Die Sonne scheint warm und rötlich von Westen auf das Wasser. Ein einzelnes Segelboot mit schneeweißen

Segeln nimmt Kurs auf die dänische Insel Lolland, was Gerald verwundert, denn die meisten Boote sind um diese Zeit schon im Winterlager. Er breitet die Arme aus, als gehöre ihm das Panorama persönlich, und schaut Deuters lächelnd an. »Und? Habe ich zuviel versprochen?«

»Schön«, bestätigt der Schriftsteller tonlos.

»Schön nennst du das?«, antwortet Gerald mit unüberhörbarer Aggressivität. »Das finde ich gar nicht!«

Deuters schaut ihn unsicher an.

»Sondern?«

Gerald hält ihn am Arm fest: »Es ist nicht einfach nur schön, es ist der Hammer!«

Er sollte lieber mit Steff hier stehen. Obwohl, wenn sie in der Pension aufgewachsen ist, war sie bestimmt schon Tausende Male hier, auch mit etlichen Kerlen vermutlich, das ist keine besonders originelle Idee. Gerald starrt auf die steile Holztreppe vor ihnen, die bestimmt 30, 40 Meter hinunter zum Strand geht. Einige Stufen sind herausgebrochen, andere lose.

Wer hier fällt, fällt tief.

Als sei das nicht sowieso klar, warnt zusätzlich ein amtliches Schild vorm Betreten.

Gerald rüttelt kräftig am Geländer, das bis nach unten in bedenkliche Schwankungen versetzt wird.

»Du gehst vor!«, fordert er Deuters auf und stellt sich dicht hinter ihn.

»Waaas?«, protestiert Deuters und will sich umdrehen, doch Gerald steht direkt hinter ihm wie ein Baum. Und er sieht nicht aus, als ob er Witze machen wollte.

9
Der fliegende Drache

Mit aufgerissenen Augen starrt Heiner in den endlosen Abgrund. Voller Panik klammert er sich an das im Wind heftig schwankende Geländer. Eine Möwe segelt in einer Sturmböe um ihn herum und lacht ihn höhnisch krächzend aus.

»Nun geh schon!«

Heiner sieht in Schönings Gesicht, jetzt nur noch eine kalte, spöttische Maske. Sein breiter Körper versperrt den Weg nach oben.

»Sag bloß, du hast Schiss?«, faucht ihn der Makler an.

Heiner schüttelt den Kopf und dreht sich zitternd um. Unten, weit unten kann er sehen, wie die Wellen der stürmischen Ostsee hart auf die Felsen schlagen.

Soll das etwa das Ende sein? Heiner schwankt. Verzweifelt schließt er die Augen und hat doch das Gefühl, dass sich alles um ihn dreht. Langsam, ganz langsam setzt er den Fuß auf die nächste Stufe – das von der Gischt nasse Holz knarrt – und rutscht aus …

Plötzlich wird alles schwarz! Ein brutaler Ruck fährt durch seinen Rücken wie ein von einem schweren Hammer geschlagener Meißel!

Heiner will schreien, aber der Schmerz ist so intensiv, dass er ihm den Atem nimmt.

»Was ist los?«, hört er Schöning. Seine Stimme klingt wie Lichtjahre entfernt.

Heiner öffnet die Augen, zwinkert hilflos, geblendet von der hellen Sonne.

Schönings breites Gesicht schiebt sich vor die gelbe Scheibe. »Verdammt noch mal, was ist mit dir?«

Heiners Körper wirkt seltsam verdreht, wie mitten in der Bewegung eingefroren.

»Hexenschuss«, stammelt er atemlos.

»Du hast einen Hexenschuss?« Schönings Stimme klingt weniger besorgt als ungläubig.

Heiner nickt, aber schon diese kleine Bewegung lässt einen neuen Schmerz wie einen Hagel Pfeile durch seinen Rücken schießen. Krampfend greift er nach dem Geländer und hat das Gefühl, es könnte jeden Moment unter ihm zusammenbrechen.

Was soll er machen? Nach unten kann er nicht, nach oben aber auch nicht, schon die kleinste Bewegung ist unmöglich.

»O Gott …«, stammelt Heiner leise und versucht, sich zitternd auf eine Stufe zu setzen, was ihm nur mit Schönings Hilfe gelingt, der ihn mit vorwurfsvoller Miene am Arm festhält. Langsam und laut stöhnend sinkt Heiner auf das morsche Holz.

»Wirklich so schlimm?«, erkundigt sich der Makler skeptisch.

Heiner nickt nur. Mühsam versucht er, wieder zu Atem zu kommen, als er von unten auf einmal ein Knirschen hört.

»Brauchen Sie Hilfe?«

Das dicke Pärchen, das Heiner eben am Strand gesehen hat. Schwitzend schieben sie ihre schweren Körper die gefährlich schwankende Treppe hinauf.

Heiner will antworten, aber Schöning kommt ihm zuvor. »Er hat nur einen Hexenschuss«, erwidert er in einem Ton, der klarstellt, dass sie keine Hilfe brauchen.

»Tatsächlich?« Der dicke Mann ist als Erster bei Heiner und beugt sich besorgt zu ihm. »Sie Armer! Können Sie sich gar nicht mehr bewegen?«

Heiner versucht es mit einem müden Lächeln und schüttelt den Kopf. Schweiß läuft ihm über die Stirn. Wieso ist er bloß nicht unten am Strand geblieben? Oder zurück ins Hotel gegangen, um weiter an seinem Roman zu schreiben?

Der dicke Mann sieht ihn mitfühlend an. Heiner kann sehen, dass er vom Treppensteigen mindestens so verschwitzt ist wie er. Trotzdem strahlt er eine überraschende Souveränität und Dynamik aus, die ihm Heiner gar nicht zugetraut hätte.

Tatsächlich wendet er sich an Gerald. »Kommen Sie, wir bringen ihn zurück zum Hotel.«

»Aber sehen Sie ihn sich doch an! Er kann ja nicht einmal den kleinen Finger heben.«

Der dicke Mann lächelt unternehmungslustig. »Keine Sorge, das kriegen wir schon hin. Ich bin Arzt.«

Eine Stunde später und nach endlosen Qualen auf dem steinigen Rückweg liegt Heiner alleine in seinem Bett, auf der Seite, die Beine wie ein verängstigtes Kind angezogen. Nur so lassen sich die Schmerzen aushalten. Immerhin: Der dicke Mann hat sich als Doktor der Allgemeinmedizin herausgestellt und ihm bei Frau Schmidt ein paar schnell wirkende Schmerztabletten organisiert.

»In ein, zwei Stunden geht es ihnen schon wieder besser«, hat er gesagt und Heiner dann alleine gelassen.

Schöning hatte sich schon vorher in sein Zimmer verdrückt.

Nachdenklich beobachtet Heiner die leise im Wind wehenden Gardinen und fragt sich, was eigentlich genau auf der Steilküste passiert ist. Wollte dieser widerliche Kerl ihn wirklich die Treppe herunterstoßen? Heiner will es nicht glauben. Aber immer wieder hat er die breite, starre Fratze des Maklers vor Augen, wie er über ihm auf der Stufe stand. Heiner läuft eine Gänsehaut über den Rücken, und das liegt nicht an dem halb offenen Fenster. Dieser Mensch ist ein Monster, ein Killer. Aber warum ist er nur so wütend auf ihn?

Wirklich nur wegen dieser Sache mit Steff?

Gut, er hat sie ihm vor der Nase weggeschnappt. Aber letztlich ohne eigenes Zutun. Hat Heiner sie aus dieser Protzvilla *herausgezerrt*? Nein, er war einfach nur da, Steff hatte die freie Wahl. Und sie hat sich für ihn entschieden!

Heiner lächelt, als er sich daran erinnert, wie Steff diesen Schwachkopf neben seinem Sprudelbecken stehen ließ und zu ihm ins Auto stieg. Sie ist ja nicht dumm, denkt Heiner. Sie hat gemerkt, was für ein ordinäres Subjekt dieser Schöning ist. Schaudernd denkt Heiner daran, wie abscheulich der Kerl auf dem Weg zur Steilküste über sie geredet hat. Als wenn sie irgendeine billige Dorfschlampe wäre, die man auf ihre Körbchengröße reduzieren könnte.

Empört ballt Heiner die Fäuste.

Ein schlimmer Fehler.

Die plötzliche Körperspannung jagt einen erneuten Blitz durch seinen Körper, so plötzlich, so heftig, dass Heiner vor Schmerzen laut aufstöhnt. Für einen endlosen Moment ist er wieder wie gelähmt und wagt sich nicht zu rühren. Selbst das Blinzeln mit den Augen scheint grenzenlose Qualen zu verursachen.

Nur ganz langsam entspannt sich sein Rücken wieder.

In den letzten Jahren hatte er immer wieder solche schmerzhaften Attacken. Kommt vom vielen Sitzen, hat ihm sein Hausarzt in Hamburg gesagt. Sie müssen mehr Sport machen, am besten Schwimmen, Radfahren. Vielleicht auch Joggen.

Für eine Weile hatte Heiner sich tatsächlich überlegt, diesen Rat zu befolgen. Sogar einen neuen Trainingsanzug und Joggingschuhe hatte er sich zugelegt. Leider reichte es nur zu einer halben Stunde langsames Traben an der Alster. Anschließend war Heiner so außer Atem, dass er sich direkt hinter dem altehrwürdigen Hamburger Ruderclub in einen Rosenbusch übergeben musste.

Seitdem zieht er den Trainingsanzug und die Schuhe nur für die Gartenarbeit an.

Gejoggt ist er nie wieder. Und für Schwimmen und Radfahren hatte er keine Zeit. Oder keine Lust. Oder beides.

Heiner seufzt erleichtert. Der Schmerz klingt langsam ab. Vorsichtig versucht er, die angespannten Beine auf dem quietschenden Bett wieder etwas auszustrecken. Mit Erfolg. Selig stöhnend schließt er die Augen.

Wieder muss er an Schöning denken. War die Aktion auf der Steilküste wirklich ein Attentatsversuch? Heiner beschließt, das Gegenteil zu glauben. Er will sich nicht weiter aufregen, denn aufregen bedeutet Schmerzen.

Sie haben einen Spaziergang gemacht, das war alles. Dieser Makler ist ein eifersüchtiger Idiot, aber doch kein Mörder. Nach der Sache mit Steff ist ja klar, dass er ihn nicht mag. Aber umgekehrt kann Heiner ihn ja auch nicht ausstehen. Also warum sich weiter aufregen?

Beeindruckt von seiner eigenen Großherzigkeit rutscht Heiner vorsichtig auf dem Bett hin und her, spürt aber sofort wieder die wachsende Spannung in seinem Rücken und verharrt weiter in seiner alten Stellung.

Verzweifelt fragt er sich, ob er nachher wieder sitzen kann. Er ist schließlich nur hier, um mit seinem Roman weiterzukommen. Was, wenn er den Rest seiner zwei Wochen mit schiefem Rücken durch das Hotel schleichen muss?

Heiner schüttelt den Kopf. Nein, das darf nicht passieren. Er muss auf die Wirkung des Schmerzmittels vertrauen und sich endlich beruhigen. Der dicke Arzt hat ihm versprochen, dass bald alles wieder in Ordnung ist. Vielleicht kann er schon heute wieder in den Wintergarten gehen, zu –

Es klopft an der Tür. Heiner ist so überrascht, dass er wieder zusammenzuckt, was prompt mit einer neuen Attacke auf sein Rückgrat bestraft wird.

»Ja?«, röchelt er leise.

»Herr Deuters? Ich bin's, Steff. Kann ich reinkommen?«, hört er eine leise Stimme. Steffs Stimme!

Blitzartig richtet Heiner sich auf und schwingt sich auf die Bettkante. »Natürlich.«

Die Tür öffnet sich vorsichtig, und Steff betritt das Zimmer, noch in ihrer privaten Kleidung, die Haare nach hinten zusammengebunden. Sie sieht hinreißend aus!

»Hallo, das ist ja eine nette Überraschung«, stottert Heiner und versucht trotz der Schmerzen Haltung zu zeigen.

»Sie Armer! Meine Mutter hat mir erzählt, was mit Ihnen passiert ist.«

»Ja?«, stammelt Heiner und kann nicht glauben, was gerade passiert. Steff in seinem Zimmer! Verlegen sieht er aus den Augenwinkeln zu seinem offenen Koffer. Er hat seine Sachen immer noch nicht eingeräumt, stattdessen liegen sie überall auf dem Boden herum.

Aber Steff hat gerade nur Augen für ihn. Besorgt setzt sie sich neben ihn aufs Bett. So weich wie es ist, biegt es sich dramatisch weit nach unten. Heiner hat das Gefühl, eine lange Nadel wird in seinen Rücken gestoßen. Trotzdem presst er die Lippen aufeinander und versucht, sich nichts anmerken zu lassen.

»Ein Hexenschuss, ausgerechnet auf der Steilküste. Was haben Sie denn da oben getrieben? Bei dem Wind?« Steff sieht ihn vorwurfsvoll an.

»Nur ein kleiner Spaziergang …« Heiner findet nicht, dass Steff Einzelheiten wissen muss.

»Erst fahren Sie ziellos in der Gegend rum, und dann klettern sie ausgerechnet bei diesem Wetter auf den Felsen – sieht so das Leben eines Schriftstellers aus?«

Heiner lächelt stumm und zuckt kaum merkbar mit den Schultern.

»Haben Sie noch schlimme Schmerzen?«

»Halb so wild«, erwidert Heiner. Eine Schweißperle läuft ihm die Stirn herunter.

»Haben Sie das öfter?«

»Nein, eigentlich nicht.«

»Bestimmt bewegen Sie sich nicht genug. Als Autor sitzen Sie doch sonst den ganzen Tag nur hinter dem Computer, habe ich recht?«

»Ich finde schon, dass ich mich genug bewege«, stottert Heiner verlegen.

»So? Welchen Sport machen Sie?«

»Ich jogge. Schwimmen. Manchmal spiele ich auch Fußball.« Eine glatte Lüge. Aber er sitzt neben einer attraktiven jungen Frau. Soll sie ihn etwa für einen unsportlichen Stubenhocker halten? Schlimm genug, dass sie ihn hier mit seinem schiefen Rücken erwischt hat. Sexy sieht er im Moment bestimmt nicht aus.

In der tiefen Bettkuhle sitzt Steff direkt neben ihm. Heiner kann wieder ihren Frühlingsduft riechen. Er nimmt sich fest vor, sie später nach dem Namen ihres Parfüms zu fragen.

»So, so, Joggen, Schwimmen und Fußball.« Steff glaubt ihm kein Wort. Trotzdem lächelt sie. »Da machen Sie ja mehr als ich.«

Heiner weicht ihrem Blick verlegen aus. Er kann nicht glauben, was gerade passiert. Wann hat das letzte Mal eine so attraktive Frau neben ihm auf dem Bett gesessen?

Angestrengt sucht er nach einer charmanten Bemerkung, vielleicht über ihre Haare? Oder sollte er sich geistreich erkundigen, wie es Steff bei ihrer Freundin ergangen ist.

Plötzlich steht Steff auf.

»Haben Sie schon mal Yoga gemacht?«, fragt sie und sieht ihn dabei unternehmungslustig an.

»Yoga …?«

»In Australien habe ich mit einer Yogalehrerin zusammen gewohnt. Die hat mir ein paar tolle Übungen gegen Rückenprobleme verraten.«

»Australien?«, wiederholt Heiner überfordert.

»Ja, da habe ich doch ein dreiviertel Jahr gelebt. Habe ich

Ihnen das nicht erzählt?« Steff fasst sich verwirrt an den Kopf. »Ach Quatsch, nein, darüber habe ich heute Morgen nur mit Gerald gesprochen.«

Heiners Lächeln gefriert. Sie verwechselt ihn ausgerechnet mit dem Psycho-Makler.

Steff winkt lächelnd ab und stellt sich feierlich in die Mitte des kleinen Raums. »Jedenfalls, wenn Sie mögen, kann ich Ihnen ein paar Übungen zeigen.«

»Jetzt? Hier?«

»Klar. Ich kenne ein paar ganz einfache Tricks, dann sind Sie Ihre Rückenschmerzen im Nu los.«

Heiner sieht Steff wenig begeistert an.

Steff grinst. »Sie glauben mir nicht, was?«

Heiner hebt nur die Achseln – und zuckt sofort zusammen. Die Schmerzen sind noch da, was auch Steff mit mitfühlender Miene bemerkt.

»Soll ich Ihnen mal was zeigen?«

Zu seiner Überraschung schiebt sie seine Unterwäsche und seine Hemden auf dem Boden mit dem Fuß achtlos zur Seite. Dann zieht sie ihre Sneaker aus und setzt sich auf den Teppich.

»Ich mache jetzt seit einem Jahr regelmäßig Yoga. Das hat mich nicht nur mental weitergebracht. Ob Sie's glauben oder nicht, ich bin seitdem nie mehr krank gewesen. Und Rückenprobleme habe ich schon gar nicht.«

Als Beweis beugt sie den Oberkörper mit durchgedrückten Knien nach unten und presst beide Handflächen auf den Boden.

»Na, kriegen Sie das auch hin? Das nennt man *den Hund*.«

Heiner staunt. Mit offenem Mund und großen Augen

glotzt er auf ihre Brüste, die sich deutlich unter dem T-Shirt abzeichnen. Er schluckt.

»Oder hier, das können Sie bestimmt auch nicht. Meine Freundin Kate nannte diese Stellung *The Flying Dragon.*«

Steff legt sich jetzt vor Heiner auf den Boden, stützt sich auf ihre angewinkelten Hände und stemmt ihren Unterleib so sehr nach oben, dass ihr Rücken eine runde Brücke bildet.

»Cool, oder? Aber glauben Sie mir, ein bisschen Übung und Sie können das auch«, sagt Steff leicht außer Atem.

Heiner nickt mechanisch und kann nicht anders, als Steff dabei zwischen die weit geöffneten Beine zu starren.

Ein Glück, dass er noch auf dem Bett sitzt. So merkt Steff hoffentlich nicht, dass er eine Erektion hat. Sicherheitshalber verschränkt Heiner beide Arme zusätzlich vor seinem Schoß und nickt Steff mit einem leicht verkniffenen Lächeln zu.

Plötzlich klopft es wieder. Im selben Moment geht die Tür auf, und Schöning kommt herein, in der Hand zwei Gläser.

»Hallo Heiner, ich –«

Er stockt – und sieht fassungslos zu Heiner und Steff hinunter.

10
Rote Grütze mit Schlagsahne

Gerald versucht, sich etwas abzulenken. Am weiß lackierten Türrahmen fallen ihm einige Riefen im Lack auf, an einer Stelle entdeckt er die übermalte Nut einer dicken Schraube, was hat die mal gehalten? Vollkommen unwichtig. Gerald stellt sich nur eine einzige Frage: Wie hat es dieser Zwerg Deuters bloß geschafft, dass sich Steff so vor ihm räkelt? Zum Glück ist sie angezogen, das erleichtert ihn etwas. Steff steht auf und läuft rot an, eine blonde Haarsträhne ist ihr in die Stirn gefallen. Sie hat Ränder um die Augen. Geht es ihr nicht gut?

»Ich habe Herrn Deuters eine Yoga-Übung gezeigt«, stammelt sie entschuldigend.

Und ausgerechnet jetzt muss er beruflich nach Dänemark, so ein Mist! Wenn er Pech hat, wird sich Steff als Krankenschwester bei Deuters einquartieren, ohne dass er etwas dagegen machen kann. Jetzt muss er schnell sein, schneller als je zuvor.

»Hast du einen Moment für mich?«, bittet er Steff.

Steff nickt Deuters freundlich zu. »Entspannen Sie sich gut.«

»Gute Besserung, Heiner«, ruft Gerald fröhlich. Deuters zieht sich die Decke bis zum Hals und schaut ihnen mit kranken, bösen Kaninchenaugen hinterher.

Gerald schließt die Tür und geht mit Steff über den leicht muffigen Flur mit dem roten Bastteppich nach nebenan auf sein Zimmer. Der Raum liegt um diese Zeit im Schatten und ist wenig einladend. Nichts liegt herum, außer seinen vier riesigen Koffern neben dem Bett. Gerald stellt die Gläser und die Weinflaschen auf das kleine Tischchen unter dem Fenster. Steff setzt sich an den Rand des Stuhls vor dem Kleiderschrank.

»Es klingt vielleicht albern, aber meine Mutter mag es nicht, wenn ich bei einem Gast privat auf dem Zimmer bin.«

Für Deuters scheint das nicht zu gelten …!

Gerald nickt. »Verstehe.«

Er gießt die beiden Gläser voll.

»Ich habe ein Schild an der Rezeption gesehen«, sagt er, »›Vi taler dansk‹. – Sprichst du dänisch?«

»Ich hatte es in der Schule.«

Das weiß Gerald natürlich längst, denn Steffs Mutter hat es ihm erzählt.

»Pass auf, Folgendes, ich habe morgen einen wichtigen Kunden in Kopenhagen, könntest du mich als Dolmetscherin begleiten?«

Jesper Kristensen baut Edel-Hausboote und ist auf der Welt ein gefragter Mann, morgen Abend hat er sich zwei Stunden Zeit für ihn genommen. Gerald hat einen stillgelegten Kanal in Schleswig-Holstein aufgetan, wo er zwölf von den Häusern hinbringen kann, dafür gibt es in diesem Land Kunden en masse!

»Nee, so gut bin ich nicht mehr, das ist zu lange her.«

Dass Kristensen perfekt Englisch und sogar ein bisschen Deutsch spricht, ist ja egal …

»Es geht im Grunde nur um einen kleinen Smalltalk, das wird gut bezahlt.«

»Nee, leider …«

Wieso zögert sie noch?

Da gibt es nur eins: den Einsatz erhöhen!

»Der Termin dauert höchstens eine Stunde, du bekommst 400 in bar, ein tolles Hotel und zwei Tage in Kopenhagen.«

Steff bläst die Backen auf. »Wann wäre das denn?«

»Morgen.«

Morgen hat Steff frei, auch das weiß Gerald von ihrer Mutter. Während Deuters in seinem Bett dahinsiecht und den alten Mann mit Hexenschuss gibt …

»Das würde passen, es ist mein freier Tag«, überlegt sie, dann schaut sie Gerald direkt in die Augen. »Wann geht es los?«

»Also ja?«

»Überredet!«

Steff gibt ihm förmlich die Hand, die Gerald am liebsten nicht wieder loslassen möchte. Ihre Haut fühlt sich phantastisch an.

Gleich nach dem Aufwachen am nächsten Morgen fährt Geralds Adrenalinpegel so hoch wie bei einem Piloten beim Landeanflug. Nach dem Duschen zieht er sich sein neues dunkelgrünes Hemd an, das er lässig über den Bund der schwarzen Wollhose hängen lässt. Darüber kommt ein wetterfestes, ausgebeultes Tweed-Jackett im Stil eines englischen Landlords, inklusive hochschaftiger Stiefel. Ein letzter Blick in den Spiegel, dann nimmt er seinen kleinen Lederrucksack und gibt sich einen Ruck.

Ab jetzt kann alles passieren.

Gerald versucht, sich nicht allzu viel auszumalen, obwohl er weiß, dass dieser Tag sein ganzes Leben verändern kann.

Und dann bekommt er eine SMS, die ihm fast den Atem nimmt: Sein Kunde Jesper Kristensen entschuldigt sich, er hat sich im Termin geirrt, die Firma hat gerade Betriebsferien, er ist auf Ibiza!

Und jetzt?

Geralds Gedanken laufen kreuz und quer durcheinander.

Absagen?

Er könnte Steff einladen, einfach so mit ihm nach Kopenhagen zu fahren, aber das traut er sich nicht. Natürlich wäre es ein Traum! Aber dafür ist es noch zu früh, das könnte zu aufdringlich wirken. Steff weiß nichts von der Absage, ihm wird unterwegs schon etwas einfallen, also erst einmal nach Kopenhagen und dann weitersehen! Mit zittrigen Knien schreitet er über den langen Flur zur Treppe. In Deuters' Zimmer herrscht Ruhe. Der wird sich wundern, dass seine »Florence Nightingale« heute dienstfrei hat, wenigstens das!

Steff wartet bereits auf ihn mit einem kleinen Rollköfferchen neben der Rezeption. Sie sieht etwas müde aus, aber ihre Augen strahlen ihn so freudig an, dass ihm ganz warm wird. Gerald hat keinen Dresscode empfohlen, den hat sie selber gewählt: dunkelblauer Hosenanzug, eine anthrazitfarbene Bluse, dazu flache Slipper. Sie ist dezent geschminkt, Kajal und Lidschatten.

»Frühstück?«, fragt Steff und gähnt herzlich.

Gerald schaut auf die Uhr.

»Lass uns an Bord frühstücken, ja?«

»Wie Sie befehlen, Boss.« Steff grinst.

»Von wegen Boss – ich bin total abhängig von dir«, haucht Gerald charmant.

Der Himmel ist grau und wenig einladend, die Landschaft unter dem grauen Himmel wirkt wie eingefroren. Die Fahrt mit dem Landrover bis nach Puttgarden dauert gerade eine halbe Stunde. Gerald parkt den Wagen am Fähranleger und schlendert mit Steff auf den Terminal zu. Die große schwanenweiße Fähre schiebt sich bereits langsam in den Hafen.

Als er mit Steff an Bord geht, signalisiert ihm etwas tief in seinem Inneren, dass es gut werden wird! Die Fähre ist im Grunde eine schwimmende Shopping-Mall, die vom Bug bis zum Heck geht. Gerald lotst Steff in das Selbstbedienungsrestaurant in Fahrtrichtung des Schiffes, das zum Meer hin vollkommen verglast ist.

Es ist total leer hier.

Sie bestellen sich Kaffee, Brötchen mit Krabben und dänischer Marmelade und setzen sich direkt ans Fenster. Schade, dass es zu diesig ist, um viel zu sehen. Nach wenigen Minuten füllt sich der Raum, der EC Paris – Kopenhagen ist in Puttgarden an Bord gerollt, die Reisenden quellen aus dem Bahnhof im Bauch des Schiffes, man hört Deutsch, Dänisch und Französisch.

»Erzähl mal, wie ist denn der Kunde so?«, will Steff wissen.

»Äh …«

Jetzt muss er improvisieren. Ihm fällt spontan nur ein albernes Pressefoto des IKEA-Gründers Ingvar Kamprad ein.

»Ein skurriler Typ, der am liebsten Strickjacken trägt, auch im Sommer«, sagt er. »Und im Winter trägt er hässliche Wollmützen mit Ohrenklappen. Er fährt einen Volvo aus dem Jahr 1993, obwohl er ernsthaft reich ist.«

Es ist eine Schmierenkomödie, die er hier abzieht, aber jetzt kommt er da nicht mehr raus!

»Wie heißt er überhaupt?«

Zum Glück sind ihm dänische Namen so geläufig, dass ihm schnell einer einfällt.

»Thorben Jensen«, antwortet er.

Steff zückt prompt ihr iPhone und tippt den Namen ein: »Thorben Jensen …«

Mist.

»Den wirst du im Internet nicht finden, darauf legt er großen Wert.«

Steff staunt. »Und wie macht er dann seine Geschäfte?«

Gerald beißt in ein Krabbenbrötchen.

»Unter mehreren Pseudonymen«, nuschelt er mit vollem Mund.

»Klingt seltsam.«

Gerald schluckt die Krabben hinunter.

»Ach was, das ist ein netter, älterer Herr. Der will Ferienhäuser in Deutschland kaufen.«

Steff wundert sich. »Warum? Es gibt in Dänemark doch mehr als genug Ferienimmobilien.«

»Das musst du ihn fragen.«

Höchste Zeit für einen abrupten Themenwechsel, findet Gerald, bevor er sich in noch mehr Lügen verstrickt!

»Warst du schon mal in Kopenhagen?«

»Ja, klar, öfter, als Kind. Tolle Stadt. Obwohl ich Städte gerade total satt habe, nach dem Dreivierteljahr in Sydney.«

»Du sollst ja nicht hinziehen.«

Steff lacht und bringt ihm ein wenig Dänisch bei, vor allem nutzloses Zeugs, sie schreibt ihm etwas auf die Serviette, was Gerald komplett falsch ausspricht: »Rød grøl med piskefløde.«

»Röl gröl mel piskeflöl«, korrigiert ihn Steff lachend. Sie hat sich sehr auf den Tag mit ihm gefreut, das zeigt sie ihm immer deutlicher.

»Was heißt das?«

»Rote Grütze mit Schlagsahne.«

»Und damit komme ich in Dänemark überall durch?«

Nach einer knappen Stunde gehen sie hinunter in den Bauch des Schiffes auf das Eisenbahndeck und besteigen den Zug. Als sie in Rødby von Bord rollen, sind es bis Kopenhagen nur noch zwei Stunden. Selbst bei diesem diesigen Wetter kommt ihnen das Licht sehr viel nördlicher vor. Aufgeräumte, saubere dänische Städte rollen vorbei, weite Felder und herbstliche Wälder, deren Geruch man vom Großraumabteil erahnen kann. Zum Glück hat er das Hotel schon gebucht.

Fehlt nur noch der Kunde – aber der wird sich finden!

Der Eurocity aus Paris rollt pünktlich in Københavns Hovedbanegård ein. Der Bahnhof stammt aus der vorletzten Jahrhundertwende und sieht mit seinen Backsteintürmen und Holzbalken aus wie eine protestantische Kathedrale. Auf dem Vorplatz herrscht das übliche Gewusel wie vor allen Bahnhöfen. Die Taxis in Kopenhagen sind dunkelblau, viele Werbeaufschriften zeigen Buchstaben, die es nur hier gibt, wie das »Ø«. Das gibt einem wirklich das Gefühl, ganz woanders zu sein. Und dass man hier mit dänischen Kronen und nicht mit Euro bezahlt, ist zwar umständlich, verstärkt dieses Gefühl aber noch.

Ihr Hotel liegt um die Ecke vom Bahnhof. Gerald ist den

Weg in der Nacht zuvor mit Google Street View im Internet mehrmals abgegangen. Das »Scandic Webers« ist ein alter Hotelkomplex aus der Gründerzeit mit weißen Ornamenten an der Fassade. Steff ist schwer beeindruckt, denn innen betritt man einen dänischen Design-Tempel.

»Die Freischwinger-Stühle im Frühstücksraum stammen von einem Schüler Arne Jacobsens«, weiß Gerald aus dem Internet.

»Arne Jacobsen, ist das der mit den Märchen?«

»Mmh, er war eher Designer. Vielleicht kennst du vielleicht seine Sessel ›Das Ei‹ und ›Der Schwan‹.«

Steff lacht.

»Das Ei? Nie gehört! – Ist das jetzt peinlich?«

Es ist ihr ganz offensichtlich kein bisschen peinlich, Gerald steht da wie der letzte Klugscheißer.

»Ich kenne den auch nur, weil ein Kunde von mir sein Bauernhaus mit dänischen Designermöbeln eingerichtet hatte.«

»Er ist also teuer.«

»Na, klar.«

Im Zimmer wirft Gerald seinen Lederrucksack aufs Bett mit der grauen Überdecke. Es gibt hinter dem Bett helles lackiertes Holz und darüber ein rechteckiges abstraktes Bild mit orangenen und roten Kreisen, neben dem Flachbildfernseher befindet sich eine längliche weiße Wandlampe. Wenn er ehrlich ist, kann er nicht erkennen, was das besondere Design sein soll, das den irren Preis rechtfertigen soll.

Wenigstens gefällt es Steff!

Er eilt zurück in die Lounge, wo er sein Tweed-Jackett abstreift und sich in einen Designer-Sessel fläzt, der zum

Glück bequemer ist, als er aussieht. Steff kommt mit ihrer dunkelblauen Business-Uniform nach wenigen Minuten lächelnd auf ihn zu, sie könnte genauso gut eine Dänin sein. Gerald steht auf und zieht sich sein Jackett über.

Langsam wird er etwas ruhiger.

Steff ist bei ihm, er muss nichts überstürzen.

»Und? Wie ist es?«, erkundigt er sich.

»Irgendwie trashig«, sagt sie lächelnd. »Auf jeden Fall mal was anderes.«

Gerald ist erleichtert.

»Wann ruft Thorben Jensen an?«, erkundigt sich Steff.

Sie hat sich den Namen des Kunden selbstverständlich gemerkt, was sehr professionell ist. Und andererseits total sinnlos …

»Keine Ahnung, auf jeden Fall heute noch.«

Steff schaut auf ihre Uhr, es ist halb eins.

»Dann haben wir ja Zeit.«

Die beiden verlassen das »Scandic Webers«. Der Verkehr auf der vierspurigen Vesterbrogade ist unglaublich laut, sie müssen sehr laut reden, um sich überhaupt verstehen zu können. So gesehen wäre ein Spaziergang an der Steilküste schöner gewesen, sie fühlen sich hier beide nicht besonders wohl. Schließlich landen sie im Ørstedsparken, einem alten großen Park mit riesigen Laubbäumen und einem riesigen Teich in der Mitte. Hier fühlt man sich nicht nur weit weg von der Stadt, sondern weit weg von diesem Jahrhundert. Der älteste Baum hier ist laut Schild 220 Jahre alt. Sie setzen sich auf eine Bank direkt vor dem großen Teich, die sich beim näheren Hinsehen allerdings als ziemlich vermoost erweist. Gerald sammelt etwas Schilf und legt es auf die Sitzfläche, damit ihre Klamotten nicht dreckig werden.

Kurz danach bricht die Sonne durch und beleuchtet die Herbstblätter, die hier schon viel gelber, brauner und bunter sind als in Deutschland.

»In der Sonne sind die Temperaturen fast wie im Sommer«, behauptet Gerald, den allein die Anwesenheit von Steff auf Betriebstemperatur hält.

»Ja«, antwortet Steff und rückt fast auf Tuchfühlung an ihn heran, um sich etwas zu wärmen. Sie schließt die Augen und lächelt in die Sonne. Gerald überlegt, ob er schützend den Arm um sie legen soll, aber das traut er sich noch nicht.

»Geht dir das auch so, dass du jedes Gedicht behalten hast, das ihr in der Schule lernen musstet?«, fragt Steff.

Um Himmels willen, Geralds Baustellen sind allein seine Baustellen, Gedichte kommen da so gar nicht vor!

»Kannst du noch eins auswendig?«, fragt er.

»Ich kann nur ein megaberühmtes, aber das passt sogar.«

»Komm schon …«, bittet Gerald neugierig. Wie passt das?

»Also gut … ›Herbsttag‹ von Rainer Maria Rilke.«

Gerald schaut aufs Wasser, das von der Sonne beleuchtet wird, Steff wird ganz ernst und ihre Stimme ganz voll:

»Herr: es ist Zeit. Der Sommer war sehr groß.
Leg deinen Schatten auf die Sonnenuhren,
und auf den Fluren laß die Winde los.
Befiehl den letzten Früchten voll zu sein;
gieb ihnen noch zwei südlichere Tage,
dränge sie zur Vollendung hin und jage
die letzte Süße in den schweren Wein.
Wer jetzt kein Haus hat, baut sich keines mehr.

Wer jetzt allein ist, wird es lange bleiben,
wird wachen, lesen, lange Briefe schreiben
und wird in den Alleen hin und her
unruhig wandern, wenn die Blätter treiben.«

Gerald muss schlucken. »Das war unglaublich schön.«

»Kennt natürlich jeder …«

»Das macht doch nichts.«

Tatsächlich hat Gerald von diesem Gedicht noch nie gehört. Er hofft, dass Steff ihn nicht nach seinen Lieblingsversen fragt, da würde ihm außer ein paar versauten Schüttelreimen nichts einfallen.

Sein Handy klingelt.

Er schaut auf die Uhr, steht auf und geht ein paar Schritte von der Bank weg. Sein alter Freund Burki ist dran, ein alter Kumpel aus Lübeck.

»Moin, Alter«, kommt es aus dem Hörer.

Gerald schaltet schnell.

»Good Morning Mrs. Pederson«, säuselt Gerald in den Hörer, »nice to hear you again.«

Unauffällig beendet er die Verbindung und quatscht weiter mit der imaginären Frau Pederson. Später wird er Burki irgendeine Ausrede auftischen, das geht schon in Ordnung. Als er zu Steff zurückkehrt, lässt die gerade flache Kiesel übers Wasser springen.

»Du glaubst es nicht«, regt er sich künstlich auf, »Jensens Sekretärin sagt, dass Thorben Jensen heute Morgen nach Dubai geflogen ist.«

Steff zieht empört die rechte Augenbraue hoch: »Er hat dich einfach vergessen?«

Diese Aktion zählt nicht zu den Dingen, die er Steff jemals beichten wird, wenn sie zusammengekommen sind.

»Er lässt sich entschuldigen, ein Notfall.«

Steff starrt ihn fragend an. »Und nun?«

»Mach dir keine Sorgen, er bezahlt alles, wie besprochen. Das Hotel kann ich sowieso nicht mehr abbestellen. Wir machen uns einfach eine schöne Zeit auf seine Kosten.«

Steff zögert noch etwas. »Meinst du echt?«

»Seine Sekretärin hat es mir genau so ausrichten lassen.«

Gerald fühlt sich wie befreit. Ab jetzt muss er nicht mehr an der Legende vom Geschäftstreffen basteln und kann sich mit Steff vollkommen frei durch Kopenhagen treiben lassen. Etwas später schlendern sie langsam Richtung Nyhavn, einer der touristischen Höhepunkte in Kopenhagen. An einem schmalen Seitenkanal, der ungefähr einen halben Kilometer lang ist, stehen Jahrhunderte alte Lager- und Wohnhäuser in allen Farben, von gelb bis rot, im Wasser davor sind alte Holzschiffe festgemacht. Gerald und Steff essen erst eine dänische Pizza mit Lachs und Krabben, dann setzen sie sich an den Kai und lassen die Beine baumeln. Um sie herum wuseln Touristen aus aller Welt. Steff steht auf, um Bier aus einem nahe gelegenen Kiosk zu holen, was um sie herum alle machen. Gerald will ihr Geld geben, doch sie winkt ab.

»Du hast schon die Pizza bezahlt, jetzt bin ich dran.«

Fast hätte Gerald erklärt, dass ihr Kunde Jensen die Pizza bezahlt hätte, aber den will er nicht mehr erwähnen. Es dauert bestimmt eine Viertelstunde, bis Steff wiederkommt, er ist schon unruhig geworden. Sie hält nur eine Bierflasche in der Hand, die sie ihm reicht.

»Sag mal, geschäftlich passiert doch nichts mehr, oder?«, erkundigt sie sich.

»Nee.«

»Weil …, ich habe eben einen Typen getroffen, der hat mich zu einem Rundflug über Kopenhagen eingeladen.«

Gerald wird heiß und kalt zugleich.

»Waas?«

»Der hat noch einen Platz in seiner Maschine, das kostet mich nur 200 Kronen.«

Gerald bekommt einen trockenen Mund, er ist vollkommen unfähig, darauf irgendwie zu reagieren. Steff legt ihre Hand auf seinen Unterarm. »Es macht dir doch nichts aus, oder?«

Gerald zwingt sich zu einem Lächeln: »Kein Problem, ich komm' schon zurecht.«

Sie gibt ihm einen Kuss auf die Wange, der sonst sämtliche Hormone freigesetzt hätte. Aber nun brennt diese Berührung auf seiner Haut wie ätzende Chemie. Steff verschwindet in einem schmalen Gang zwischen zwei alten Häusern. Gerald bleibt stoisch am Kanal sitzen und trinkt sein Bier. Langsam geht die Sonne unter und spiegelt sich in den Fensterscheiben. Er hat überhaupt keine Idee, was er jetzt tun soll. Alle haben jemanden, mit dem sie reden können, man kommt hierher, wenn es einem gut geht, schöner geht es nicht.

Und schrecklicher auch nicht.

Hinter ihm latscht ein deutschsprachiger Reiseführer mit einer großen Gruppe von Touristen vorbei und leiert seinen Text herunter: »Der bekannteste Bewohner von Nyholm war der dänische Schriftsteller Hans Christian Andersen, der ab 1834 für fünf Jahre im Haus Nr. 20 wohnte. Dort schrieb er die Märchen *Das Feuerzeug*, *Der kleine Klaus und der große Klaus* und *Die Prinzessin auf der Erbse* …«

»Leck mich«, sagt Gerald laut zu sich, springt auf und eilt davon.

Ihm fällt nichts anderes ein als die »Scandic-Weber«-Hotelbar. Er kann zwar keine Gedichte auswendig, aber die Hotelbeschreibung aus dem Internet hat er immer noch wörtlich drauf: »Darüber hinaus besitzt das Hotel einen Innengarten im südländischem Stil und die trendy Loungebar CUBE, die sich auf moderne Cocktails und Tapas spezialisiert hat.« Alkohol ist extrem teuer in Dänemark, aber an der Bar eines Designhotels werden wahre Phantasiepreise verlangt. Dazu kommt Steffs Honorar, ihr Hotelzimmer und der Zug. Es ist alles so erbärmlich. Ihm wird erst jetzt klar, dass er seinen kleinen miesen Maklertricks mehr vertraut hat als sich selbst.

Egal. »One more Scotch.«

Zwei Stunden und einige Scotch später labert er einen Typen neben sich voll, doch der Mann versteht ihn nicht, weil er weder Deutsch noch Englisch spricht.

Egal. »One more Scotch.«

»Trinkst du einen mit mir?«, fragt plötzlich neben ihm eine weibliche Stimme auf Deutsch.

Steff!

»Ja, klar«, nuschelt Gerald und versucht ein Grinsen.

»Zwei Daiquiris bitte«, ruft Steff dem Barkeeper zu, dann wendet sie sich an Gerald. »Du trinkst doch Daiquri?«

Gerald sieht sie wie durch ein umgedrehtes Fernglas.

»Na, klar.«

Er muss laut rülpsen, dann kommt ihm alles hoch. Stöhnend rennt er Richtung Toiletten, schafft es jedoch nicht ganz, sondern kotzt vor die Tür der Damentoilette.

11
Über Dänemark scheint die Sonne

Als Heiner am frühen Morgen aufwacht, braucht er einen Moment, um sich zu orientieren. Am Abend hatte sich der dicke Arzt noch einmal nach ihm erkundigt. Da die Schmerzen nicht besser geworden waren – eher schlimmer nach Steffs frustrierendem Abgang –, hatte der Arzt darauf bestanden, dass er noch mal zwei Tabletten nehmen sollte. Mit dem Ergebnis, dass er nach einer halben Stunde tief und fest einschlief.

Jetzt, fast zwölf Stunden später, sieht er schläfrig auf seine Uhr. Schon halb zehn. Zu Hause könnte er nie so lange im Bett bleiben.

Langsam versucht er, sich aufzurichten.

Heiner kann es kaum glauben: Er spürt zwar immer noch eine gewisse Verspannung im Rücken. Aber die Schmerzen sind weg!

Vorsichtig, um nicht einen Rückfall auszulösen, geht er ins Bad. Seine Kleidung stinkt, schließlich hat er die ganze Nacht in seiner Cordhose und seinem Pullover geschlafen – dieselben Sachen, mit denen er auf dieser verdammten Steilküste war.

Immer noch etwas benommen blickt er in seinem winzigen Bad in den Spiegel.

Er sieht schrecklich aus, unrasiert, seine Haare kleben ihm auf der Stirn, und unter den Augen liegen dunkle Schatten.

Heiner nimmt eine ausgiebige Dusche. Fast eine Viertelstunde lang lässt er sich warmes Wasser auf den Rücken laufen. Dabei überlegt er, was gestern eigentlich genau passiert ist.

Dieser Schöning wollte mit den zwei Gläser Wein eigentlich zu ihm, da ist er sicher. Bestimmt um sich bei ihm zu entschuldigen, weil er ihn auf diese Holztreppe getrieben hatte. Dass Steff gerade bei ihm im Zimmer war, konnte er nicht wissen. Oder hat Schöning Steff gesucht?

Steff … Der Gedanke an sie lässt ihn sofort verklärt lächeln. Wie süß sie gestern um ihn besorgt war. Wenn dieser Makler nicht gekommen wäre, dann hätte sie ihm bestimmt ein paar Übungen gezeigt. Dann hätten sie ganz eng auf dem Teppich beieinander gesessen, und dann …

Heiner seufzt. Dumm gelaufen. Aber er wird Steff schon an ihr Angebot erinnern. Vielleicht können sie ihren Unterricht ja schon heute nachholen.

Heiner nickt zuversichtlich und steigt aus der kleinen Dusche. Jetzt geht es ihm schon besser, viel besser. Endlich kann er sich wieder wie ein normaler Mensch bewegen. Heute wird ein guter Tag. Woher diese plötzliche Euphorie?, fragt er sich. Liegt es an der Sonne, die hell durch das geöffnete Fenster strahlt? Oder sind das immer noch die Nachwirkungen der Tabletten?

Egal wie, der bescheuerte Schöning wird sich noch umschauen. Ab heute wird zurückgeschossen. Noch mal wird er sich nicht so vorführen lassen. Und dass Steff seine Zuneigung erwidert, ist seit gestern ja wohl mehr als bewiesen.

Er lächelt, während er sich ein frisches Polohemd überstreift. Heute wird er bei Steff richtig Gas geben. Bisher hat er sich bei ihr ja noch zurückgehalten, um Schöning nicht zu sehr zu demütigen. Aber heute wird er ihn endgültig in das geistige Abseits schicken, das dunkle Loch, in das er gehört und das er niemals hätte verlassen sollen. Heute wird Steff den echten, den charmanten, witzigen und wortgewaltigen Heiner kennenlernen, neben dem dieser großkotzige Makler so schnell verbrennen wird wie ein Vampir im Sonnenlicht.

Er weiß auch schon, was er zuerst sagen wird, wenn er sie sieht:

»Können Sie mir heute vielleicht ein paar Stellungen zeigen?« Dabei wird er sie frech mit einem zweideutigen Lächeln anblicken. Steff wird für einen Moment stutzen, doch wenn er dann »Ich spreche natürlich von Yoga« hinzufügen wird, wird sie seine kokette Anspielung verstehen. Und darüber lachen.

Anschließend wird ihre Beziehung eine andere sein. Sein feinsinniger Humor wird eine Tür zu ihrem Herzen öffnen, ganz bestimmt.

Eine Viertelstunde später sitzt Heiner alleine im Wintergarten. Die anderen haben alle schon gefrühstückt, sind unterwegs oder sogar abgereist. Auf dem Weg durch die Lobby hat Heiner einen Blick auf den Parkplatz geworfen. Der Landrover ist weg. Dieser elende Schöning ist also nicht da. Sehr gut: Dann hat er Steff für sich alleine, keine weiteren Störungen.

Erwartungsvoll lächelnd blickt Heiner zu der Küchentür, hinter der leises Scheppern zu hören ist. Ob er selbst die Initiative ergreifen und an die Tür klopfen soll? Nein, das könnte ein wenig würdelos aussehen, besser er wartet hier am Tisch.

Er guckt auf den Kompass, dessen Nadel stumm zur Küche zeigt, zu Steff also. Er grinst, wenn das kein Zeichen ist. Auf Schönings Tisch liegt nur eine alte Muschel ohne jede Symbolkraft.

Endlich geht die Tür auf. Aber heraus kommt nicht Steff, sondern ihre Mutter, Frau Schmidt.

»Ah, Herr Deuters, guten Morgen!« Freundlich lächelnd kommt sie auf ihn zu und wischt sich dabei die Hände an einem Handtuch ab.

»Zurück von den Toten?« Sie grinst. »Wie geht es Ihnen denn? Haben Sie immer noch Schmerzen?«

»Nein, alles bestens.«

»Ein Glück. So ein Hexenschuss ist eine schlimme Sache.«

Heiner nickt nur und versucht unauffällig an Frau Schmidt vorbei einen Blick in die Küche zu werfen. Wo steckt denn Steff?

»Ja, auf seinen Rücken muss man gut aufpassen«, ergänzt Frau Schmidt. »Am besten, man macht regelmäßig Sport. Schwimmen ist besonders gut.«

Heiner räuspert sich. »Ihre Tochter hat mir gesagt, sie wüsste ein paar Yoga-Übungen, die auch helfen würden.«

»Ach ja?« Frau Schmidt wirkt überrascht. Weil sie nicht wusste, dass Steff sich mit Yoga auskennt? Oder weil sie keine Ahnung hat, dass er so ein gutes Verhältnis zu ihrer Tochter hat?

»Ist sie denn heute gar nicht im Haus?«

Frau Schmidt schüttelt nachdenklich den Kopf. »Nein, ist sie nicht. Sie ist vorhin zusammen mit Herrn Schöning nach Kopenhagen gefahren.«

»Nach Kopenhagen?!« Heiner glotzt sie erschüttert an.

»Ja, sie soll für ihn dolmetschen. Herr Schöning kennt da wohl irgendeinen reichen Dänen, der hier ein paar Ferienhäuser kaufen möchte.«

»Ach, Kopenhagen … das ist ja nett …«, stammelt Heiner und hofft, dass man ihm nicht ansehen kann, wie schockiert er ist.

»Ja, nicht wahr? Eine Geschäftsreise. Herr Schöning bezahlt sie sogar dafür. Auch die Reise- und Hotelkosten.«

»Was? Heißt das, die beiden kommen erst morgen wieder?« Heiner spürt wieder einen Stich in seinem Rücken.

Frau Schmidt zuckt nur mit den Schultern und nickt. Richtig gefallen scheint ihr diese Tatsache auch nicht.

Für einen Moment ringt Heiner nach Fassung. Dann zwingt er sich mit schier übermenschlicher Kraft zu einem schmalen Lächeln.

»Na, schade, dann frage ich sie morgen eben noch mal.«

»Wollen Sie noch ein Frühstück?«

»Nur einen Kaffee, vielen Dank.« Heiner ist der Appetit vergangen. Frau Schmidt nickt ihm freundlich zu und verschwindet in der Küche. Kaum ist sie durch die Tür, fällt Heiners Gesicht zusammen wie ein aufgeblasener Käsekuchen.

Steff und dieser Wüstling sind zusammen verreist! Den ganzen Tag sitzt und geht sie neben diesem Mistkerl, redet mit ihm, lacht vielleicht sogar mit ihm. Und was sie am Abend und in der Nacht tun, will Heiner sich lieber nicht vorstellen.

Heiner war auch schon ein paarmal in der dänischen Hauptstadt. Er muss an den Tivoli denken, einen parkähnlichen Vergnügungspark voller Blumenwiesen und romantischer Plätze. Ein Schauer läuft Heiner über den Rücken, als er sich an die vielen knutschenden Pärchen erinnert, die sich dort auf den zahllosen Bänken herumtreiben.

Und dann die Innenstadt von Kopenhagen. Er hat noch deutlich die vielen Cafés vor Augen, die bei seinem letzten Besuch voller junger, ausgelassener Pärchen waren.

Und genau dort ist jetzt Steff mit diesem … diesem Unhold? Heiner ringt nach Atem und versucht, die wild durcheinander fliegenden Gedanken in seinem Kopf zu ordnen.

Eine Geschäftsreise? So wie Schöning über Steff geredet hat, kann sie froh sein, wenn er sie nicht schon in der Fähre zum ersten Mal vergewaltigt hat!

Frau Schmidt stellt ihm ein Kaffeegedeck auf den Tisch. Heiner fragt, ob sie ihm auch noch ein Glas Wasser bringen kann.

Was soll er jetzt nur machen? Ist Steff für ihn verloren? Am schlimmsten ist, dass er überhaupt nichts machen kann. Während die beiden durch Kopenhagen tanzen, hockt er hier hilflos in diesem Nest. Es ist zum Kotzen.

Traurig schaut er hinaus zur Ostsee. Der Himmel über O. hat sich zugezogen. Bestimmt wird es bald regnen. Aber draußen auf dem Meer sind keine Wolken. Heiner kann es deutlich sehen: Über Dänemark scheint die Sonne.

12
Robbenfang

»Mr. S'öningg?«

Gerald öffnet vorsichtig ein Auge. Vor ihm steht ein asiatisch aussehendes Zimmermädchen in schwarzem Rock und weißer Schürze. Er kann sie gar nicht richtig erkennen, weil ein traniger Schleier vor seinen Augen hängt.

»Ja?«

»It is twelve o'clock!«

12 Uhr? Mist! Er hätte das Zimmer vor einer Stunde räumen müssen.

»Egal.«

Gerald zieht sich die Bettdecke über den Kopf. Seine Zunge ist trocken wie Sand, und unter seiner Schädeldecke werden schwere Pfähle ins Vorderhirn gerammt.

»Sorry, Sir, you have to leave this room immediately.«

Im Gesicht der Frau liegen Zurückhaltung und Ärger zugleich.

»Wenigstens Duschen werde ich ja wohl dürfen. Das ist Menschenrecht!«, bölkt er auf Deutsch.

Das Zimmermädchen wird sauer: »I'm sorry, but I have to call the security service.«

»Ja ja.«

Erst jetzt bemerkt Gerald, dass er in vollen Klamotten geschlafen hat, irgendjemand hat ihm die Schuhe ausgezogen – Steff?

Wo steckt sie?

Zehn Minuten später steht er, notdürftig gewaschen, in denselben Klamotten mit seinem Lederrucksack an der Rezeption. Für ihn ist ein Brief hinterlassen worden, von einer Stefanie Schmidt, wie auf dem Umschlag mit dem Emblem des »Scandic Weber«-Hotels steht. Gerald öffnet ihn gleichgültig.

»Lieber Gerald, es tut mir alles so leid«, steht da in runder Schreibschrift. »Wir hätten uns einen schönen Abend in Nyhavn machen sollen. Es war mein Fehler, sorry, sorry, sorry. Bis bald, Steff (bin schon vorgefahren).«

Gerald wurschtelt den Brief in die Seitentasche seines Tweed-Jacketts und bezahlt die Rechnung für sich und Steff mit seiner Kreditkarte.

Draußen ist es zum Glück grau und feucht, genau das passende Wetter für seinen Zustand. Er hätte keine Lust gehabt, sich bei Sonnenschein durch gut gelaunte Volksmassen zu kämpfen. Ein paar Meter weiter isst er an einem Kiosk einen Hotdog mit kalten gerösteten Zwiebeln und Remoulade. Danach nimmt er gleich noch einen, dazu trinkt er einen halben Liter Cola.

Danach fühlt er sich etwas besser und schlendert langsam Richtung Ørstandsparken. Es scheint in der Nacht ein Unwetter gegeben zu haben, überall liegen Laub und abgebrochene Zweige herum, die von Männern und Frauen in grünen Latzhosen zusammengefegt werden. Auf dem Teich vor der wild wuchernden Hölle der malerischen Insel ist ein Ruderboot aus Aluminium festgemacht, ein Mann mit einem Kescher fischt Flaschen und Bierbüchsen heraus. Zwei Männer schrubben die Bank, auf der Steff und er am Vortag gesessen haben, mit einer seifigen Flüssigkeit ab.

Gerald schlurft weiter nach Nyhavn, als könne er hier irgendetwas von dem nachvollziehen, was passiert ist. Die bunten Lagerhäuser versuchen erfolglos gegen das Himmelsgrau anzuleuchten. Vor den Eingängen stehen Lastwagen, die die Restaurants mit Ware beliefern, es riecht nach kaltem Fleisch, Gemüse und Diesel. Gestern war für ihn hier der Höhepunkt der Euphorie – auf die der Tiefpunkt seines Lebens folgte.

Plötzlich kommt es ihm so vor, als ahmte er mit seinem Gang hierher nur irgendeine melodramatische Filmszene nach. Es hat mit Steff nicht geklappt, er wird aus der Pension ausziehen und sich etwas Neues suchen, Ende der Geschichte! So etwas passiert.

Gerald hält ein dunkelblaues Mercedes-Taxi an.

»Til hovedbanegård«, sagt er und steigt hinten ein.

Der Taxifahrer ist ein älterer Inuit und mustert ihn mit seinen dunklen kleinen Augen. Als wenn er Gerald erwartet hat und ihn durchschaut, ein Weiser, mit einem »zweiten« Gesicht. Aber das muss eine Fehlschaltung in seinem Hirn sein, der Mann ist kein Schamane und lebt auch nicht vom Robbenfang, sondern vom Taxifahren.

»Tysk?«, fragt er.

»Ja«, brummt Gerald. »Frå Tyskland.«

Der Kopenhagener Bahnhof kann schön sein, wie er will, Gerald will nur schnell zurück. Er hat Glück. Der Schnellzug København – Hamburg steht abfahrbereit am Gleis, er springt hinein. Leider befindet sich der einzig freie Platz in einem Großraumabteil mit christlichen Pfadfindern aus den Niederlanden. Sie kommen von einem Zeltlager aus Schweden und schnattern aufgeregt durcheinander. Irgendwann fangen sie an, christliche Lieder auf Niederländisch zu singen, jedenfalls vermutet er das, weil neben dem Wort »Halleluja« der Name »Jesus« so häufig vorkommt. Um sich abzulenken, googelt er in seinem Handy den Dichter Rilke und stößt auf ein relativ kurzes Gedicht namens »Abschied«. Er stellt es sich vor wie Immobilienbriefing: »Das Haus besitzt zum Meer hin eine durchgehende Fensterfront, die bulthaup-Küche ist erst zwei Jahre alt und besitzt zwei Backöfen, im ganzen Haus haben wir eine neue Fußbodenheizung …« Er lernt es trotz des Lärms erstaunlich schnell auswendig. Dann schläft er ein, eine Eigenschaft, die seine letzte Freundin fast zum Wahnsinn getrieben hat: Er konnte immer schlafen, auch unmittelbar nachdem sie sich gestritten hatten.

Gerald wacht erst auf, als der Zug auf das Unterdeck der Fähre rollt. Er steigt aus und geht nach oben in die Shopping-Mall. Das Restaurant am Bug, in dem er am Vortag mit Steff gefrühstückt hat, meidet er. Stattdessen isst er am Heck eine Pommes und kauft im Duty-free-Shop ein Sixpack dänisches Starkbier.

Eines davon trinkt er gleich an Deck.

Das Meer beruhigt ihn heute kein bisschen! Es liegt grau und flach da wie eine Suppe, die jemand nicht mochte und einfach stehen gelassen hat. Allein das Bier muntert ihn etwas auf.

Als er endlich die Fahrertür seines flaschengrünen Landrovers aufschließt, kommt ihm der Wagen vor wie sein wahres Zuhause. Hinten liegen sein Daunenschlafsack und eine Isomatte.

Er fährt nicht weit vom Fährhafen auf eine Seitenstraße,

von dort biegt er ab auf einen Feldweg und nimmt dann einen noch schmaleren Weg mit riesigen Schlaglöchern. Er endet am Strand, im Sommer ist dies ein beliebter Surf-Treffpunkt.

Es wird dunkel.

Er nimmt Schlafsack und Isomatte aus dem Wagen. Der Sand ist feucht und die groben Steine, die überall herumliegen, riechen nach Tang. Gerald breitet die Isomatte im Sand aus, zieht sich die Hose aus und legt sich in den dicken Schlafsack, der bis –20 Grad warm hält. Sein Körper heizt ihn auf, was sich gut anfühlt und ihn tröstet. Nebel zieht auf. Er sieht einen Frachter mit hell erleuchteter Brücke langsam vorbeiziehen, die Lichter werden weich und an den Rändern unklar. Irgendwann fällt Gerald auf, dass er das Bier im Wagen vergessen hat, er hat aber keine Lust, den warmen Schlafsack zu verlassen. Fetzen des Herbstgedichtes von Rilke fallen ihm wieder ein:

Wer jetzt kein Haus hat, baut sich keines mehr.
Wer jetzt allein ist, wird es lange bleiben,
er wird in den Alleen hin und her
wandern, wenn die Blätter treiben.

Oder so ähnlich.

Seine letzte wirkliche Beziehung ging vor über einem Jahr zu Ende. Simone, Lehrerin für Mathe und Physik. Bisher hat er immer geglaubt, sie waren einfach die falschen füreinander und haben es viel zu spät erkannt.

Jetzt ist er da nicht mehr so sicher.

Wenn es bis aufs Letzte drauf ankam, verbindlich zu jemand zu stehen, war er sich nie sicher, sondern ist lieber ausgewichen. Zu einer anderen oder einfach nur weg. So lange er nicht weiß, warum das so ist, kann er keine neue

Beziehung eingehen, selbst wenn er wollte, es funktioniert einfach nicht mehr.

Komischerweise fallen ihm seine Eltern ein. Sie sind lange tot. Waren Walter und Isolde ein glückliches Paar? Geht so, würde er heute sagen. Ein Therapeut hätte seine helle Freude an ihm. Vielleicht sollte er sich wirklich mal auf die Couch legen.

Zum Glück wird er bald müde.

»Ich muss Steff noch die 400 Euro geben«, ist das Letzte, was er denkt, bevor seine Träume anfangen zu tanzen.

13
Der seltsame Franzose

»Möchtest du noch was trinken?«, fragt Heiner Steff. Sie sitzt am Fenster, hinter ihr kann er Wolken sehen, die Sonne dreht sich herein und blendet ihn so sehr, dass er von Steffs schönem Gesicht nur die Konturen erkennen kann.

»Gerne, einen Chai Latte bitte.«

Lächelt sie? Für einen Moment spürt Heiner, wie eine angenehme Wärme seinen Körper durchströmt. Das gleichmäßige Brummen der Triebwerke im Hintergrund wirkt genauso beruhigend wie das sanfte Summen einer liebenden Mutter.

Er streichelt ihr über die Wange. Was für eine zarte Haut sie hat! Wie gut sie riecht! Er strahlt sie an und sie ihn. Das Paradies, hier über den endlosen Wolken.

Er dreht den Kopf und sieht sich um. Keine Stewardess ist zu sehen.

»Holst du mir einen Chai Latte?«, wiederholt sie, und ihre Stimme klingt, als wenn sie singt.

Er nickt. »Ja, mein Schatz.«

Dann stemmt er sich hoch. Keine Schmerzen mehr im Rücken. Im Gegenteil, er fühlt sich topfit, unsterblich, unendlich glücklich. Langsam hangelt er sich durch die Sitzreihen nach vorne zur Bordküche. Eine junge Stewardess mit einem lächerlich kleinen Hütchen legt den Kopf schief und lächelt kokett, als sie ihn sieht.

»Was kann ich für Sie tun?«, erkundigt sie sich. Sie hat einen süßen, dänischen Akzent.

Heiner sagt seine Bestellung und lächelt zurück. Verrückt, wenn man mit einer attraktiven Frau unterwegs ist, interessieren sich auf einmal alle schönen Frauen für einen. Oder liegt es an etwas anderem?

»Ich habe alle Ihre Bücher gelesen, sie sind wundervoll«, sagt die Stewardess, während sie an der Kaffeemaschine arbeitet.

Heiner lächelt nur, sanft, wissend. Für einen langen Moment treffen sich ihre Blicke. Heiner schenkt ihr ein kurzes Zwinkern und gewinnt ihr Herz.

»Bittesön«, sagt die kleine Dänin.

Heiner nimmt die Latte in die Hand und dreht sich zurück in das Flugzeug, sieht den langen Gang entlang.

Er schaut sich irritiert um. Saßen eben auch so wenige Passagiere in der Maschine? Er kann sich gar nicht mehr erinnern. Überall nur leere Plätze.

Aber Steff ist noch da. Sie sitzt immer noch direkt neben dem Fenster, im gleißenden Sonnenlicht, das hier über den Wolken tausendmal heller ist als unten auf der fernen Erde.

Aber sie ist nicht mehr alleine.

Schöning sitzt neben ihr, auf seinem, Heiners Platz! Und nicht nur das! Er streichelt ihr über das Gesicht, durch die blonden Haare, über den zarten Hals!

Heiner kann es nicht fassen: Auf einmal hat Steff nur Augen für Schöning, starr wie eine Roboterpuppe blickt sie zu ihm auf, der hässliche Makler muss sie hypnotisiert haben!

Plötzlich dreht Schöning seinen Kopf zu ihm und sieht ihn quer durch die ganze Kabine mit einem spöttischen, höhnischen Lächeln an. Über dem gleichmäßigen Brausen der Turbinen meint Heiner, ein leises Kichern zu hören.

Dann wendet sich Schöning wieder Steff zu. Wie in Zeitlupe schließt er die Augen – und schiebt ihr dann seine Zunge in den Mund!

Und Steff? Was tut sie? Es ist nicht zu fassen! Sie lächelt verliebt, es scheint ihr zu gefallen. Dabei hat Schöning eine Zunge wie ein Leguan. Klebrig, lang und glitzernd schiebt er sie immer wieder zwischen ihre zart geöffneten Lippen, immer schneller, immer wilder.

Heiner dreht den Kopf weg. Er hat sie verloren! Für immer! Die Gewissheit hämmert als endloser Schmerz in seinem Kopf, in seinem Rücken, in seinem ganzen Körper.

Was soll er nur tun? Wie soll es jetzt weitergehen? Wie soll er jetzt nur *weiterleben*?!

Verzweifelt taumelt er zur Tür. Er greift nach dem schweren Hebel und dreht ihn mit einem Ruck herum. Die große Tür öffnet sich, schwingt in die Kabine. Plötzlich steht Heiner in einem so heftigen Sturm, dass es ihm fast den Atem nimmt. Ein gewaltiger Sog zerrt an seinem Anzug, an seinen Haaren, an seinem ganzen Körper.

Draußen auf der anderen Seite kann er die Wolken sehen, die ihn wie ein weiches, endloses Bett erwarten.

Ein letzter Blick zur Stewardess, die wieder den Kopf schief legt und ihn neugierig mustert, wie eine Mutter ihr kleines Kind.

Dann schließt sie die Augen, glücklich, plötzlich mit einem Ausdruck endloser Lust.

Jetzt erst erkennt Heiner, dass Schöning hinter ihr steht! Mit beiden Händen hat er ihren Rock hochgeschoben. Auch er selbst trägt keine Hose mehr. Hart und rhythmisch stößt er seinen Unterkörper gegen den der kleinen Dänin.

Und es gefällt ihr, genau wie es Steff gefallen hat, Schöning zu küssen.

Heiner hat genug gesehen. Er dreht sich um und tritt hinaus aus dem Flugzeug, hinaus in das Licht – und fällt, fällt immer tiefer und tiefer …

Mit einem tiefen Stöhnen fährt Heiner in seinem Bett hoch. Wieder braucht er einen Moment, um zu erfassen, wo er sich befindet. Nicht mehr in dem Flugzeug, auch nicht in seinem Bett in Hamburg, sondern immer noch in seinem winzigen Zimmer in dieser verdammten Pension am Ende der Welt.

Er schaut auf die Uhr. Kurz vor zwölf. Er hat fast elf Stunden geschlafen! Das liegt nur an den Schmerztabletten.

Er hat sie wieder genommen. Nicht gegen die Rückenschmerzen, die sind verschwunden. Aber letzte Nacht, als sich seine Gedanken immer und immer wieder nur um Steff und Schöning drehten und um das, was sie gerade in einem Kopenhagener Hotelbett trieben, da konnte er einfach keinen Schlaf finden. Wieso also nicht noch mal die kleinen gelben Dinger versuchen, die ihm der dicke Arzt vorgestern gegeben hat?

Während er wieder eine lange Dusche nimmt, muss Heiner an den letzten Tag denken. Eigentlich hatte er ja arbeiten wollen. Stundenlang hatte er auf den Computer gestarrt und versucht, sich in der Welt des *seltsamen Franzosen* zu verlieren.

Ohne Erfolg. Wie sollte er sich auch konzentrieren, wenn Steff, *seine* Steff, sich gerade mit diesem Widerling im fernen Kopenhagen amüsierte?

Schließlich hatte er sein Laptop zusammengeklappt und war spazieren gegangen. Dieses Mal nicht zum Strand, sondern mitten durch O. hindurch. Im strömenden Regen war er über die leeren Bürgersteige getrottet, hatte sich die kümmerlichen Geschäfte angesehen, die Boutique, einen Schuhladen und einen Laden für Strandspielzeug und Anglerbedarf (obwohl er vom Angeln überhaupt keine Ahnung hat). Schließlich hatte er sich in einem Kiosk ein Hamburger Abendblatt gekauft – die Zeitung aber schon nach ein paar Metern in einen Mülleimer geworfen.

Am Nachmittag hatte er sich im Wintergarten wieder an sein Buch gesetzt. Deshalb war er doch schließlich hergekommen. Tatsächlich schien es zuerst besser zu gehen. Doch als er später alles noch einmal durchlas, fand er, dass er nur Schrott geschrieben hatte. Und löschte alles wieder.

Das ist eben der Nachteil, wenn man keine Maschine, sondern ein sensibler und kreativer Geist ist, denkt Heiner. Solche Katastrophen wie die mit Steff belasten einen viel mehr als andere Menschen, deren Emotionen so flach sind wie eine Pfütze im Sommer.

Irgendwie ist es verrückt: In seinem Schmerz und seiner Eifersucht fühlt Heiner sich als Teil einer großen, romantischen Tragödie. Ja, er ist traurig, getroffen, bestürzt. Aber dass er so empfinden kann, gibt ihm eine Größe, die ihn über andere erhebt – vor allem über Schöning, diesen stumpfen Klotz.

Vielleicht wird es ihm später gelingen, dieses Drama zu Papier zu bringen. Oder es als Teil in eine andere Geschichte einzubauen. Als Schriftsteller hat er alle Möglichkeiten. Am Ende wird ein wunderbarer Roman entstehen.

Und dann wird Steff sich ärgern, dass sie so schnell die

Fahnen gewechselt hat. Dann wird sie um ein bisschen Aufmerksamkeit von ihm betteln. Mal schauen, ob er ihr dann noch mal eine Chance geben wird.

Sein Magen knurrt und erinnert ihn daran, dass er noch kein Frühstück hatte. Und gestern hat er den ganzen Tag kaum einen Bissen herunterbekommen.

Als er in den Wintergarten kommt, sieht er nur leere, abgeräumte Tische. Kein Gast ist mehr zu sehen. Nur an einem Tisch sitzt noch eine einsame junge Frau über einer Tasse Tee.

Heiner traut seinen Augen nicht.

»Steff – Frau Schmidt?«

Sie dreht sich um.

»Ah guten Morgen, Herr Deuters, wie geht es Ihnen?«

»Gut, sehr gut!« Heiner versucht sich seine Aufregung nicht zu sehr anmerken zu lassen. Er lächelt unbeholfen.

Steff ist wieder zurück! Aber wie traurig und müde sie aussieht!

»Was macht Ihr Rücken?«, erkundigt sie sich freundlich.

»Alles wieder gut, auch ohne ihre Stellung – ohne Ihre Yoga-Tipps meine ich«, stottert er verlegen.

Ruhig, Heiner, ganz ruhig.

»Wie war es in Kopenhagen? Haben Sie eine schöne Zeit gehabt?«, fragt er und versucht, so souverän wie möglich zu lächeln.

Zu seiner Überraschung weicht Steff seinem Blick aus und sieht nachdenklich hinaus aus dem Fenster.

»Haben Sie Lust auf einen Spaziergang?«, fragt sie.

Heiner starrt sie überrascht an und kriegt kein Wort heraus.

»Oder müssen Sie wieder arbeiten? Bestimmt haben Sie viel zu tun.«

Heiner schüttelt den Kopf. »Ich glaube, eine kleine Pause kann nicht schaden.«

Kurz darauf bummeln sie nebeneinander durch den weichen Sand. Der Wind streicht sanft vom Meer herauf, das mit seiner leisen Brandung kaum zu hören ist. Über ihnen öffnet sich ein endloser blauer Himmel. Selbst die Möwen segeln nur majestätisch durch die Luft und halten sich mit ihrem Krächzen zurück, um diesen perfekten Moment nicht zu stören.

Würde sein Hühnerauge nicht leise unter seiner nackten Sohle pochen, würde Heiner denken, dass er schon wieder träumt.

Aber was ist mit Steff los?

Schweigsam geht sie neben ihm und blickt nur versonnen in den weißen Sand. Heiner überlegt, wie er das Gespräch in Gang bringen kann.

»Schönes Wetter, nicht?«

Nicht besonders souverän. Aber Steff nickt und lächelt freundlich.

»Gestern hat es die ganze Zeit geregnet«, ergänzt er.

»Ach ja?«

»In Dänemark nicht?«

Dieses Mal schüttelt Steff nur den Kopf. Offensichtlich will sie nicht über ihren Ausflug mit Schöning reden. Warum denn nicht?

Dann eben nicht. Heiner beschließt, die überraschende Zweisamkeit zu nutzen, um bei Steff ein paar Punkte zu sammeln.

»Was für ein wunderbarer Tag! Und keiner zu sehen. Stellen Sie sich mal vor, wie das wäre, wenn wir beide jetzt die einzigen Menschen auf der Welt wären!«

Steff nickt nur gedankenverloren und hakt sich zu seiner Überraschung auf einmal bei ihm ein.

»Sie haben mir immer noch nicht richtig gesagt, worum es in Ihrem Buch geht.«

Er zögert verwirrt. »Das ist nicht so einfach …«

»Na kommen Sie, so schwierig kann das doch nicht sein. Ist es eine Liebesgeschichte? Ein Krimi? Oder eine Gruselgeschichte?«

»Eher so was wie eine … Familiengeschichte.«

»Oh, wie schön«, juchzt Steff. »Ich liebe Familiengeschichten. Was für eine Familie ist es?«

Eine einfache Frage. Heiner grübelt, wie er sie auch einfach beantworten kann.

»Ein bisschen ist es auch eine Liebesgeschichte.«

Steff sieht ihn neugierig an. Ihm fällt auf, dass sich ein dunkler Schatten unter ihre eigentlich wunderschönen, grünen Augen gelegt hat. Der war vor Dänemark noch nicht da.

»Wer hat sich verliebt? Und warum?«

Wieder zögert Heiner. Wie soll er die ganze Konzeption seines Romans mit nur ein paar Sätzen erzählen?

»Nun kommen Sie. Warum muss ich Ihnen denn alles aus der Nase ziehen?« Steff lacht.

»Im Mittelpunkt steht ein Franzose.«

»Ah, das hört sich schon mal sehr interessant an.«

»So heißt auch die Geschichte, *Der seltsame Franzose*«, verkündet er feierlich.

Steff schiebt beeindruckt die Unterlippe nach vorne und denkt einen Moment über den Titel nach.

»*Der seltsame Franzose*«, wiederholt sie, und es klingt wie ein Lied. »Das würde ich sofort kaufen.« Sie zwinkert Heiner freundlich zu.

»Er versucht, seinen Platz in einer ihm fremden Welt zu finden. Aber dramatische Ereignisse lassen ihn immer wieder auf sich selbst zurückfallen.«

»Aha.« Steff wirkt ehrlich beeindruckt. »Und wo ist jetzt die Liebesgeschichte? Und die Familie?«

Heiner windet sich. Er fühlt sich ein bisschen unter Druck gesetzt, und das mag er nicht.

Er seufzt.

»Tut mir leid, wenn Sie nicht alles verraten wollen, müssen Sie's auch nicht.«

»Nein, ich bin nur nicht so ein guter Erzähler …«, druckst er.

»Aber dafür können Sie eben schreiben, nicht wahr?«, fragt Steff voller Ernst und Bewunderung. Heiner sieht sie mit großen Augen an. Was für eine wundervolle Frau! Er nickt verlegen.

Für ein paar Augenblicke gehen sie schweigend nebeneinander her, vorbei an einem alten Ruderboot, das mitten im Strand liegt, vom Sand aber fast komplett verdeckt ist.

Jetzt will Heiner aber endlich wissen, was gestern in Kopenhagen gelaufen ist.

»Hatten Sie denn Erfolg in Dänemark?«

Steff sieht ihn nur verständnislos an.

»Ihre Mutter meinte, Sie würden Herrn Schöning bei einem Termin mit einem dänischen Geschäftsmann unterstützen.«

»Der hat im letzten Moment abgesagt.«

»Was? Dann sind Sie ganz umsonst den ganzen Weg nach Kopenhagen gefahren?«

Steff weicht seinem Blick unsicher aus. Was hat sie nur zu verbergen?

»Aber mit Herrn Schöning haben Sie sich bestimmt auch so einen schönen Tag gemacht, oder?«

Steff wiegt den Kopf langsam hin und her und schweigt. Komm schon, denkt Heiner, sag mir, dass dein Ausflug mit diesem hohlen Macho ein Fiasko war.

»Waren Sie auch im Tivoli-Park?«

»Nein.«

»Wo dann? Sie waren doch einen ganzen Tag da?« Und eine ganze Nacht, aber danach will er jetzt lieber noch nicht fragen.

Steff blickt verlegen zur Seite.

»Frau Schmidt, alles in Ordnung?«

Schweigen.

»Hat Herr Schöning etwas angestellt?«

»Nein …«

»Hat er Ihnen wehgetan?«

Steff sieht ihn verwirrt an und schüttelt dann unsicher den Kopf.

»Sie können mir ruhig die Wahrheit sagen. Oder vertrauen Sie mir nicht?«

»Doch, schon … Aber …« Sie seufzt. »Verstehen Sie denn nicht? Ich möchte darüber lieber nicht reden.«

Heiner betrachtet sie besorgt. Hat sie Angst? Sollte er jetzt den Arm um sie legen, sie trösten?

Steff schaut auf ihre Uhr. »Oh, schon so spät. Ich muss weg.« Sie lässt Heiner los.

»Wohin denn?«

»Zu meiner Freundin. Sie wissen schon, die mit der Klausur. Ich habe ihr versprochen, noch mal mit ihr zu lernen.«

Der plötzliche Wechsel verwirrt Heiner. »Soll ich Sie fahren?«

»Nicht nötig.« Zu seiner großen Überraschung gibt sie ihm einen kurzen Kuss auf die Wange. »Vielen Dank für den netten Spaziergang.«

Dann läuft sie durch den weißen Sand davon, zurück zum Hotel.

Heiner sieht ihr mit großen Augen hinterher.

Und hält sich vorsichtig die Wange, so als ob er die Erinnerung an ihre zarten Lippen damit für immer bewahren kann.

Den ganzen Nachmittag sitzt er wieder mit seinem Laptop im Wintergarten. Immer noch aufgewühlt von seinem Gespräch mit Steff, fällt es ihm wieder schwer, sich auf seinen Text zu konzentrieren. Ständig geht sein Blick hinaus zum Strand. Unglaublich: Steff ist wieder da und schon scheint die Sonne!

Aber was verbirgt sie vor ihm? Was ist nur in Kopenhagen passiert? Was hat dieser elende Schöning ihr angetan?

Und wo steckt er eigentlich?

Zum Abendessen ist er immer noch nicht zurück. Heiner fragt Steffs Mutter, wo er geblieben ist.

»Keine Ahnung« ist die kurze Antwort. Heiner beobachtet sie, als sie mit gesenktem Blick seinen Teller mit dem halb aufgegessenen Schnitzel abräumt.

Weiß sie mehr? Kann es sein, dass sie böse auf Schöning ist? Auf den Mann, der ihrer Tochter etwas angetan, sie beschmutzt hat?

Heiner überlegt, ob er sie nach Steff fragen soll, sich erkundigen, ob sie schon wieder zurück von ihrer Freundin ist. Aber vielleicht ist es besser, wenn er sich erstmal zurückhält. Steffs Mutter soll nicht den Eindruck haben, dass alle älteren Männer in diesem Hotel ihre hübsche Tochter bedrängen.

Später liegt er mit ausgezogenen Schuhen auf dem Bett und schaut ein bisschen Fernsehen. Nachrichten. Und dann eine elend-langweilige Serie über eine besserwisserische Nonne.

Heiner stöhnt verächtlich. Schlimm, was den Leuten heutzutage im Fernsehen vorgesetzt wird. Telenovelas und Soaps auf allen Programmen. Und am Abend geht es solange seicht weiter, bis wirklich alle Zuschauer zu hirntoten Zombies mutieren.

Heiner beschließt, weiter an seinem Roman zu arbeiten. Warum nicht sofort damit anfangen, die Welt zu verbessern? Er setzt sich an seinen kleinen Arbeitsplatz und streicht andächtig über seine kleine Bibliothek. Dostojewski, Mann, Grass – das ist wirkliche Kultur. Kein mentales Junkfood, sondern anspruchsvolle Herausforderung für geistige Gourmets.

Er schaltet seinen Laptop an und sieht stolz auf seinen leuchtenden Text. Sein Werk. Heiner ist sicher, dass er damit den internationalen Durchbruch schaffen wird.

Er liest noch mal durch, was er bis gestern geschrieben hat. Sehr gut. Brillant sogar. Und als ob der liebe Gott ihm seine Gegenwart beweisen möchte, durchströmt ihn auf einmal eine Idee für einen geistreichen Anschluss.

Heiner lässt die Fingergelenke knacken und setzt an – als es an der Tür klopft. Und bevor er etwas sagen kann, kommt

Steff herein! Fast erschrocken sieht sie, dass er direkt vor seinem Computer sitzt.

»Oh, Entschuldigung, ich wollte Sie nicht stören.«

»Frau Schmidt?«

Sie trägt die gleiche Jeans wie bei ihrem Spaziergang. Darüber jetzt nur ein T-Shirt, unter dem sich ihre runden Brüste deutlich abzeichnen. Heiner zwingt sich, nur in ihr Gesicht zu schauen.

»Sie stören doch nicht. Kommen Sie rein.«

»Aber Sie arbeiten doch?«, sagt sie und zeigt auf den Rechner.

»Kein Problem.« Heiner lächelt jovial.

»Aber heute Nachmittag habe ich sie doch auch schon mal von der Arbeit abgehalten?

Heiner winkt ab. »War es Hemingway? Oder Fallada? Irgendein berühmter Mann hat jedenfalls einmal gesagt: Der wichtigste Arbeitsplatz eines Schriftstellers ist ganz bestimmt nicht vor der Schreibmaschine.«

Steff sieht ihn beeindruckt an. Mit einer Geste fordert Heiner sie auf, sich zu setzen. Steff überlegt kurz und setzt sich dann auf das Bett, wohin auch sonst? Einen zweiten Stuhl gibt es nicht.

»Was kann ich für Sie tun?«

Sie sieht noch verhuschter aus als heute Mittag. Was sie aber nur noch süßer macht, findet Heiner. Mit ihren grünen, aber im Moment irgendwie sehr traurigen Augen sieht sie ihm direkt ins Herz.

»Bitte, Herr Deuters«, sagt sie leise. »Ich möchte, dass Sie mir Ihre Geschichte vorlesen.«

14
Champagner im Schlafsack

Eine bullige Wärme umgibt Gerald in seinem weichen, warmen Entendaunenschlafsack. »Warum schläft man nicht immer draußen?«, fragt er sich, als er am nächsten Morgen die Augen aufschlägt. Er schaut auf die Ostsee, die sich in freundlich-hellem Licht vor ihm ausbreitet. Etwas entfernt tuckert ein kleiner Holzfrachter vorbei, die hellen Stämme an Deck bekommen den einzigen Sonnenstrahl weit und breit ab. Reine Meeresluft hat seinen Körper die ganze Nacht über mit Sauerstoff aufgeladen, die Akkus sind wieder voll, so frisch hat er sich lange nicht mehr gefühlt. Gerald beschließt in diesem Moment, sich auf seinem Grundstück einen kleinen, regensicheren Unterstand zu bauen. Den wird er mit Stroh auspolstern, so kann er immer draußen übernachten, mit seinem Schlafsack ginge das das ganze Jahr über. Warum soll man das nur in Ausnahmesituationen genießen?

Langsam schält er sich aus dem Schlafsack, was erst einmal einen Kälteschock zur Folge hat, es ist draußen nicht mehr als zehn Grad.

Er schaut aufs Wasser.

Alles in ihm schreit »Nein«!

Aber sein Wille ist stärker.

Gerald reißt sich die Klamotten vom Leib und rennt nackt ins Meer. Das Wasser ist viel kälter als erwartet, es tut richtig weh, er taucht einmal unter, schwimmt drei schnelle Züge und jauchzt laut gegen den Schmerz. Erst als er aus dem Wasser läuft, fällt ihm ein, dass er gar kein Handtuch dabei hat, nicht einmal im Rucksack. Also sprintet er nackt mit dem Schlafsack und seinen Klamotten unter dem Arm zu seinem flaschengrünen Landrover, der hinter dem Strand neben einem Sanddornbusch parkt. Ihm wird es fies kalt, auch von innen, da ist mit Willen nichts mehr zu machen. Mit zitternden Händen fingert er den Autoschlüssel aus der Hose, die über seinem Arm hängt, steigt ein und schaltet den Motor ein. Drinnen trocknet er sich mit seinem T-Shirt vom Vortag ab, dann zieht er sich an. Es dauert ewig, bis die Heizung einigermaßen warm ist, aber dann ist es gut.

Bis auf den Hunger.

Gerald fährt los und kauft an einer einsamen Esso-Tankstelle auf freier Strecke ein Baguettebrötchen mit Tomate und Mozarella, dazu trinkt er einen Kaffee. Neben dem Nachtschalter ist ein Geldautomat, aus dem er 500 Euro zieht, 400 davon sind das Honorar für Steff. Sein Plan ist klar: Er wird in die Pension *Möwenwind* fahren, Steff auszahlen und seine Sachen packen.

Der Erste, den er auf dem Parkplatz sieht, ist ausgerechnet Heiner Deuters, der ihn blöde anglotzt und ihn mit einer unbeholfenen Handbewegung mürrisch grüßt. Deuters steigt gerade in seinen langweiligen Golf und fährt zum Glück vom Hof. Müssen Schriftsteller eigentlich nie arbeiten? Oder hängen die tagsüber ab und schreiben nachts 40 Seiten die Stunde? Deuters jedenfalls scheint das Arbeiten nicht erfunden haben.

Egal, er wird ihn nicht vermissen.

Gerald will am liebsten ungesehen in sein Zimmer huschen und seine Sachen packen. Aber wie heißt das jüdische Sprichwort? Wenn du Gott zum Lachen bringen willst, mache einen Plan: Der zweite Mensch, der ihm drinnen über den Weg läuft, ist ausgerechnet Steff! Er bekommt sofort einen trockenen Mund. Sie trägt ein voll beladenes Tablett mit Frühstücksgeschirr in der Hand, was sie sofort abstellt, als sie ihn sieht. Ihre Wangen laufen rot an. Der letzte Kontakt zu ihm war der Brief, den sie an der Rezeption des »Scandic Webers« hinterlassen hat.

»Gerald! Ich habe mir solche Sorgen gemacht. Wo hast du nur gesteckt?«

»Och, so dit und dat«, antwortet er, als sei das eine ausreichende Erklärung.

Steff fragt nicht weiter nach.

»Hast du etwas Zeit?«, flüstert er leise. »So in einer Stunde?«

Steff zögert.

»Ja, gut.«

Zwei Stunden später sitzen Gerald und Steff am Strand. Steff hat einen Picknickkorb und seinen Entendaunenschlafsack dabei, Gerald hat seine Isomatten aus dem Landrover geholt. Sie setzen sich zwei Armlängen voneinander entfernt im Schneidersitz gegenüber, als hätten sie etwas zu verhandeln. Gerald fühlt sich in seiner Allwetterjacke ausreichend gewärmt, seine Haut fühlt sich nach dem morgendlichen Bad immer noch gut durchblutet an. Steff trägt einen dicken dunkelgrünen Skianorak und wirft seinen Schlafsack über ihre Schulter. Ihre blonden Haare fallen ihr immer wieder ins Gesicht, ihre hellgrünen Augen mustern ihn neugierig. Steff holt eine Flasche Champagner aus dem Korb. Gerald schiebt ihr 400 Euro in Hundertern rüber. Es ist zwar absurd, aber die Kopenhagen-Farce muss endgültig zu einem Abschluss gebracht werden.

Steff starrt auf die Geldscheine, als seien es tote Kleintiere.

»Ich will das nicht, steck es wieder ein.«

Gerald schiebt die Scheine noch etwas näher an sie heran.

»Bitte nimm sie.«

»Nein.«

»Ich möchte es aber.«

Steff streicht sich eine Haarsträhne hinters rechte Ohr.

»Und ich möchte nicht für etwas bezahlt werden, wofür ich nichts getan habe.«

»Du hast eine Menge Zeit geopfert, vergiss das nicht. Sei nicht blöd, Steff, das bezahlt der Auftraggeber, und der ist reich genug.«

Sie überlegt. »Wir spenden es.«

»Okay, an wen?«

Steff zuckt mit den Achseln. »Keine Ahnung.«

»Schulen in der Dritten Welt, Anti-AIDS, Obdachlose, Straßenkinder in Rumänien?«

»Jeder bekommt ein bisschen«, schlägt sie vor.

»Ich muss mich bei dir entschuldigen«, sagt Gerald.

»Weswegen?«

»Ich war im Hotel vollkommen von der Rolle.«

Ihre Haarsträhne löst sich erneut hinter ihrem Ohr und fällt auf ihre Wange, wo sie sie einfach lässt.

»Ach was.«

»Nee, wirklich.«

»Ich hätte besser den Abend mit dir verbracht«, sagt

Steff. »Der Rundflug war zwar toll, aber der Typ war ein Idiot.«

Das freut Gerald natürlich.

Dass er noch heute Morgen aus dem *Möwenwind* abhauen wollte, hat er längst vergessen.

Steff schiebt ihre Haarsträhne wieder hinter das Ohr.

»Aber Nyhavn war gut, oder?«, sagte er. Für den Bruchteil einer Sekunde lang überlegt er, ob er damit herausrücken soll, dass Kopenhagen von vorne bis hinten eine getarnte Werbeveranstaltung war.

»Ja«, sagt sie, ohne dass herauszuhören ist, wie gerne sie sich wirklich erinnert. Sie ist halt vorsichtig, was er gut verstehen kann, nach seinem dämlichen Ausfall im Hotel. Wenn er weiter redet, wird es äußerst heikel. Aus seinem Mund kommen dann vielleicht Liebesbekenntnisse, die er besser für sich behalten hätte.

Beide schweigen.

Ein Schweigen, das immer drängender nach Erlösung sucht, je länger es dauert. Normalerweise ist genau das die Stille vor dem ersten Kuss.

Gerald hält es nicht mehr aus.

»Magst du singen?«, fragt er.

Steff kichert befreit los. »Singen?«

»Was ist das peinlichste Lied, was du kennst?«

Sie fängt leise an: »Eisgekühlter Bommerlunder, Bommerlunder eisgekühlt …«

Gerald lacht. »Bei dir klingt das wie das Friedenslied einer Polit-Aktivistin!«

»Und deins?«, fragt sie und zieht neugierig eine Augenbraue hoch.

Ihm fällt, warum auch immer, sofort seine Konfirmation

ein. Er singt so laut er kann: »Danke für diesen guten Morgen, danke für diesen neuen Tag …«

Steff stimmt mit ein: … danke, dass ich all meine Sorgen auf dich werfen mag.«

Sie lachen beide und schweigen plötzlich wieder.

Bei Gerald platzen alle Sicherungsschrauben gleichzeitig heraus: Er möchte mit ihr schlafen, sofort! Aber noch sitzen sie sich im Schneidersitz gegenüber, und es ist zu kalt dafür.

»Was für ein wunderbarer Tag. Und keiner zu sehen. Stell dir mal vor, wie es wäre, wenn wir beide jetzt die einzigen Menschen auf der Welt wären …«

Seine Lippen sind nicht mehr als einen Meter von Steffs entfernt.

»Würde ich gerne«, erklärt Steff lächelnd und steht auf. »Aber mir wird echt zu kalt.«

Schweigend gehen sie an der Wasserkante zurück, nicht mal den Champagner haben sie geöffnet. Gerald hätte gern Steffs Hand genommen, aber er hat die Arme voll mit Isomatten und dem Schlafsack. Er ist plötzlich absolut zuversichtlich: Steff braucht offensichtlich Zeit, die soll sie bekommen! Er wird für sie da sein, sie zeigt ja überdeutlich, dass sie zu ihm will.

Und er zu ihr, das ist das Wichtigste!

Gerald ist froh, dass er sich über seine Gefühle klar geworden ist. Fast hätte er die Nähe zu Steff abrupt beendet, weil er viel zu früh aufgeben wollte. Er mag sich gar nicht vorstellen, was ihm da entgangen wäre!

Vor der Pension wartet schon wieder der blöde Deuters – wie eine Schmeißfliege auf dem Mist! Es wird Deuters krank machen, ihn mit Steff zu sehen. Der kann Bestseller schreiben so viel er will, Steff interessiert das nicht.

»Hey, Heiner, schön dich zu sehen«, haucht Steff und umarmt ihn. Was für Gerald der komplett falsche Text ist.

Sie gibt Deuters einen zärtlichen Kuss auf die Wange, er fasst zärtlich an ihren rechten Oberarm.

»Steff, mein Liebes …«

Gerald schießt das Blut in den Kopf: Ist da in seiner Abwesenheit etwas gelaufen zwischen den beiden? Er fühlt etwas in sich aufsteigen, das noch stärker als die Liebe ist: Es ist der blanke Hass!

15
Clowns im Billy-Regal

Auch Heiner schießt das Blut in den Kopf.

Nicht vor Scham. Nicht vor Wut. Sondern vor Stolz und Schadenfreude.

Das erste Mal, dass ihm dieser Schöning nach so langer Zeit wieder über den Weg läuft. Und was passiert?

Steff küsst ihn, Heiner, auf die Wange und duzt ihn, der Beweis für ihre neu entdeckte Zuneigung.

Da kann der Kerl noch so böse gucken, denkt Heiner, Steff gehört jetzt ihm. Auf eine Art und Weise, die dieser Makler nie begreifen wird.

»Wollen wir los?«, fragt er Steff und streicht dabei zart über ihren Handrücken.

Steff nickt und steigt in seinen Golf, winkt vorher aber noch einmal Schöning zu.

»Noch einen schönen Tag«, ruft sie ihm zu.

Schöning wirkt wie gelähmt, als Heiner mit seinem Wagen dicht an ihm vorbeifährt. Und die Gelegenheit nutzt, ihm auch noch kurz frech zuzuwinken. Vielleicht nicht ganz die feine Art, denkt Heiner kurz. Aber egal, er ist eben auch nur ein Mensch.

»Was ist los? Warum lächelst du?«, erkundigt sich Steff, als sie das Ortsschild von O. passieren. »Ist dir gerade wieder eine Geschichte eingefallen?«

Heiner lächelt hintergründig und nickt. »Ja, eine Komödie.«

»Worum geht es?«

Er überlegt einen Moment. »Kennst du die Geschichte von dem Hasen und dem Igel?«

»Die, wo der Igel immer zuerst am Ziel ist?«

»Genau. So ähnlich wird auch meine Geschichte sein. Nur, dass es um echte Menschen geht.«

Steff sieht ihn mit strahlenden Augen an. »Kriege ich ein Vorabexemplar?«

»Ich werde dir das ganze Buch widmen.«

»Im Ernst?«

»Na klar, oder vertraust du mir nicht?«

Steff lächelt nur und schaut dann zufrieden aus dem Fenster.

Auch Heiner ist zufrieden mit sich. Nach der letzten Nacht hat er das Gefühl, dass seine Rhetorik und sein Charme so geschmeidig laufen wie ein gut geöltes Uhrwerk. Und dabei muss er sich die Sätze nicht mehr lange vorher zurechtlegen. Die Ideen fliegen ihm einfach so zu.

Die letzte Nacht.

Er kann immer noch nicht glauben, was da passiert ist. Er fühlt sich, als wenn er durch das Licht gegangen ist und in einer anderen, besseren Welt neugeboren wurde.

Egal, was ihm in diesem Leben noch passieren wird – die letzte Nacht wird immer einen Ehrenplatz in seinem persönlichen Schatzkästchen haben.

Zuerst hatte Steff ihn ja schon in Verlegenheit gebracht. Sein Buch sollte er ihr vorlesen! Aber das ging doch nicht! Nicht in diesem Zustand! Heiner erinnert sich noch gut daran, wie ihm auf einmal der Schweiß auf der Stirn stand.

Dann fiel ihm ein, dass er noch eine Kurzgeschichte in seiner Tasche hatte. *Das kranke Herz* hieß sie, eine wunderschöne kleine Liebesgeschichte.

Steff hörte andächtig zu, als er ihr erklärte, warum er ihr auf keinen Fall aus dem *seltsamen Franzosen* vorlesen konnte. Natürlich verstand sie ihn. Auf keinen Fall wollte sie ihn zu sehr bedrängen.

Aber als er ihr von dem *kranken Herz* erzählte, begannen ihre Augen zu funkeln wie leuchtende Sterne.

Ein bisschen schäbig kam Heiner sich ja vor. Aber egal, es war spät, und Steff sollte ihre Geschichte bekommen.

Also fing er an zu lesen.

Heiner ist sehr stolz auf seine angenehm tiefe Stimme, die so gar nicht zu seiner eher schmächtig-schlanken Statur passt. Vielleicht hat er manchmal Probleme mit der Rhetorik. Und es fällt ihm auch nicht leicht, seine Emotionen aus dem Stand in Worte zu fassen. Aber wenn die Worte seinen Mund verlassen, wirken sie trotzdem durchdacht und gebildet.

Heiner war gerade am Ende der ersten Seite angelangt, als Steff sich auf einmal an ihn kuschelte – bei der dritten Seite legte sie ihren Kopf sogar auf seinen Schoß! Und fragte ihn, ob sie sich nicht endlich duzen wollten. Natürlich wollte er.

Heiner konnte sich kaum noch auf das Lesen konzentrieren. Steff merkte, dass er zu stottern anfing, und erkundigte sich besorgt, ob es so unbequem für ihn sei.

Heiner schüttelte heftig den Kopf. Er alleine mit ihr in seinem Zimmer, auf seinem Bett, mit ihrem Kopf auf seinen Schenkeln – bequemer konnte es gar nicht sein, das war das Paradies.

Die einzige Schwierigkeit war, in dieser Position zu verbergen, dass er – schon wieder – eine Erektion hatte.

Für einen Moment hatte er sich gefragt, ob er das überhaupt verbergen musste. Konnte sich Steff nicht eigentlich denken, dass sein Körper in so einer verfänglichen Position eine Reaktion zeigen würde? Oder wollte sie ihn sogar auf diese Weise verführen? War sie vielleicht aus diesem Grund alleine in sein Zimmer gekommen? Heiner überlegte, ob er jetzt die Initiative ergreifen und aufs Ganze gehen sollte.

Aber dann sah er ihr unschuldiges Gesicht und die Hingabe, mit der sie jedes Wort von ihm wie süßes Parfüm aufsog, und wusste, er würde alles kaputt machen, wenn er sich jetzt nicht zurückhielt.

Zwischendurch hatte er den Eindruck, dass Steff eingeschlummert war. Aber als er schwieg und das Bündel mit den Seiten schon zur Seite legen wollte, schlug sie sofort die Augen auf und bat ihn mit leiser Stimme, unbedingt weiterzulesen.

Heiner wusste, dass *Das kranke Herz* eine schöne Geschichte war. Aber dass sie Steff so gut gefiel, hätte er nicht gedacht. Irritiert bemerkte er, dass Steff vor lauter Glückseligkeit kleine Tränen über die Wangen liefen.

Schließlich war die Geschichte zu Ende. Und dieses Mal hörte er nichts mehr von dem blonden Kopf auf seinen Schenkeln. Steff war eingeschlafen.

Vorsichtig, ganz vorsichtig, um sie nicht zu wecken, drehte er sich auf die Seite und zog seine mittlerweile tauben Beine aufs Bett.

Steff stöhnte leise. Aber sie wachte nicht auf, sondern kuschelte sich erneut an ihn, ließ sogar zu, dass er ungelenk seinen Arm auf ihre Hüfte legte.

So nebeneinander verbrachten sie die ganze Nacht. Keine Küsse, kein Sex, aber trotzdem hatte sich Heiner noch nie in seinem Leben einer Frau so nah gefühlt.

Er ist sicher: Mit Steff an seiner Seite würde seine Kreativität niemals versiegen. Er stellte sich vor, wie es wäre, mit ihr in einem kleinen Haus am Meer zu wohnen. Er würde den ganzen Tag auf der schattigen Veranda arbeiten, während Steff sich um den Garten kümmerte und ihn nach der Arbeit mit einem leckeren Essen überraschte. Am Abend würde sie die Texte lesen, die er am Tag geschrieben hatte – und so begeistert sein, dass sie ihn immer wieder von neuem verführen musste.

Mit diesen schönen Gedanken war er eingeschlafen.

Als er am nächsten Morgen aufwachte, war Steff schon aufgestanden. Er sah sie erst beim Frühstück wieder. Natürlich war die Begrüßung vor den anderen Gästen (und ihrer Mutter!) nicht so liebevoll, wie es ihre gemeinsame Nacht hätte vermuten lassen. Dafür hatte Steff ihm von ihrem Treffen in Büthow erzählt und gefragt, ob er mitkommen wollte. Heiner hatte in ihre grünen Augen geblickt und gesehen, wie eine Strähne ihres blonden Haares sich in einer sanften Brise bewegte – und natürlich ja gesagt.

Endlich erreichen sie das kleine Dorf, das in der Mittagszeit wie ausgestorben wirkt. Kein Mensch ist zu sehen, ganz alleine fahren sie durch die einsamen Straßen.

»Bist du nervös?«, erkundigt sich Steff, als sie vor dem kleinen, hinter den Rhododendronbüschen versteckten Haus halten.

Heiner überlegt kurz und schüttelt den Kopf. Mit Steff an seiner Seite ist er unbesiegbar.

»Ich habe das Gefühl, dass ich dich ein bisschen überfahren habe«, bekennt Steff verlegen.

»Ach was, ich komme schon klar«, gibt sich Heiner betont souverän.

»Wenn es dir zu viel werden sollte, sag Bescheid. Dann können wir sofort zurückfahren.«

»Mach dir keine Sorgen«, erwidert Heiner und streichelt Steff liebevoll über die Wange. Steff wird rot und dreht den Kopf verlegen zur Seite.

Ein paar Minuten später sitzt Heiner direkt am Fenster im kleinen, aber sehr aufgeräumten Wohnzimmer von Steffs Freundin Olga. Olga ist größer als er, über einsachtzig, trägt strähnige weizenblonde Haare und ist braungebrannt, sie war wohl kürzlich im Süden. Irritiert starrt Heiner auf ihren dunklen Lippenstift, der ihr wohl etwas Verwegenes geben soll, was aber nicht funktioniert, sie wirkt bieder und langweilig.

Heiner weiß, er sollte sich gut stellen mit Olga. Wenn er Steff öfter sieht, wird er automatisch auch ihre beste Freundin häufig sehen.

Die Einrichtung in dem kleinen Haus ist nicht gerade das, was Heiner auf dem Land vermutet hätte, alles stammt von IKEA, die Billy-Regale an der einen Wand, der kleine Schreibtisch und die *Klippan*-Couch. Das Poster vom Regenwald hat Olga vermutlich aus der Markthalle im schwedischen Möbelhaus mitgenommen. Nur die Marionetten, die am Billy-Regal hängen, drei traurige Clowns, sehen handgefertigt aus, vermutlich hat Olga sie selber gebastelt.

Heiner schaut zum Regal und begutachtet die Reihe mit den Büchern. Ausschließlich Frauenliteratur: Anne Hertz, Kerstin Gier und Stephenie Meyer.

Heiner seufzt nachdenklich: Das wird nicht gerade ein

Heimspiel für einen männlichen Autor. Aber egal, seine Geschichte ist wirklich gut, auf *Das kranke Herz* kann er sich verlassen.

Ihm gegenüber sitzen zwei weitere junge und sehr erwartungsvoll dreinschauende Frauen, die ein bisschen aufgeregt kichern, immerhin hat ihre Freundin Steff einen echten Dichter hierher geschleppt. Beide sind süß und hübsch, aber natürlich ist keine so süß und hübsch wie Steff, die auf der anderen Seite des Zimmers auf einem alten Sessel Platz genommen hat und ihn aufmunternd anstrahlt.

»Meine Lieben, ich habe es euch ja schon am Telefon erzählt, dass wir bei uns im Hotel gerade hohen Besuch haben. Den Schriftsteller Heiner Deuters aus Hamburg.«

Die Runde klatscht. Heiner lächelt. Im Himmel unter lauter Engeln könnte es auch nicht schöner sein.

»Vielleicht ist es Zufall, vielleicht ist es Schicksal, aber gestern Abend hat Heiner mir eine Kurzgeschichte vorgelesen. Sie heißt *Das kranke Herz* und ist einfach entzückend. Heute Morgen habe ich ihm beim Frühstück erzählt, dass ich mich mit meinen besten Freundinnen zum monatlichen Bücherkreis treffe, und habe ihn gefragt, ob er die Geschichte nicht noch einmal hier vortragen möchte. Und voilà, da ist er und dafür möchte ich mich ganz herzlich bedanken!«

Wieder applaudieren die jungen Frauen. Alle schauen sie ihn mit großen, bewundernden Augen an.

Ich bin angekommen, denkt Heiner. Genau das habe ich hier an der Ostsee gesucht. Das ist mein neues Leben.

Er räuspert sich und holt den Umschlag mit den einzelnen Seiten heraus.

»Es ist mir eine große Ehre, heute bei Ihnen zu sein.

Ich muss zugeben, dass Steffs Anfrage schon ein bisschen plötzlich kam. Aber wie könnte ich ihr eine Bitte ausschlagen.«

Allgemeines Geschmunzel. Die Mädels sind Butter in meinen Händen, denkt Heiner. Ich bin ihr Hohepriester, und sie sind meine Jüngerinnen. Für einen kurzen Moment stellt er sich vor, wie es wäre, wenn jetzt alle nackt wären, schimpft aber sofort mit sich: pfui, Heiner! Wie kannst du ausgerechnet in einem so heiligen Moment der Andacht so schmutzige Gedanken haben?

Er legt sich die Seiten feierlich auf die Knie, räuspert sich und nippt noch einmal an dem Earl-Grey-Tee, den Olga ihm auf ein kleines Tischchen gestellt hat. Die Stille im Wohnzimmer ist vollkommen, alle Blicke sind nur auf ihn gerichtet.

»Ich denke, ich fange einfach mal an. Vorher viel sagen oder verraten möchte ich eigentlich nicht. Als Redner halte ich mich lieber zurück und hoffe stattdessen, dass alleine meine Texte …«

Er muss sich schon wieder räuspern, irgendwie hat er einen Frosch im Hals.

»… für mich sprechen. Also bitteschön, *Das kranke Herz.*«

Dann fängt er an zu lesen, zuerst noch etwas langsam und nervös, dann immer flüssiger und ruhiger. Und es ist wie ein Wunder: Schon nach wenigen Sätzen hat er die kleine Gruppe im Griff. Echte Liebe spricht aus den verklärten Blicken der jungen Frauen. Aber wenn er zwischen den Sätzen kurz hochblickt, hat er nur Augen für Steff, die wie eine Königin in ihrem Sessel thront und voller Genugtuung in die Runde sieht.

Sie ist stolz. Stolz auf ihn, darüber, dass sie ihn hierher in dieses kleine Dorf gelotst hat. Heiner wird warm ums Herz, er ist gerührt über ihre Zuneigung und das Vertrauen, das sie seiner Arbeit entgegenbringt. Wenn er könnte, würde er ihr auf der Stelle einen Heiratsantrag machen.

Ein schiefes Klingeln zerreißt die magische Stimmung im Wohnzimmer. Alle zucken erschrocken zusammen. Eine seiner Zuhörerinnen mit sehr dünnen, strengen Lippen schreit sogar kurz auf, so sehr war sie in der Atmosphäre seiner Geschichte gefangen.

Olga steht auf. »Entschuldigung. Nicht weiter lesen, ich bin gleich wieder da.«

Damit verlässt sie den Raum. Zeit für Heiner, kurz in die Runde zu blicken. Es ist schon fast peinlich, wie verfallen ihm die jungen Frauen mittlerweile sind.

Verlegen wendet er den Blick und schaut kurz aus dem Fenster –

Schönings Landrover! Heiner kann ihn ganz deutlich durch die Büsche hindurch auf der Straße sehen! Was –?

»Herr Deuters«, meldet sich Olga verlegen. »Da möchte Sie jemand unbedingt sprechen.«

Allgemeine Überraschung, besonders bei Steff. Sie macht Anstalten, aufzustehen, aber Heiner drückt sie sanft zurück in den Sessel.

»Schon gut, ich bin gleich wieder da.«

»Ich glaube, er hat getrunken«, flüstert ihm Olga im Vorbeigehen zu.

Verwirrt geht Heiner zur Tür. Tatsächlich steht dort Schöning. Leicht schwankend hält er sich am Türrahmen fest und mustert ihn mit düsterer, abweisender Miene.

»Was soll das denn?«, schimpft Heiner. »Ich habe im Moment keine Zeit für …«

Weiter kommt er nicht.

Schöning zieht Heiner mit festem Griff am Jackettärmel hinaus.

16
Das kranke Herz

Vor der Tür schleift Gerald Deuters ein paar Schritte in den abgeernteten Gemüsegarten und lässt ihn erst hinter einem alten Holzschuppen wieder los. Hier riecht es nach Komposthaufen und Altöl.

»Was willst du?«, keucht Deuters.

Gerald baut sich wütend vor ihm auf. Wie vor ein paar Tagen an der wackligen Treppe in den Abgrund der Steilküste.

»Lass die Finger von Steff«, fordert er mit gebieterischem Ton.

Nichts passiert.

Keine ängstlichen Kaninchenaugen, kein Opferblick.

Auch kein Trotz.

Viel schlimmer.

»Wir leben in einem freien Land«, erklärt Deuters ganz ruhig, mit höhnischem Blick.

»Hör mal zu, du Sackgesicht«, brüllt Gerald. »Du hast keine Chance bei Steff, kapier das mal.«

Was Deuters wenig beeindruckt.

»Warum kam sie eigentlich alleine zurück aus Kopenhagen?«

»Das war rein geschäftlich.«

Deuters lächelt süffisant. »Verstehe.«

Gerald würde ihm gerne eine aufs Maul hauen. Aber er spürt den Alkohol, es war etwas zu viel, das hat er schon bei der Herfahrt im Landrover gemerkt. Eine Schlägerei in diesem Zustand würde nur ausarten, das sollte er vermeiden. Außerdem wartet Steff um die Ecke, die das gegen ihn werten würde.

»Ich hab dich gewarnt, Meister: Hände weg von Steff!«

Deuters lacht. »Meister?«

Gerald ist vollkommen hilflos. »Willst du eine auf die Fresse, oder was?«

Deuters lacht umso mehr. Der will es wirklich wissen! Gerald ballt die Faust.

In diesem Moment schießt Steff um die Ecke.

»Was macht ihr denn hier?«, fragt sie besorgt.

Beide schweigen, keiner will sich eine Blöße geben.

»Raus mit der Sprache! Was ist hier los?«, fragt sie erneut.

»Es geht um … Geld«, stöhnt Deuters spontan.

Es kommt total überzeugend. Gerald überlegt kurz, was er jetzt tun soll. Das Einfachste ist mitzuspielen.

»Ja«, bestätigt Gerald hastig.

»Geld?«, wiederholt Steff ungläubig.

»Gerald hat sich 100 Euro geliehen«, lügt Deuters geistesgegenwärtig. »Das ist nicht viel, aber ich möchte es wieder haben.«

Gerald starrt Deuters vollkommen verdattert an, so viel komisches Talent hat er ihm gar nicht zugetraut.

»Sorry, hatte ich ganz vergessen«, murmelt er.

Gerald zückt sein Portemonnaie und zählt dem lächelnden Deuters fünf Zwanziger in die Hand. Die Hundert kommen noch zu der Summe in Kopenhagen dazu. Absurd. Aber wenn Gerald daran denkt, was er manchmal investiert, um ein einziges Haus zu verkaufen, sind das dagegen Peanuts. Und eine Beziehung ist ja wohl wertvoller als eine Immobilie! Mal abgesehen davon, dass er sich den Hunderter von Deuters später natürlich wiederholen wird!

»Komm doch mit rein«, sagt Steff zu Gerald. »Heiner liest uns gerade etwas aus seinen Werken vor.«

Deuters schaut Steff entsetzt an, wie Gerald voller Freude feststellt. Die Einladung trifft ihn so schmerzhaft wie ein Faustschlag.

»Gerne«, freut sich Gerald und geht mit Deuters und Steff ins Haus.

Dort warten die Frauen in einem Wohnzimmer, das aussieht wie aus dem IKEA-Katalog.

»Das ist Gerald Schöning«, stellt Steff ihren Pensionsgast vor.

»Bist du auch Schriftsteller?«, fragt Olga, die Freundin von Steff und schüttelt albernerweise ihre langen blonden Haare kopfüber aus. Als sie wieder hochkommt, sieht man, dass ihr dunkler Lippenstift in den Mundwinkeln etwas verwischt ist.

»Nein«, antwortet Deuters für ihn.

Gerald nimmt sich vor, auch das Herz von Olga zu erobern. Es wird ihm nützen, eine Fürsprecherin aus dem Umkreis von Steff zu haben. Das denkt er allerdings nur so lange, bis er die Marionetten entdeckt. Eine Frau, die sich drei traurige Clowns mit Harlekin-Umhängen ans Billy-Regal hängt, geht gar nicht!

»Sag mal, bist du nicht der Maklerbonze aus diesem kleinen Kaff, wie heißt das noch?«, fragt eine der Frauen. Sie trägt eine modische Designerbrille und ein Kleid mit einem großen Ausschnitt über ihrem kleinen Busen. Jetzt fällt es Gerald wieder ein, sie kam ihm gleich bekannt vor.

Er hat sie öfter auf dem kleinen Markt in Lütjenburg gesehen, wo sie gefilzte Hüte und selbst gefertigte Steinfiguren verkauft.

»Genau der!«, antwortet Gerald trotzig.

Ihm fällt sogar ihr Name ein, Henrike Petersen-Sagromsky, ihr Mann ist Produktmanager bei einer Pharmafirma in Lübeck. Gerald will keine Punkte bei frustrierten Reiche-Männer-Gattinnen sammeln, sondern Steff überzeugen. Und trotz seines einigermaßen betrunkenen Kopfes weiß er, dass alles wie von selbst laufen wird: Deuters fühlt sich in seiner Anwesenheit so unwohl, dass er scheitern wird. Doch er hat den Hass von Henrike Petersen-Sagromsky auf »Maklerschweine« wie ihn unterschätzt.

»Jeder muss hier erst selber etwas vortragen, wenn er mitmachen will«, schnarrt sie und schaut ihn erwartungsvoll an.

»Wie?«, wundert sich Gerald. »Schreibt ihr alle?«

»Nein«, antwortet eine Dunkelhaarige mit unzähligen Locken und einem extrem schmalen Mund. »Aber wir lieben Literatur.«

So wie sie es sagt, hört es sich an wie eine mathematische Formel.

Gerald knipst sein einladendes Verkäuferlächeln an. »Dann bin ich hier genau richtig!«

Henrike Petersen-Sagromsky bleibt misstrauisch.

»Kannst du das beweisen?«

»Ja!«

Gerald räuspert sich, es ist riskant, aber er legt einfach los:

»Wie hab ich das gefühlt was Abschied heißt.

Wie weiß ichs noch: ein dunkles unverwundnes

grausames Etwas, das ein Schönverbundnes
noch einmal zeigt und hinhält und zerreißt.

Wie war ich ohne Wehr, dem zuzuschauen,
das, da es mich, mich rufend, gehen ließ,
zurückblieb, so als wärens alle Frauen
und dennoch klein und weiß und nichts als dies:

Ein Winken, schon nicht mehr auf mich bezogen,
ein leise Weiterwinkendes –, schon kaum
erklärbar mehr: vielleicht ein Pflaumenbaum,
von dem ein Kuckuck hastig abgeflogen.«

Er fügt hinzu: »Abschied, von Rainer Maria Rilke.«

Die Frauen schweigen.

Gerald weiß, das war weit entfernt vom Vortrag eines Rezitators, aber die Frauen haben gemerkt, dass er dieses Gedicht mag. Steff schaut ihn ergriffen an, ihre Augen leuchten. Es ist das Gedicht, das er sich während der Rückfahrt aus Kopenhagen aus dem Netz gezogen hat. Zur Übung hat er sich zwei Hörproben von Schauspielern angehört, die die Verse für seine Ohren allerdings total übertrieben betont vortrugen.

Gerald lächelt still in sich hinein. Er wusste, dass er das Gedicht bei Steff mal brauchen würde, er hatte nur nicht damit gerechnet, dass es schon so bald sein würde. Es hat sogar nach einer Flasche Wein funktioniert! Und das bei einem, der im Jahr höchstens fünf Bücher liest, wovon vier Fachliteratur sind. Der einzige Roman ist meistens Platz 1 der Bestsellerliste, in der Regel ein Technothriller, bei dem es darum geht, die gesamte Welt aus einer bedrohlichen

Lage zu befreien. Er ist den Rilke angegangen wie ein professioneller Verkäufer, der sich vorher über die Interessen seiner anspruchsvollen Kunden informiert hat, um sie unauffällig im Gespräch zu platzieren: Golf, Segeln, Angeln, Partys, Kunst. Steff bringt ihn wirklich auf Höchstform.

»Wow«, lobt sogar Henrike Doppelname. »Das hatte was.«

»Entschuldige, Heiner«, sagt Gerald mit gespielter Bescheidenheit. »Mach du bitte weiter.«

Deuters steht der Mund offen, er nimmt seine Zettel in die Hand und haspelt sich einen zurecht.

»Zunächst mochte es, wie so oft im November, den ganzen Tag gar nicht hell werden … ähh, Entschuldigung.«

Er räuspert sich und bekommt einen Hustenanfall.

»In der Nacht zuvor … äh … hatte es den ersten Frost gegeben, und eine helle Reifschicht bedeckte die weite Ebene, die sich am Ende mit dem Himmel zusammenschloss …«

Gerald lächelt spöttisch, aus Deuters Mund klingt der Text wie der einer Saatkrähe beim Verrecken, als Vorleser ist er ein Vollversager. Deuters merkt es selbst und kämpft verzweifelt dagegen an, seine Landschaftsbeschreibung klingt geradezu verärgert: »Friederike war auf dem Deich der höchste Punkt in der Landschaft und vor den riesigen Himmeln doch so klein. Plötzlich fand die Sonne ihren Weg durch den Hochnebel und füllte die ganze Weite mit warmem, rotem Licht.

›Die Novembersonne ist besonders wertvoll‹, freute sich Friederike und wurde plötzlich sehr optimistisch. Alles würde sich lösen, noch heute!«

Doch dann passiert leider ein kleines Wunder, bei Friederike ebenso wie bei Deuters. Deuters Wut kippt um in pure Energie, er nimmt hörbar Fahrt auf, taucht in die Sätze ein und atmet mit seiner Figur mit. Geralds Rilke erscheint dagegen im Nachhinein wie ein Taschenspielertrick. Kein Wunder, dieser Deuters ist eben Profi und hat schon vor Tausenden Leuten gelesen. Gerald blickt auf Steff, die so sehr auf Deuters konzentriert ist, dass sie seinen Blick gar nicht wahrzunehmen scheint. Er möchte ihre Lippen spüren – jetzt, sofort, bitte! Gerald fühlt deutlich, wie er beim bloßen Zuhören innerlich in sich zusammenfällt, die ganze Aufregung hat seinen Alkoholpegel perfekt überspielt, aber jetzt wird er müde und phlegmatisch.

Wenn er Steff nicht küssen kann, interessiert ihn dieser Tag nicht mehr. Dann möchte er nur noch schlafen, und zwar so tief und so lange wie möglich.

Deuters legt gerade mit einfühlsamen Worten dar, wie Friederike an ihre Adoption denkt. Das Trauma ihres Lebens. Und nun trifft sie in einem Haus hinter dem Deich das erste Mal ihren Vater, was eine Riesenenttäuschung wird. Gerald schließt die Augen, was so aussehen soll, als sollte das den Hörgenuss noch steigern. Er merkt gar nicht, wie er mit der sonoren Stimme seines Feindes im Ohr langsam wegdämmert.

17
Neben der Spur

Ein neuer Morgen, ein neuer Tag.

Sie wusste, dass dieser Tag voller strahlender Möglichkeiten war, Chancen, die sie mit offenen Armen umfingen. Ein neues Leben wartete auf sie und vor allem:

eine neue Liebe. So stark, so bedingungslos, dass es ihr Herz zu zerreißen drohte.

Sie atmete tief durch, spürte, wie die frische, kühle Morgenluft durch ihren Körper strömte. Ihr Geist, ihr ganzes Sein öffnete sich wie eine Blume unter den ersten Strahlen der hellen Sonne.

Eine Nachtigall begann zu singen, und ihr Gesang hob sie empor, trug sie wie einen schillernden Engel hinauf in die Wolken, in den blauen Himmel, wo es keine Grenzen mehr gab, nur die endlose Weite.

Was würde die Zukunft bringen?

Sie wusste es nicht.

Sicher Schmerzen, Verzweiflung, Einsamkeit und Trauer.

Aber auch Licht, neue Versprechen, Freundschaft, Liebe und Glück.

Friederike wusste, dass sie nur noch ein paar Monate zu leben hatte. Aber jetzt wusste sie endlich, wer sie war und woher sie kam. Und wohin auch immer sie gehen würde, sie würde nie wieder alleine sein.

Nie wieder.

Heiner lässt die beiden letzten Worte ganz leise ausklingen, er flüstert fast mit seiner warmen Bass-Stimme.

Dann legt er die letzte Seite seiner Geschichte in die Mappe zurück und nippt mit feierlicher Miene an dem Earl Grey. Der ist mittlerweile kalt, aber Heiners Mund ist vom vielen Lesen ganz trocken.

In Olgas Wohnzimmer ist es so still, dass man hören kann, wie sich die Gardine im Wind bewegt. Heiner schaut aus dem Fenster nach draußen. Am Himmel sammeln sich dunkle, schwarze Wolken. Bestimmt wird es bald regnen.

Die Frau mit den schwarzen Locken wischt sich leise schluchzend ein paar Tränen aus den Augen. Als er zu ihr hinüberschaut, wirft sie ihm ein verschämtes Lächeln zu.

Heiner lächelt sanft zurück. Er versucht, sich an ihren Namen zu erinnern, aber er will ihm einfach nicht einfallen. Zahlen bleiben ihm viel leichter im Kopf, aber Namen? Ingrid, Karla … egal.

Unter ihrer weiten Bluse glaubt er gewaltige Brüste zu erkennen. Verrückt, denkt er versonnen, was ihre direkte Sitznachbarin Henrike zu wenig hat, hat sie zuviel.

Anders als Steff, bei ihr ist alles perfekt. Auch sie scheint immer noch gefangen in der Geschichte, ihre Augen sind gerötet, sie hat ebenfalls ein wenig geweint. Ja, denkt Heiner, die Macht der Worte ist gewaltig.

Ein lautes Schnarchen holt ihn aus seinen blumigen Träumen.

Schöning.

Es ist nicht zu fassen, er ist eingeschlafen, während Heiner gelesen hat.

Mit geschlossenen Augen liegt er im Sessel. Seine Arme hängen schlapp über die Lehne, die Beine sind angewinkelt. Er wirkt genauso leblos wie eine von Olgas lächerlichen Marionetten. Sein Kopf ist ihm auf die Brust gesackt, und aus dem offenen Mund fließt ein feiner Speichelfaden auf sein Designer-T-Shirt.

Heiner schüttelt angewidert den Kopf. Was für ein erbärmlicher Anblick! Eine Einschätzung, die er mit den anwesenden Damen teilt. Nur Steff lächelt verschämt, so als ob sie für diesen traurigen Auftritt verantwortlich wäre.

Er muss zugeben, Schönings plötzliches Auftauchen hat ihn am Anfang schon ein wenig aus dem Konzept gebracht. Erst hat ihn der brutale Kerl im Garten fast zusammengeschlagen. Und dann konnte der hohle Klotz auch noch ein Gedicht aufsagen. Sehr verwirrend.

Für einen Moment fällt es Heiner richtig schwer, die Konzentration wiederzufinden und in seine Geschichte hineinzukommen. Aber – seiner Stimme sei dank – schon nach ein paar Sätzen hat er die Runde wieder im Griff.

Aber wie soll es jetzt weitergehen?

Steff nimmt ihm die Entscheidung ab und schüttelt Schöning sanft – viel zu sanft, findet Heiner – wach. Mit einem verwirrten Seufzer schlägt Schöning die Augen auf und sieht sich um. Verlegen schaut er in die abweisenden Mienen der Frauen. Heiner lächelt zufrieden, hier wird Schöning keine Punkte mehr sammeln.

Es folgt eine kurze Fragerunde, denn natürlich wollen die Damen die Gelegenheit nutzen, mit ihm, dem Künstler, zu reden und Fragen zu stellen.

Wie sind Sie auf diese wundervolle Geschichte gekommen? Woher holen Sie Ihre Inspiration? Gibt es eine echte Friederike in Ihrem Leben? Heiner versucht, bei seinen Antworten nicht mehr in die Tiefe zu gehen als unbedingt nötig. Die beste Ausrede: Er will seine Leser nicht durch seine Erklärungen bevormunden, sie sollen selbst ihren Zugang zu seinen Texten finden.

Schöning hält sich während der kleinen Plauderei zurück. Er weiß, dass alle wissen, dass er die komplette Geschichte verschlafen hat. Dafür starrt er Heiner die ganze Zeit nur böse an. Sehr böse, Heiner hat ein bisschen Angst, dass der Kerl ihn nach der Diskussion, wenn sie wieder alleine sind, erneut als Feind angehen wird.

Nach einer halben Stunde ist es soweit. Steff drängt zum Aufbruch, sie muss ihrer Mutter in der Pension beim Service helfen.

Ihre drei Freundinnen verabschieden sich überschwänglich von Heiner. Hoffentlich kommt er bald wieder zu Besuch! Und wie spannend, dass er ihnen sein Pseudonym nicht verraten möchte. Olga gibt augenzwinkernd die Order an die Damen aus, bis zum nächsten Mal Heiners Künstlernamen herauszufinden. Heiner lächelt milde und sieht aus den Augenwinkeln unsicher zu Schöning, der ihn weiter mit einem spöttisch-abschätzigen Lächeln mustert. Als alle mit zum Verabschieden auf die Straße gehen – trotz des einsetzenden Nieselregens –, wird es ihm offensichtlich zu viel mit der ständigen Lobhudelei für Heiner.

Er öffnet die Wagentür seines Landrovers und wendet sich plötzlich an Steff. »Komm, wir müssen los. Du kommst zu spät zu deiner Mutter.«

Heiner starrt ihn fassungslos an. Was bildet sich dieser Kerl ein? Steff ist doch nicht sein Eigentum? Wer sagt, dass sie unbedingt mit ihm zurück zum *Möwenwind* fahren wird?

Olga und ihre Lesefreundinnen scheinen Schönings

Übergriffigkeit ähnlich zu sehen. Heiner beobachtet, wie sie einen Blick tauschen und die Nase rümpfen.

Und Steff? Die sieht ebenfalls überrascht zu Schöning. Aber in ihren Augen meint Heiner keinen Vorwurf, sondern Verlegenheit, ja Angst zu erkennen. Sie senkt den Blick und schüttelt zu seiner großen Erleichterung den Kopf.

»Nein, ich fahre mit Heiner zurück.«

»Wieso das denn?«, ruft Schöning verärgert, während Heiner Steff anstrahlt und merkt, wie sich ein warmes Gefühl in seinem Körper ausbreitet.

»Weil ich mit ihm auch hergefahren bin.« Steff bleibt ruhig.

Schöning starrt sie völlig verständnislos an. Heiner und alle Anwesenden können sehen, wie etwas in ihm zerbricht. Um ein souveränes Lächeln bemüht, hält Heiner Steff die Wagentür auf.

»Komm, Gerald hat recht, wir müssen los.«

Schweigend und mittlerweile im strömenden Regen verlassen sie Büthow. Heiner kann seine Genugtuung, dass sich Steff für ihn entschieden hat, kaum verbergen, ist aber schlau genug, sie jetzt nicht mit einem Dankeschön zu bedrängen.

Nachdenklich sieht sie aus dem Fenster in die immer grauer werdende Welt.

»Was für ein Sauwetter«, versucht Heiner die unangenehme Stille zu verscheuchen.

Steff nickt. »Darf ich das Radio anmachen?«, erkundigt sie sich.

»Klar.«

Steff dreht den kleinen Schalter um. Der Empfang ist

miserabel. Mit ernster Miene sucht sie einen Sender und findet ausgerechnet Delta Radio, den von Heiner am meisten gehassten Schweinerock-Sender des Nordens.

Steff lächelt. »Ist das okay für dich?«

Heiner nickt nur verhalten, obwohl gerade wie fast immer »Californication« von den Red Hot Chili Peppers läuft.

Wieder schweigen beide eine Weile.

Heiner muss sich auf die Fahrt konzentrieren. Auch wenn er schon mal hier war, so richtig sicher ist er sich mit dem Weg zurück nach O. nicht. Und überhaupt: Wenn er etwas hasst, dann ist es Autofahren im Regen, und das liegt nicht nur an seinen abgenutzten Scheibenwischern, die beim Hin- und Herschwingen leise, aber quälend deutlich quietschen. Heiner fährt einfach nicht gerne Auto. Wenn die Lampen eines entgegenkommenden Wagens an ihnen vorbeirauschen, hat er jedes Mal das Gefühl, dass die Straße viel zu eng ist.

Schließlich muss er vor einer roten Ampel halten. Eine kleine Atempause mitten im Nirgendwo. Heiner tauscht ein kurzes Lächeln mit der immer noch in sich gekehrten Steff.

»Du musst jetzt rechts fahren, das weißt du?«, sagt sie.

»Natürlich«, lügt Heiner und schaltet ertappt grinsend den Blinker um.

Auf einmal tauchen hinter ihm zwei grelle Scheinwerfer auf. Ein Wagen hält genau hinter ihnen. Da er etwas höher ist, kann Heiner nur seine Stoßstange dunkel und bedrohlich im Rückspiegel sehen.

Schöning!

Sofort spürt Heiner, wie sein Puls nach oben schießt.

Steff hat noch nichts gemerkt. Erst als sie weiterfahren und Schöning mit einem Abstand von ungefähr fünf Zentimetern hinter ihnen dranbleibt, dreht sie sich überrascht um.

»Was soll das jetzt wieder?«, erkundigt sich Heiner nervös, während Steff zwar mit Blick auf den Landrover vorwurfsvoll den Kopf schüttelt, dabei aber milde lächelt.

Was Heiner absolut nicht verstehen kann. Das ist doch kein Kleine-Jungen-Spaß! Das ist Nötigung! Und wenn Heiner etwas hasst, dann dass ihn jemand unter Druck setzt – vor allem, wenn es mit Autofahren im Regen zu tun hat.

Schweißperlen tropfen ihm von der Stirn, während er seine Hände in das Lenkrad krallt und sich in immer kürzeren Abständen nach hinten umdreht, obwohl ein Blick in den Rückspiegel völlig ausreichen würde.

»Entspann dich, Heiner«, meldet sich Steff besorgt vom Beifahrersitz. »Gerald macht doch nur ein bisschen Quatsch.«

»Na klar, weiß ich doch« antwortet Heiner mit gepresster Miene. Jetzt nur keine Schwäche zeigen.

Wieder kommen sie vor irgendeinem namenlosen Nest an eine Ampel. Doch dieses Mal hält Schöning nicht direkt hinter, sondern genau neben ihm und lässt immer wieder frech den Motor aufbrausen.

»Er will ein Wettrennen«, sagt Steff.

»So ein Blödsinn, bei dem Wetter ist das viel zu gefährlich.«

»Wahrscheinlich hast du recht«, erwidert Steff, und zu Heiners großer Überraschung meint er, leichte Enttäuschung in ihrer Stimme zu hören.

»Schau mal, er will mit dir reden.«

Tatsächlich hat Schöning trotz des heftigen Regens sein Beifahrerfenster runtergefahren. Breit grinsend fordert er Heiner auf, auch sein Fenster zu öffnen.

»Verdammt«, flucht Heiner leise und kurbelt sein Fenster hektisch per Hand herunter. Sofort klatscht ihm das Wasser ins Gesicht. Durch den lauten Motor des Landrovers kann er Schöning kaum verstehen.

»Wer als Letzter im *Möwenwind* ist, gibt eine Runde aus«, ruft der Makler in den lauten Wind hinaus.

»Was?«

»Wer als LETZTER im *Möwenwind* ist, gibt eine Runde aus!«

Heiner starrt Schöning nur verständnislos an und kurbelt seine Scheibe wieder hoch.

»So ein Irrsinn!«

»Ja, natürlich. Sein Wagen ist doch viel schneller als deiner. Außerdem ist er ein viel besserer Fahrer.«

Heiner schaut irritiert zu Steff und sieht, dass sie kurz verschämt lächelt. Aber ihr Blick gilt nicht ihm, sondern dem bescheuerten Schöning! Heiner kann es nicht fassen!

Wieder ist das Jaulen des Landrovers zu hören. Noch hält Schöning den Fuß auf der Bremse, aber wie ein Kampfhund an der Leine ist der Landrover bereit zum Sprung, wenn er nur losgelassen wird. Durch die Regenschlieren auf der Scheibe kann Heiner Schönings seltsam verzerrtes, höhnisches Grinsen sehen.

Was soll er nur tun?

Heiner muss sich schnell entscheiden, die Ampel kann jeden Moment umschalten. Ein Landrover ist kein Porsche, schießt es ihm durch den Kopf. Eigentlich sollte selbst sein braver Golf mithalten können. Trotzdem wäre es Quatsch –

In dem Moment wird die Ampel grün.

Schönings Landrover rast davon, aber auch Heiner drückt reflexartig aufs Gas. Die Reifen drehen kurz auf dem nassen Asphalt durch, dann schießt der Wagen wie ein Pfeil davon, vorbei an weiten Feldern.

Zumindest kommt es Heiner so vor. Wie im Rausch drückt er das Pedal auf den Boden, der Motor des eigentlich braven Wagens erwacht und zeigt ungeahnte Kräfte!

Und es ist nicht zu glauben: Er hat Schöning abgehängt! Nirgends eine Spur von ihm, Heiners Golf ist der einzige Wagen auf der Landstraße! Heiner strahlt über das ganze Gesicht! Er gewinnt! Erst die Frau und jetzt das Rennen!

»Was tust du denn?«, erkundigt sich Steff verwirrt.

»Der Kerl kann mich mal! Wenn er glaubt, er ist schneller als ich, hat er sich geschnitten!«, ruft er entschlossen in die Frontscheibe, beide Hände dabei fest am Lenkrad.

»Aber das ist der falsche Weg! Du hättest gleich nach der Ampel links abbiegen müssen, genau wie Gerald!«

Heiner glotzt zu Steff, die ihn verwirrt und irgendwie mitleidig ansieht.

»Du fährst gerade einen Riesenumweg!«, wirft sie ihm vor.

»Keine Sorge, ich weiß genau, was ich tue!«, grummelt Heiner. Was nicht stimmt. Er hätte schwören können, dass er wieder rechts fahren musste! Aber ein Umweg ist nicht der völlig falsche Weg, wenn er nur etwas schneller fährt, ist er trotzdem früher in O.

Verzweifelt versucht Heiner, das Gas noch weiter nach unten zu drücken. Tatsächlich schiebt sich der Wagen noch einmal mit einem kräftigen Schub nach vorne, so plötzlich, dass Heiner fast die Kontrolle über ihn verliert.

»Hoppla«, stößt er erschrocken heraus.

»Heiner, jetzt hör auf, das hast du doch gar nicht nötig. Außerdem hast du sowieso keine Chance mehr.«

»Das wollen wir doch mal sehen!«

»Heiner, fahr langsamer, bitte.«

Heiner sieht mit verkniffener Miene zu Steff, die jetzt doch tatsächlich Angst zu haben scheint. Mit weit aufgerissenen Augen starrt sie auf die nasse Landstraße, die sich jetzt in engen Kurven einen kleinen Berg zwischen einigen schlammigen Feldern hinaufzieht.

Steff hat Angst! Wegen ihm!

Heiner wird schockartig bewusst, was er hier tut. Er benimmt sich ja wie der letzte Proll! Wie konnte er sich von Schöning nur so provozieren lassen –

Plötzlich kommt der Wagen ins Rutschen. Eine Treckerspur auf dem Asphalt, Heiner hat sie viel zu spät gesehen. Verzweifelt versucht er gegenzusteuern, aber es ist zu spät. Steff schreit in Panik auf, als der Golf mit einem gequälten Heulen von der Straße über einen tiefen Graben hinweg ins Ungewisse springt.

Gleich wird es wehtun, denkt Heiner, als sie wie in Zeitlupe durch die Luft schweben.

18
Zwischenbild mit Weihnachtsbäumen

Tonnen von Geröll und Eis aus dem Norden formten in einem jahrtausendelangen trägen Mahlstrom Hügel, Ufer und Seen. Lange Zeit gehörte die Landschaft sich selbst, bevor hier Menschen siedelten. Und sie wird wieder sich selbst gehören, wenn die Menschen einmal wieder verschwunden sind, die Landschaft wird sich nicht einmal an sie erinnern.

An diesem Nachmittag ergibt sich auf den Ablagerungen der Eiszeit folgendes Zwischenbild: Vier Menschen verharren stumm auf einer Ackerscholle im Regen, obwohl sie es nicht müssten. Ein junger Landwirt mit stoppelkurzen Haaren und kleinen braunen Augen, höchstens Mitte Zwanzig, steht neben der Führerkabine seines Treckers und raucht eine Selbstgedrehte. Er ist sehr dick und erstaunlich blass für jemand, der viel draußen arbeitet. Etwas weiter entfernt hockt Steff in Jeans und weißem langärmligen T-Shirt auf dem abgeernteten, regennassen Feld und blickt in die trübe Wolkenwand, die sie nicht weit schauen lässt. Sie sieht angegriffen aus, ihre Augen sind eingefallen, ihre Gesichtsfarbe ist kalkweiß. Deuters hat eine blasse Schramme auf der Stirn und kniet vor seinem VW-Golf, der vollkommen ramponiert ist. Deuters will nicht einsehen, dass der Wagen nur noch für den Schrottplatz taugt, er versucht verzweifelt, mit bloßen Händen den Kotflügel vom Reifen seines zerdepperten Golfs wegzuhebeln, um ihn wieder fahrbereit zu machen, was nicht gelingt. Das Blech gibt höchstens für

Sekunden nach und schnellt dann in seine zerbeulte Form zurück.

Gerald ist der Einzige, der eine Regenjacke trägt, er holt einen Anorak aus dem Landrover und legt ihn Steff fürsorglich über die Schulter.

»Bitte«, sagt er.

Steff schnellt aus der Hocke in den Stand und schaut ihn dankbar an.

»Ich will hier weg.«

»Dann komm.«

Sie schauen beide zu Deuters, der außer seinem Wagen nichts mehr wahrzunehmen scheint. Ihm läuft der Schweiß von der Stirn, weil er den verbogenen Kotflügel auch mit aller Kraft nicht bewegt bekommt.

»Vergiss es, der ist Schrott«, brummelt der junge Bauer.

Deuters starrt ihn mit giftigem Blick an.

»Das wird ein juristisches Nachspiel haben«, zischt er.

Der Jungbauer lacht hämisch.

»Das will ich hoffen! Sie waren viel zu schnell und haben nicht aufgepasst.«

»Von wegen, die Schuld liegt eindeutig bei Ihnen.«

Der Bauer nimmt einen tiefen Zug aus seiner Filterlosen.

»Ich bin ganz normal Trecker gefahren! Ist das jetzt verboten, oder was?«

»Sie sind aus dem Feldweg geschossen, ohne zu gucken!«

Der Bauer grient sich einen. »Ich hab ja zum Glück eine Zeugin.«

Er hält einen ALDI-Kassenbon hoch, auf dessen Rückseite Steff ihre Adresse geschrieben hat. Deuters weiß nicht, was er darauf sagen soll, und wendet sich wieder dem Wagen zu.

Gerald geht zu Deuters hin, er will vor Steff nicht asozial erscheinen; sonst hätte er überhaupt kein Problem, ihn hier stehen zu lassen.

»Willst du mit?«, fragt Gerald lustlos.

Deuters schüttelt den Kopf.

»Nee, ich warte auf den Abschleppwagen, die sollen noch Beweisfotos machen.«

»Das hat die Polizei doch schon gemacht.«

»Doppelt hält besser.«

»Das bezahlt doch die Versicherung.«

»Von wegen, ich habe nicht mal Teilkasko«, klagt Deuters fast weinerlich. »Keinen Cent bekomme ich!«

Der VW-Golf absorbiert seine ganze Energie, für Steff hat er keinen Blick mehr. Der Regen nimmt zu, ein aufbrausender Wind scheint ihn umzuleiten, so dass die Tropfen nun waagerecht von vorne zu kommen scheinen. Gerald führt Steff die wenigen Schritte zu seinem Landrover, sie hakt sich bei ihm ein. Er öffnet die Beifahrertür und hilft ihr auf den Sitz, dann springt er hinter das Lenkrad.

»Alles klar soweit?«

»Hmmh.«

Im Rückspiegel steht der ratlose Deuters auf dem trostlosen Acker. Warum setzt der sich nicht in seinen Wagen, sondern lässt sich stattdessen einregnen? Auch der Bauer steht stumpf neben der Fahrerkabine seines Treckers, obwohl er eigentlich längst nach Hause tuckern könnte. Gerald fährt niedrigtourig an und bleibt immer weit unter 80, Steff soll sich absolut sicher bei ihm fühlen.

»Es war meine Schuld«, meint Gerald. »Ich hätte wissen können, dass Deuters nicht gut fahren kann.«

»Wir sind bestimmt vier Meter durch die Luft geflogen«, murmelt Steff. »Ich war sicher, dass ich sterbe!«

Gerald ist genervt; er steht vor Steff jetzt blöde da, weil er das Wettrennen provoziert hat. Obwohl er nichts dafür kann, dass Deuters den Trecker übersehen hat, er war ja nicht einmal in der Nähe.

Steff hält sich die Augen zu.

»Kannst du mal anhalten?«

Gerald bremst den Wagen vorsichtig ab und fährt an den Straßenrand, direkt neben einer Anpflanzung von mannshohen Weihnachtsbäumen, man riecht die Tannen durch den Regen hindurch. Steff springt hinaus und versucht mit großen Armbewegungen, mehr Luft in ihre Lungen zu pumpen. Gerald läuft um den Wagen herum und stellt sich neben sie.

»Alles okay?«

Steff nickt und zittert plötzlich am ganzen Körper, vermutlich hat sie einen Schock. Gerald umarmt sie, Steff krallt ihre Finger fest in seinen Rücken. Er kann ihr Amber-Parfüm riechen, aber auch ihren Angstschweiß. Gerald streicht ihr über die Haare und schiebt eine Strähne hinters Ohr. Das Zittern hört nicht auf.

»Soll ich dich zu einem Arzt bringen?«, fragt Gerald besorgt.

Steffs Zähne klappern.

»Nnnnein.«

Gerald öffnet die Tür zum Laderaum, dort liegt sein Daunenschlafsack, in dem er nach dem Kopenhagen-Desaster am Meer geschlafen hat. Steff legt sich dankbar hinein. Gerald streift ihre Schuhe ab und zieht vorsichtig den Reißverschluss des Schlafsacks zu. Dann gibt er ihr einen

Kuss auf die Stirn, was sie überhaupt nicht wahrzunehmen scheint.

Besorgt holt Gerald sein Handy aus der Seitentasche seiner Cargo-Hose und wählt eine Nummer.

»Dr. Groth? Gerald Schöning hier. Ich habe hier eine Patientin mit einem Schock, kann ich sofort zu Ihnen kommen? … Ja … okay.«

Er klettert nach hinten zu Steff.

»Ich bringe dich zu einem Arzt.«

»Muss das sein?«, fragt Steff, sie zittert immer noch.

»Ich fahre dich zu meiner Hausärztin«, beruhigt er sie, schließt die Tür und fährt vorsichtig an. Steff stöhnt leicht auf. Mit einem Schock ist nicht zu spaßen. Gerald überlegt, ob er die Abkürzung über die Feldwege nehmen soll, das würde etwas schneller gehen. Aber dann würde Steff zu sehr durchgeschüttelt werden, also bleibt er auf der Straße und versucht, abrupte Brems- und Lenkmanöver zu vermeiden.

Was wäre gewesen, wenn Steff und Deuters bei dem Unfall gestorben wären? Die Lage eskaliert zusehends, so darf es nicht weitergehen, am Ende stehen er und Deuters sich noch mit Schusswaffen gegenüber!

Steff hat sich innerlich längst für ihn entschieden, das spürt Gerald deutlich, ihre Körpersprache ist eindeutig, kleine Blicke und Gesten verraten sie, immer wieder sucht sie seine körperliche Nähe. Sie weiß es nur selbst noch gar nicht, es muss noch bei ihr ankommen. Dass sie mit Deuters von der Lesung weggefahren ist, hatte nichts mit Deuters zu tun, sondern war an ihn adressiert. Sie wollte ihn damit eifersüchtig machen, es war ein Spiel. Zugegeben, bei der Lesung hat er nicht die beste Figur gemacht, aber für Steff muss er kein Dichter sein. Sie will ihn, so wie er ist, das weiß er.

Jetzt sollte sie so schnell wie möglich eine Spritze bekommen, damit sie schlafen kann. Anschließend wird er mit Deuters reden: Der muss ohne Verzögerung verschwinden und zwar noch heute Abend!

19
Nachtfahrt im Taxi

»Hamburg ist nichts für mich. Ich meine, das ist ’ne schöne Stadt. Ganz klar. Aber so viele Menschen, ständig das Gedränge und der Stress, nee, da ist es hier doch viel schöner.«

Heiner nickt nur.

»Natürlich is hier nicht so viel los wie da, ausgehtechnisch, mein ich. Ich war vor’n paar Monaten mal in St.Pauli, Reeperbahn und so. Das war schon beeindruckend, die ganzen Lichter, die Schiffe am Hafen. Und die schicken Mädchen natürlich auch. Da kann man als erwachsener Mann schon schwach werden, Sie verstehen, was ich meine?«

Er grinst breit über das ganze Gesicht und stößt Heiner kumpelig in die Seite, schon zum dritten Mal während dieser Fahrt.

»Nicht, dass Sie mich falsch verstehen, da ist nichts gelaufen. Ich habe schließlich Frau und Kinder, aber gucken wird ja wohl erlaubt sein, oder?«

Wieder dieses Grinsen.

»Aber da waren schon süße Schnittchen dabei, da staunt man ja schon, wenn man hier so vom Land kommt. Und wie die einen angucken, die wissen schon, wie die einen richtig juckig machen. Aber das war’s dann auch. Nur gucken, mehr will ich ja gar nicht.«

Und mehr kannst du auch nicht, denkt Heiner und sieht abschätzig zu dem Fleischberg neben sich, aus dem Arme und Beine wie kleine, dünne Tentakel herausragen, mit dem einzigen Zweck, das Lenkrad zu bewegen und das Gaspedal zu drücken. Heiner bezweifelt, dass er sich außerhalb seines Taxis ohne Hilfe bewegen kann.

Der Mann merkt endlich, dass Heiner nicht nach Konversation mit ihm ist, und sieht ihn leicht eingeschnappt an.

»Na ja, aber abgesehen davon«, muffelt er, »wie ich schon sagte, Hamburg ist wirklich eine schöne Stadt.«

»O ja, das ist sie«, gibt Heiner ihm recht und sieht durch die verschmierten Scheiben traurig hinaus auf die dunkelverregneten Felder.

Was für eine trübe Landschaft! Kaum vorstellbar, dass das Meer ganz in der Nähe ist. Anders als an der Westküste Schleswig-Holsteins, wo die Marschlandschaft mit ihren grünen Wiesen, Deichen und am Ende auch Dünen Lust auf die Nordsee macht, wirkt die holsteinische Landschaft, die draußen an ihm vorbeifliegt, völlig beliebig. Die Wälder und Felder könnten überall in Deutschland sein, nur dass man hier eben auf einmal am Meer stehen kann.

Was treibt er hier eigentlich?

Er hat in dieser gottverlassenen Ödnis doch gar nichts zu suchen. Muss er sich wirklich mit diesem Makler herumschlagen? Sich von ihm zu idiotischen Autorennen provozieren lassen? Sich mit nervigen Bauern streiten und von rotzfrechen Automechanikern beleidigen lassen?

Nein, muss er nicht. Das hier ist nicht seine Welt. Er ist ein Stadtmensch. Er gehört nach Hamburg, an die Alster, den Jungfernstieg, ins Literaturcafé, an den Hafen. Dort ist sein Zuhause, sein Lieblingsitaliener, dort leben seine Freunde, seine –

»Was wird denn jetzt mit Ihrem Wagen?«, holt ihn der Taxifahrer aus seinen Gedanken. Heiner sieht ihn verständnislos an. »So wie der aussah, fährt der doch keinen Meter mehr!«

»Die Werkstatt will ihn sich morgen mal genau anschauen. Dann sagen sie mir, ob es Totalschaden ist oder nicht.«

»Und wenn ja? Ich hoffe, Sie haben eine gute Versicherung?«

Heiner verzieht das Gesicht und schüttelt den Kopf. Er hat nicht mal Teilkasko und müsste die Reparatur komplett selbst bezahlen, das hat man ihm in der Werkstatt, in die ihn der Pannendienst geschleppt hat, schon erklärt. Die Frage ist, ob sich die Reparatur bei dem alten Golf überhaupt noch lohnt.

Aber das, was mit seinem Auto passiert ist, ist ja nicht das Schlimmste.

Was Steff wohl gerade von ihm denkt?

Sein schlechtes Gewissen über das, was auf dieser Landstraße geschehen ist, meldet sich wie ein brodelndes Gift in seiner Magengrube. Er mag gar nicht daran denken, was für einen erbärmlichen Eindruck er auf diesem matschigen Acker gemacht haben muss. Steff wird ihn jetzt für einen weinerlichen Blödmann halten.

Er erinnert sich daran, wie stumm und vorwurfsvoll sie ihn angestarrt hat, bevor sie in Schönings Landrover gestiegen ist.

Auch ihr verlegendes Lächeln an der Ampel fällt ihm jetzt wieder ein. Heiner schließt schmerzerfüllt die Augen. Kann es sein, dass sich Steff vielleicht doch mehr zu diesem nach Alkohol stinkenden Monster hingezogen fühlt? Dass er einem Phantom hinterherläuft? Dass Steff sich vielleicht gar nicht für ihn interessiert?

Er denkt an die letzte Nacht und daran, wie Steff neben ihm eingeschlafen ist. Da war sie ihm so nah wie sonst kein Mensch auf der Welt. Aber was hat sie in diesem Moment in ihm gesehen? Den genialen Künstler? Oder den begehrenswerten Mann?

Eine Mischung aus beiden wäre Heiner am liebsten. Wenn er ehrlich ist, würde es ihn schon kränken, wenn Steff sich nur für seinen Intellekt interessiert.

Aber als Mann hat er sich gerade bis auf die Knochen blamiert.

Er seufzt. Vielleicht hat das hier ja auch alles gar keinen Sinn. Vielleicht ist es deshalb schiefgegangen! Es war falsch, Steff schöne Augen zu machen! Deshalb auch dieser peinliche Unfall – vielleicht nur ein Wink des Schicksals, das ihn ermahnen wollte, sich nicht lächerlich zu machen und Steff lieber zu vergessen.

Wie wäre es, wenn er sich in Zukunft wieder auf seine Arbeit konzentriert? Nur deswegen ist er schließlich hierhergekommen! Um seinen *Franzosen* endlich nach vorne zu bringen!

Aber geht das hier überhaupt noch? Kann er sich noch auf sein Buch konzentrieren, wenn ihm ständig Steff über den Weg läuft?

»Hallo, Sie! Hören Sie mir überhaupt zu?«

»Was?« Heiner kehrt in die Realität zurück und sieht den dicken Taxifahrer verwirrt an.

»Wie war noch mal der Name der Pension?«

Heiner schaut sich um und bemerkt, dass sie mittlerweile wieder in O. angelangt sind.

»*Möwenwind.* Ich wohne in der Pension *Möwenwind.*«

Zwei Minuten später fährt der Mercedes auf den Kiesparkplatz der kleinen Pension. Heiner bezahlt den Fahrer und will gerade aussteigen, als er einen Entschluss fasst und sich eine der Visitenkarten greift, die vor ihm auf der Konsole festgeklemmt sind.

»Sagen Sie, Herr –« er schaut auf den Namen, »Holm. Ich muss morgen früh nach Oldenburg, zum Bahnhof. Können Sie mich vielleicht abholen und dahin fahren?«

»Na klar, kein Problem. Ist doch mein Job.« Heiner sieht sein zufriedenes Grinsen und fragt sich, ob er nicht doch lieber den Bus nehmen sollte.

Kurze Zeit später ist Heiner wieder in seinem Zimmer und beginnt seine Sachen zurück in seine Tasche zu stopfen. Das meiste hatte er noch gar nicht ausgepackt.

Nachdenklich starrt er aus dem Fenster. Der Herbst weht um das Haus und drückt den Regen gegen die Scheibe. Im Hintergrund kann er die Schaumkronen auf der hin- und herwogenden Ostsee nur erahnen.

Aber hier drinnen ist es warm und gemütlich. Sein Blick fällt auf seinen Arbeitsplatz, auf seinen Laptop, auf seine Bücher. Er seufzt.

Das war's dann also mit seinem Kreativurlaub. Wollte er nicht endlich ganz entspannt an seinem Buch arbeiten? Nun geht's wieder zurück nach Hamburg. Wird er da die Ruhe finden, die er hier gesucht hat?

Ein kleiner Meißel hämmert von hinten an seine Stirn. Und das nicht nur wegen der Erkältung oder seiner kleinen Schramme vom Unfall. Er hat heute einfach nicht genug getrunken. Heiner bekommt immer Kopfschmerzen, wenn er nicht genug trinkt. Deshalb hat er in Hamburg auch immer eine große Flasche Mineralwasser auf dem Tisch stehen. Um die Gehirnzellen zu schmieren.

Im Foyer des Hotels steht ein Kühlschrank mit kalten Getränken. Frau Schmidt hat ihm gesagt, dass sich die Gäste ohne Fragen daraus bedienen können. Es ist nur ein kurzer Weg, aber Heiner hat Angst, dass er dabei auf Steffs Mutter treffen könnte. Bestimmt hat sie schon von dem Unfall ihrer Tochter gehört. Heiner will sich lieber nicht vorstellen, was sie jetzt von ihm denkt.

Und wo ist Steff? Seit dem Unfall hat er sie nicht mehr gesehen. Ob es ihr gut geht? Die Ereignisse auf dem Acker verschwimmen in seiner Erinnerung wie ein böser Traum. An alle Einzelheiten kann er sich gar nicht mehr erinnern.

Heiner schüttelt sich. In seinem Kopf schwirren im Moment nur schlechte, deprimierende Gedanken. Der einzige Lichtblick ist die morgige Rückkehr ins schöne Hamburg.

Er entscheidet sich, das Risiko eines potenziell schwierigen Treffens mit Steff, ihrer Mutter oder sogar Schöning einzugehen und sich eine Flasche Wasser zu holen.

Vorsichtig tastet er sich hinaus aus dem Zimmer. Ist er eigentlich der einzige Gast in der Pension? Alles ist absolut still, kein Mensch ist zu hören. Langsam schleicht er sich durch den halbdunklen Flur und zuckt erschrocken zusammen, als plötzlich eine Diele unter seinen Füßen knarrt.

Endlich hat er das Foyer erreicht. Nur mit einiger Kraftanstrengung gelingt es Heiner, die Tür des Kühlschranks zu öffnen. Er holt sich gerade ein Medium Mineralwasser raus, als er hinter sich ein Knirschen hört.

Steff und ihre Mutter kommen den Fußweg hoch. Na toll, wieso sollte er auch nur einmal Glück haben?

Hastig will Heiner zurück zu seinem Zimmer laufen, aber es ist zu spät. Die beiden betreten schon das Hotel. Ihm bleibt gerade genug Zeit, um sich zurück in den dunklen Wintergarten zu verdrücken. Nervös kauert er sich in die Ecke und betet, dass er nicht entdeckt wird.

Umsonst. Frau Schmidt will in die Küche und schaltet auf dem Weg das Licht an. Erschrocken zuckt sie zusammen, als sie Heiner sieht, der jetzt mit betont gleichmütiger Miene an einem Tisch sitzt.

»Guten Abend«, haucht er verlegen.

Frau Schmidt nickt nur. Ihr Gesicht verrät nicht, ob sie böse auf Heiner ist. Nur müde sieht sie aus, abgespannt. Sie betrachtet Heiner einen langen Moment, sieht verwirrt auf seine Hausschuhe, nickt ihm mechanisch zu und verschwindet durch die Schwingtür in die Küche.

Heiner atmet tief durch und will gerade losgehen, als auch Steff um die Ecke schaut.

»Hallo …«, krächzt Heiner ertappt und hält die Plastikflasche in seinen Händen so fest, dass sie quietscht.

Steff mustert ihn mit seltsam lebloser Miene. Oder ist sie traurig? Müde? Was denkt sie? Heiner kann es nicht erkennen. Er krümmt den Rücken, kneift die Augen zusammen wie ein Boxer, der den nächsten Schlag erwartet.

»Hallo«, sagt sie endlich, ohne das Gesicht zu verziehen.

»Alles in Ordnung bei dir?«, erkundigt er sich unsicher.

»Es geht.«

Heiner lächelt gequält und streckt den Hals, um an ihr vorbei zum Eingang zu sehen.

»Wo steckt denn der Gerald? Ist er gar nicht mit dir gekommen?«, will er wissen.

Aber Steff gibt ihm keine Antwort. »Können wir uns mal kurz unterhalten?«, fragt sie stattdessen mit tonloser Stimme. Heiner nickt nervös und setzt sich mit ihr an einen

Tisch, in dessen Mitte sich ein kleines Flaschenschiff befindet. Für einen Moment schweigen beide.

»Hast du auch Kopfschmerzen?«, möchte Heiner wissen.

»Eigentlich nicht. Ich war mit Gerald bei einer Ärztin. Sie hat mich untersucht. Zuerst wollte sie mich sogar ins Krankenhaus schicken. Aber dann meinte sie, ein bisschen Bettruhe und ein Beruhigungsmittel sollten reichen.«

Heiner nickt nur und lächelt verschämt. O Gott, denkt er, Steff wäre beinahe ins Krankenhaus gekommen! Nur wegen ihm und seiner Ungeduld. Wenn sie ihm gleich eine scheuert, darf er sich nicht beklagen.

Steff räuspert sich und fasst sich dabei unwohl an die Stirn.

»Heiner, ich muss mich bei dir entschuldigen.«

»Was?«

»Das mit dem Unfall, dass dein Auto jetzt kaputt ist und du dich am Kopf verletzt hast, das ist alles meine Schuld.«

Heiner glotzt sie mit großen Augen an.

Dann erfährt er, dass Steff sich die Verantwortung für die Spannung zwischen ihm und Schöning gibt. Ohne sie wäre es nie zu diesem Autorennen gekommen, davon ist sie fest überzeugt. Nun hat sie ihre Schlüsse daraus gezogen und Schöning gebeten, ihr gegenüber auf Abstand zu bleiben. Sie mag ihn wirklich sehr, will ihm aber nicht die Hoffnung auf mehr machen und bedauert, was für ungehemmte Emotionen sie bei ihm und dadurch auch bei Heiner ausgelöst hat. Sie möchte sich gar nicht vorstellen, was auf dieser Landstraße noch alles hätte passieren können. Was, wenn Heiner schwer verletzt worden wäre? Was, wenn er deshalb seinen Roman nicht zu Ende hätte schreiben können? Steff hätte sich das nie verziehen. Natürlich war Schöning schwer getroffen von ihrer Entscheidung. Aber Steff ist sicher, dass sie richtig gehandelt hat. Anschließend hat sie ihre Mutter angerufen, damit die sie zurück in die Pension bringt. Das Letzte, was sie von Schöning gesehen hat, war, wie er alleine vor der Praxis stand und ihr bedrückt hinterhersah.

Nun ist sie müde und möchte einfach nur ins Bett.

Heiner hat Steffs Erzählung fassungslos zugehört. Als sie jetzt ohne ein weiteres Wort aufsteht, ihn noch einmal mit einem traurigen Lächeln ansieht und dann weggeht, blickt er ihr sprachlos hinterher.

Wie in Trance taumelt er in sein Zimmer zurück, reißt die Fenster auf und saugt die frische, kalte Meeresluft tief in seine Lungen. Für einen langen, glücklichen Moment starrt er in die dunkle Nacht zum fast unsichtbaren Horizont.

Dann geht er zu seiner Jacke, die er über den Stuhl gehängt hat, holt eine Visitenkarte heraus, greift zu seinem Handy und tippt eine Nummer ein.

»Herr Holm, hier ist Heiner Deuters. Ich brauche morgen doch kein Taxi. Ich bleibe noch ein bisschen hier.«

20
Kampfhund im Nieselregen

Am nächsten Tag peitscht Gerald seinen Landrover viel zu schnell über die unübersichtliche, dunkle Landstraße. Er hat sich am Abend zuvor ins Bett gelegt und zwölf Stunden bis in den späten Vormittag hinein durchgeschlafen, das hat gut getan. Eigentlich wollte er noch am Vorabend Deuters in seinem Pensionszimmer stellen, aber er fand, dass er alle Zeit der Welt hatte. Und nach dem Aufwachen kam ein Anruf von Holger Lüders dazwischen, dem Sheriff seines Heimatdorfes: Jugendliche seien in sein Haus eingedrungen und hätten erheblichen Schaden angerichtet.

Es regnet so heftig, dass die Scheibenwischer auch auf höchster Stufe Mühe haben, die Scheibe freizubekommen. Gerald ist hochgradig angespannt, das Haus ist ihm nicht egal, aber im Augenblick wäre die Sache mit Deuters eigentlich wichtiger. Er hofft, dass es schnell geht, dann bekommt er heute Abend beides hin. Der Landrover kommt etwas ins Rutschen, als er in die lange Einfahrt zu seinem Haus einbiegt. Die schweren Baufahrzeuge haben große Löcher in die Fahrspur gerissen, der Wagen rumpelt hin und her, wild wuchernde Büsche und Sträucher schaben an der Karosserie entlang. Neben dem Eingang seines Hauses parkt, wie angekündigt, der Polizei-Golf, der innen beleuchtet ist. Gerald sprintet durch den Regen zur Beifahrertür, reißt sie auf und lässt sich auf den Sitz fallen.

»Moin«, grüßt Holger düster, als sei er zu einer Beerdigung erschienen. Gerald und er waren von der Grundschule bis zum Abschluss in einer Klasse. »Holgi« Lüders war ein fanatischer Sportler und hat als Zehnkämpfer mal den zweiten Platz in der Landesmeisterschaft aller holsteinischen Schulen gewonnen. Gerald hingegen fand es damals am schönsten, einfach abzuhängen und Musik zu hören, den Sport entdeckte er erst viel später für sich. Inzwischen hat Holgi reichlich Fett angesetzt, und seine blonden Haare gehen ihm an der Stirn langsam aus. Sie haben in der Schule nie viel miteinander zu tun gehabt, aber da sie beide im Dorf geblieben sind, haben sie sich auch nie aus den Augen verloren.

»Was ist los, Alter?«, versucht Gerald Holgis Blick aufzulockern.

»Schau es dir selbst an …«

Holgi nimmt einen starken Handscheinwerfer in die Hand und leuchtet durch die Frontscheibe nach draußen. Das halbe Haus ist sofort erhellt.

»Zeig mal das Dach«, bittet Gerald.

Holgi zielt nach oben, und Gerald seufzt zufrieden auf. Die Dachdecker sind fast fertig, nur ein tischtuchgroßes Stück Plastikfolie verdeckt den kleinen Teil, der noch gemacht werden muss. Hoffentlich hält alles dem Regen stand. Die beiden steigen aus und stapfen über den aufgeweichten Boden auf die Haustür zu, die sie nicht öffnen brauchen: Sie ist aufgebrochen worden. Holgi geht vor, weil er den Scheinwerfer hat. Voller düsterer Vorahnung tapst Gerald hinter ihm in das leere Geisterhaus.

»Strom soll morgen fertig werden«, raunt Gerald leise, »dann läuft auch der Alarm wieder.«

Er wundert sich plötzlich selbst, warum er flüstert. Holgi leuchtet in den großen Raum mit dem Whirlpool. Es hat sich einiges getan, das Fußbodenparkett ist fast fertig verlegt, die Wände sind glatt verputzt, an einigen Stellen hängen lose graue Kabelenden für die Steckdosen heraus. Jetzt fehlen im Prinzip nur noch die Maler und der Elektriker.

So weit, so gut.

Was schlecht aussieht, ist das Parkett, das vollständig mit Glasscherben übersät ist, der Boden ist überall zerkratzt! Es riecht zudem nach Holzrauch (als wenn er davon nicht genug gehabt hätte!), im roh verputzten Kamin erkennt Gerald eine schwarz verkohlte Feuerstelle, teilweise ist auch das Parkett angekokelt.

»Die haben gehaust wie die Vandalen«, stellt Holgi fest.

»Weiß man, wer es war?«

»Wahrscheinlich die Kieler.«

»Beweise?«

»Nicht direkt, aber es ist ganz klar.«

Die »Kieler« sind eine betreute Wohngemeinschaft von schwer erziehbaren Jugendlichen aus den Problemvierteln der Landeshauptstadt. Für die Dorfbewohner kommt mit ihnen regelmäßig das Böse in ihre heile Welt. Dass das so nicht ganz stimmt, sondern dass einige Dörfler im Windschatten der »Bösen« ihre eigenen Taten begehen, weiß Holgi natürlich. Aber egal wen er erwischt, kein Jugendlicher landet bei ihm vor dem Richter, das muss man ihm lassen. Holgi schleppt sie alle zum Bürgermeister, der verurteilt sie zu Arbeiten in der Gemeinde und verhindert so einen Eintrag in die Strafakte. Nur wenn jemand zu spät zur Strafarbeit oder gar nicht kommt, landet sie oder er vor Gericht. Da das alle wissen, kommt es äußerst selten vor.

»Und jetzt?«

»Ich kann nicht 24 Stunden hier sein. Das muss eine Wachfirma übernehmen.«

»Muss das sein?«

Holgi holt tief Luft und zieht eine bedeutsame Miene auf. »Die kommen wieder, da kannst du einen drauf lassen.«

»So'n Aufwand …«

Gerald will bei Steff sein und sich nicht um irgendwelche Wachfirmen kümmern.

Holgi kratzt sich am Kinn und schwenkt den Scheinwerfer über den zerkratzten Boden.

»Es gäbe da noch eine Möglichkeit … Thore könnte nachts hier aufpassen.«

»Hast du sie noch alle? Was soll der denn gegen einen Einbrecher ausrichten?«

Holgis gleichaltriger Cousin Thore Lüders ist seit frühester Jugend schwerer Alkoholiker und jenseits von Gut und Böse, der Dorftrottel sozusagen, als Wachmann bringt der gar nichts! Andererseits will Gerald schnell zurück, um mit Deuters zu sprechen, morgen zum Frühstück will er ihn nicht mehr sehen, und bevor er den Bau sich selbst überlässt …

»Also gut, ich zahle Thore 50 Euro für die Nacht.«

Die er sofort versaufen wird, aber egal.

»Ich rufe ihn gleich an.«

Die beiden gehen langsam zum Ausgang. Es regnet immer noch wie wahnsinnig. Plötzlich fällt Gerald etwas ein, wo er schon mal einen amtlichen Polizisten zu fassen hat.

»Sag' mal, Holgi, ich bräuchte da mal die Adresse zu einem Kennzeichen.«

Sein alter Schulkumpel grinst über den Scheinwerfer hinweg. »Du und deine Weibergeschichten …«

Gerald hebt abwehrend die Hände. »Nee, diesmal nicht …!«

Doch die beiden kennen sich zu lange. Holgi hat schon damals als Polizeischüler für Gerald per Halteranfrage die Adressen von Mädchen in der Disco herausbekommen, dafür zahlte Gerald ihm zwei Whisky-Cola in der Happy Hour.

»Was sonst?«

»Also gut, ja!«

Das gefällt Holgi, er rennt mit Gerald zum Polizei-Golf und lässt sich auf den Beifahrersitz fallen. Eine Hand wäscht die andere, Gerald hat Holgi auch öfter ausgeholfen, was der nicht vergessen hat. Gerald sollte zum Beispiel die leerstehende Villa eines Kunden verkaufen, was sich länger hinzog. Holgi hatte gerade Eheprobleme und wollte mit seiner Frau am Wochenende mal ganz alleine sein, um alles zu klären. Also gab ihm Gerald den Schlüssel für die Villa.

Als er Holgis Frau alleine auf der Dorfstraße sah, wunderte er sich, sagte aber nichts. Es stellte sich heraus, dass Holgi statt mit seiner Frau mit seiner neuen Geliebten an die Ostsee gefahren war. Gerald bekam ein schlechtes Gewissen, aber letztlich ging alles gut aus: Die Geliebte wurde Holgis neue Frau, und seine Ex heiratete den Mathelehrer ihrer beiden Kinder.

Holgi gibt Heiner Deuters Autokennzeichen durch, das Gerald präzise im Kopf hat und ihm diktiert. Nach einer halben Minute stellt Holgi das Funkgerät wieder aus.

»Stehst du jetzt auf Jungs?«, fragt er.

»Und wenn?«

Holgi überlegt keine Sekunde. »Mir egal.«

»Sag schon.«

»Heiner Deuters, wohnhaft in Hamburg, Achternweg 23d«, sagt Holgi.

»Danke.«

»Da nich' für! Thore kommt in einer halben Stunde. Ich schau später auch noch mal hier vorbei.«

»Super.«

Gerald reicht ihm einen Fünfzig-Euro-Schein für seinen Cousin: »Sag' ihm, er soll nicht alles auf einmal versaufen.«

Holgi lacht.

Gerald gibt ihm die Hand, steigt aus und hastet im Regen zum Landrover. Er muss seinen Wagen zur Seite fahren, damit Holgi rauskommt. Holgi hupt zweimal und fährt davon.

Gerald überlegt einen Moment.

Dann öffnet er seinen Laptop und geht ins Internet. Das Google-Satellitenbild zeigt unter Deuters' Adresse ein Reihenhaus im Hamburger Stadtteil Langenhorn. Als er es gesehen hat, kann er unmöglich in die Pension *Möwenwind* fahren. Stattdessen tippt er »Achternweg 23d« in sein Navi, die Chance, einen Blick in das Privatleben seines Widersachers zu werfen, ist eine Steilvorlage. Wie könnte er die auslassen?

Auf der Autobahn merkt Gerald, wie verliebt er ist. Das leuchtende Display des Navis kommt ihm warm und heimelig vor wie ein knackendes Kaminfeuer, er fährt auf der fast leeren Piste leichte Schlangenlinien, um das Scheinwerferlicht auf der Fahrbahn tanzen zu lassen. Passend dazu dröhnt ein Uralttitel aus dem Radio: »Because the night belongs to lovers …« Wenn er Deuters aus dem Weg geräumt hat, bekommen Steff und er endlich den Raum, den sie brauchen, damit sich ihre Liebe entwickeln kann. Das Navi führt ihn Richtung Flughafen, der unmittelbar an den Stadtteil Langenhorn grenzt. Gerald fällt ein, dass ein ehemaliger Bundeskanzler hier mal gewohnt hat. Er wird bereits dunkel. Nach Prominentenviertel sehen die Gebäude in den Straßen allerdings nicht gerade aus, zwischen simplen Reihenhäusern stehen einige hässliche Hochhäuser. Insgesamt eine Vorort-Randlage, nicht seine Preisklasse als Makler.

Er parkt den Landrover am Anfang des Achternweg.

Draußen empfängt ihn ein leichter Nieselregen, was eine deutliche Verbesserung zum Starkregen vorhin darstellt. Es riecht nach nassem Laub, feuchter Erde und ein bisschen nach Hundekacke. Dann steht er vor dem äußersten der vier Rotklinker-Reihenhäuser, an dem ein abgeblättertes Schild die Nummern »23a–d« anzeigt. Ein schmaler Fußweg führt zur 23d. Deuters wohnt im Reihenendhaus, das immer etwas teurer als die anderen ist. Es ist nicht gerade das, was sich Gerald unter dem Domizil eines erfolgreichen Schriftstellers vorgestellt hat: Das Haus ist weder repräsentativ noch eine inspirierende Hexenhütte oder ein abgefahrenes Loft. Eher durchschnittlich, wenn überhaupt. Plötzlich fällt Gerald auf, dass er auf Deuters reingefallen sein könnte, keiner weiß, wie erfolgreich dieser Typ wirklich ist. Vielleicht lebt er von seinem Erbe und schreibt nur nebenbei im Selbstverlag. Den VW-Golf und die Übernachtungen in der Pension muss er nicht unbedingt von seinen Tantiemen bezahlt haben. Vor dem Haus befindet sich der obligate winzige Vorgarten, etwas lieblos eingesetztes, struppiges Immergrün. Daneben parken zwei abgeschlossene Kinderfahrräder. An der Tür klebt ein Emailleschild: »Hier wohnen Sabine, Heiner, Miriam und Felix Deuters.« Daneben ist eine sitzende Katze zu sehen.

Verheiratet ist er also, das ist ein Hammer! Und Kinder hat er auch! Ein frustrierter Familienvater, der einfach ein bisschen fremdgehen will.

Deuters ist nicht frei!

Gerald könnte auf der Stelle tanzen und singen vor Freude, ab jetzt werden die Karten neu gemischt! Vor Steff wird das sein Untergang, das bricht ihm endgültig das Genick. Und wenn nicht, wird er etwas nachhelfen: Entweder steht Deuters zu seiner Sabine, oder er, Gerald, wird dafür sorgen, dass seine Frau alles erfährt.

Andererseits, was eigentlich? Vage Vermutungen, die Deuters bestreiten wird?

Auf jeden Fall wird Deuters spätestens morgen erfahren, dass er nun über seine Familie Bescheid weiß, vermutlich genügt das schon. Gerald hätte gerne mehr gesehen, aber von der Vorderfront von Reihenhäusern ist das kaum möglich.

Also hinten rum.

Er schleicht sich eine Reihe weiter zur 25 a–d. Von dem Fußweg zu den Häusern dort kann er in das beleuchtete Wohnzimmer von Heiner Deuters schauen. Ein gerahmtes Riesenposter vom nächtlichen Hamburger Hafen ist zu erkennen, in der Ecke steht eine Bücherwand. Sabine Deuters sitzt gerade auf einer riesigen Couch vor dem Fernseher und schaut eine Vorabendserie, vor ihren Füßen spielen zwei Kinder, ein ungefähr 4 Jahre altes Mädchen mit blonden Locken und ein dunkelhaariger Junge im Einschulungsalter.

Wenn er sich nicht darüber so freuen würde, könnte es ihm richtig wehtun, Deuters, Deuters, Deuters! Seine Frau ist vollkommen anders, als Gerald erwartet hätte, er kommt aus dem Staunen nicht heraus: Sabine ist viel jünger als Deuters, höchstens Anfang Zwanzig, er muss sie als Teeny geschwängert haben. Oder hat er sie aus dem Katalog? Mit ihren hoch liegenden Wangenknochen sieht sie aus wie eine russische Ballerina, ihre dicken schwarzen Haare hat sie zu einer Palme über dem Kopf zusammengebunden. Sie trägt einen weit ausgeschnittenen Pyjama, um ihre Beine hat sie eine Wolldecke geschlungen. Auf dem Teppich steht ein rotes Bobbycar, vor der Bücherwand liegen LEGO-Steine in allen Grundfarben. Vor Sabine steht ein großes, halb leeres Glas, was nach Eistee aussieht, den man im Oktober aber selten trinkt, vermutlich ist es etwas Hochprozentiges.

Gerald zückt sein Handy und macht ein Foto, dann noch eins. Dann mehr und mehr, er kann gar nicht aufhören.

»So, Meister, jetzt haben wir dich!«, brüllt ihn eine tiefe Männerstimme von der Seite an. Gleichzeitig hört er einen Hund bellen.

Gerald dreht sich um.

Ein bulliger älterer Mann steht mit einem ebenso bulligen und sehr agilen Kampfhund plötzlich neben ihm.

»Was wollen Sie?«, blafft Gerald geistesgegenwärtig zurück.

»Scheißspanner!«

Der Alte zückt sein Handy, wohl um die Polizei anzurufen. Irgendwie scheint alles nach hinten loszugehen, Gerald überlegt nicht lange, der Alte wird ihn nie einholen können, er rennt einfach weg. Doch er hat nicht mit dem Hund gerechnet, der plötzlich zähnefletschend neben ihm auftaucht. Diese Viecher beißen zu und lassen nie wieder los, das weiß Gerald. »Wie erbärmlich, von dem Hund zerfleischt zu werden«, denkt er noch.

Dann schnappt das Tier zu.

Zum Glück erwischt der Hund mit seinen scharfen Zähnen nur das rechte Hosenbein seiner Jeans, die von oben bis unten aufreißt. Gerald schafft es gerade so bis zu seinem Wagen und sackt über dem Lenkrad zusammen. Draußen bellt der Köter wie wahnsinnig und springt immer wieder krachend gegen die Tür. Geralds Körper verlangt nach mehr Sauerstoff, als er einatmen kann. Er schnappt nach Luft, die es nicht gibt. Wahrscheinlich wird er gleich ohnmächtig oder bekommt einen Infarkt.

Nichts von dem passiert.

Stattdessen segelt sein Körper langsam wieder Richtung Normalnull. Auf der anderen Seite des Landrovers taucht der Hundebesitzer auf und schreit: »Arschloch! Ich habe dein Kennzeichen!«

Soll er.

Gerald startet den Motor und gibt Gas.

Der Hund springt vor seine Motorhaube. Für dieses Viech wird er nicht bremsen! Was der Hund offensichtlich wittert, denn er springt im letzten Moment zur Seite. Gerald fasst sich ans nackte Bein. Ein warmer Blutstrahl kommt aus seiner Wade, das hat er gar nicht gemerkt. Scheiße, welche Krankheiten können Hunde denn übertragen? Tollwut, Keime, wer weiß was noch alles? Wie lange ist seine letzte Impfung gegen Wundstarrkrampf her? Gerald bekommt Panik, er muss sofort ins Krankenhaus!

Plötzlich leuchtet an einer Ecke ein beleuchtetes Apothekenzeichen auf. Er geht sofort in die Eisen. Die Apotheke hat Notdienst, er klingelt Sturm und lässt sich von der jungen Pharmazeutin ein Desinfektionsmittel geben. Gerald versprüht die halbe Großpackung auf die Wunde, bis es im ganzen Innenraum des Landrovers nach dem Mittel riecht, und verbindet die Wunde. Jetzt erst erkennt er, dass sie relativ klein ist und nicht tief.

Auf der Autobahn hat er sich wieder einigermaßen erholt. Dazu hat auch die kleine Wodkaflasche beigetragen, die er an der Nachttanke besorgt hat. Die Verkäufer dort haben ihn misstrauisch nach seinem zerfetzten Hosenbein gefragt, als er vor der Kasse stand, aber er hat nur abgewinkt und alles weggelächelt. Auf dem ersten Parkplatz hat er die Flasche auf Ex gekippt. Wenn die Polizei ihn als Spanner verhaften sollte, spielt Alkohol am Steuer auch keine Rolle mehr.

Anderseits: Was hat er schon getan? – Gar nichts!

Gerald fletscht die Zähne, als eine leichte Schmerzwelle in seine Wade fährt. Er wird in den nächsten Tagen noch einmal in den Achternweg zurückkehren und sich bei den Nachbarn umhören, bis er weiß, wie Deuters' Pseudonym lautet.

Als er den Landrover auf dem Parkplatz vor der Pension *Möwenwind* parkt, ist es Mitternacht. Er riecht die Ostsee, sie riecht wie Steff, frisch und salzig. Der Wodka hat sein Werk vollbracht, Gerald fühlt sich schmerzfrei und prächtig und geht hinein. Gleich wird er Deuters wecken und ihm brühwarm erzählen, wo er war.

Das wird genügen.

Ein Fest wird das!

An der Theke brennt ein Nachtlicht. Geralds Blick fällt

auf die schiffsförmige Sammelbüchse der »Gesellschaft zur Rettung Schiffbrüchiger«. Er weiß selbst nicht wieso, aber er fischt mit schiefem Lächeln ein Zwei-Euro-Stück aus seinem Portemonnaie und wirft sie hinein. Mit einem satten Klack fällt es auf den Boden zu den anderen Münzen. Plötzlich räuspert sich hinter Gerald eine weibliche Stimme, und Frau Schmidt tritt in den Lichtkegel. Seine zukünftige Schwiegermutter trägt einen bequemen grauen Hausanzug. Müde sieht sie aus, sie hat wohl schon geschlafen.

»Hallo, Frau Schmidt.« Gerald strahlt.

»Ich möchte, dass Sie morgen die Pension verlassen«, erklärt sie ganz ruhig. »Herrn Deuters habe ich dasselbe mitgeteilt.«

Sagt es, dreht sich um und verschwindet im Dunkeln.

Gerald starrt ihr wie vor den Kopf geschlagen hinterher: Weiß Steff davon?

21
Frauenversteher

Heiner starrt mit trüben Augen hinaus auf das dunkle Meer, das sich vor ihm glucksend wie ein großer Teerteppich ausbreitet. Die Wolken hängen tief über dem Wasser. Heiner kann den Horizont nicht erkennen, weiß nicht, wo das Wasser aufhört und der schwarze Nachthimmel beginnt. Nur selten kann er in einem Wolkenloch einen Stern leuchten sehen. Die Ostsee selbst ist völlig leer. Kein Schiff ist unterwegs, kein noch so kleines Licht blinkt, alles schläft.

Heiner sitzt auf dem Rest eines alten Ruderboots, das der Sand schon fast komplett verschluckt hat. Als er traurig Luft holt, knirscht es leise unter seinem Hintern.

Was für ein unwürdiges Hin und Her!

Gestern Abend hatte Steff ihn mit ihrem Bekenntnis noch in den Himmel geführt, heraus aus seiner Depression nach dem Unfall. Sie hatte ihm gezeigt, dass sein Platz jetzt doch hier war und nicht in den engen bürgerlichen Grenzen seines Zuhauses in Hamburg.

Ja, sicher, sie hatte gesagt, dass sie vorläufig lieber auf Abstand bleiben wollte, sowohl zu ihm als auch zu Schöning. Aber nachdem der Makler heute gegen Mittag die Pension verlassen hatte, lief Steff ihm mehrmals über den Weg und nickte ihm schon wieder freundlich zu. Und als sie ihm am Nachmittag im Wintergarten einen Kaffee brachte, erkundigte sie sich sogar nach seiner Arbeit und lächelte ihn dabei an.

In diesem Moment spürte Heiner es wieder ganz deutlich, dieses emotionale Band, das ihn und Steff verbindet und das stark genug ist, um trotz aller Widrigkeiten weiter zu bestehen.

Aber dann klopfte kurz nach dem Abendbrot ihre Mutter an seine Zimmertür. Den ganzen Tag über hatte sie ihn argwöhnisch beobachtet, was Heiner, wenn er ehrlich war, nach dem Unfall durchaus verstehen konnte. Steff war ihre Tochter, und er hatte sie in Gefahr gebracht. Aber Heiner war sicher, dass sie ihm mit der Zeit wieder vergeben würde.

Doch dann stand Frau Schmidt mit dunklen Ringen unter den Augen und nur in ihren Bademantel gehüllt vor ihm und forderte ihn auf, seine Sachen zu packen und das *Möwenwind* schon am nächsten Morgen zu verlassen. Er und Schöning würden Steff belästigen und sie mit ihrem »widerlichen Gockeltum« in Lebensgefahr bringen. Dann ging sie wieder davon. Er blieb mit offenem Mund zurück, ohne die Möglichkeit, irgendetwas zu seiner Verteidigung zu sagen.

Hallo?

Was hat er Steff denn getan?

Nichts!

Schöning, ja, dieser geile Bock, der läuft ihr ständig hinterher wie ein liebeskranker Teenager und belästigt sie mit seinem einfältigen Gequatsche. Aber er doch nicht! Hat er sich auch nur einmal unhöflich benommen? Hat er Steff irgendwie angefasst, sie unsittlich berührt? Nein! Dabei hätte er sehr wohl die Gelegenheit dazu gehabt! Aber er hat sich nichts vorzuwerfen, er hat sich immer wie ein Gentleman verhalten.

Empört, aber auch aufgewühlt von dem unangenehmen

Gefühl, sich – wenigstens in Gedanken – eben doch schuldig gemacht zu haben, hat er sich schwitzend auf dem quietschenden Bett hin und her geworfen. An Schlaf war nicht zu denken. Schließlich zog er sich wieder seine Hose über und ging hinaus zum Strand.

Jetzt sitzt er hier mit nackten Füßen im feuchten Sand und zermartert sich den Kopf mit den immer gleichen Fragen: Wie ist er nur in diese Situation geraten? Wie kann diese Frau ihm nur unterstellen, dass er so etwas wie ein Triebtäter ist? Hat sie mit ihrer Tochter gesprochen? Hat Steff sich über ihn beschwert? Ist dieser Rauswurf am Ende doch mit ihr abgesprochen?

Was soll er jetzt nur machen?

Soll er wirklich seine Sachen zusammenpacken und sich wie ein geprügelter Hund davonschleichen?

Eine frische Böe streicht über seinen Kopf und kühlt sein aufgeheiztes Gemüt. Das Schlimme ist ja, dass Frau Schmidt recht hat. Ja, er hat ihre Tochter in Lebensgefahr gebracht! Und auch wenn er es Frau Schmidt gegenüber nie zugeben würde: Ja, er will Steff berühren und ihren wunderschönen Körper streicheln. Oder noch besser: sie mit seinem Charme und seiner Autorenkreativität so narrisch machen, dass sie es einfach nicht aushält und *ihn* verführen muss!

Vor ein paar Nächten ist es doch schon fast so weit gewesen. Steffs Kopf hat auf seinem Schoß gelegen! Sie muss seine Erektion gespürt haben! Was, wenn sie nicht so müde gewesen und eben nicht eingeschlafen wäre?

Mit einem nervösen Augenzwinkern verscheucht er das Bild der lüsternen Steff aus seinem Kopf. Es ist vorbei, morgen muss er die Pension verlassen, Steff adieu sagen und in den Hamburger Alltag zurückkehren.

Heiner schaut hinauf in den dunklen Himmel. Der Mond ist hinter den Regenwolken immer besser zu erkennen, langsam klart es auf. Morgen wird bestimmt ein sonniger Tag.

Ein schöner Tag.

Aber nicht für ihn.

Er denkt daran, wie Steff ihn gestern im Wintergarten gebeten, ja geradezu angefleht hat, hierzubleiben. Wie sie ihn mit ihren großen Augen angesehen hat, wie sie sich ihre widerspenstigen blonden Haare mit der Hand zurückgestrichen und unsicher mit ihren schönen Händen herumgespielt hat.

Nein, er kann, er *darf* jetzt nicht gehen. Sich einfach zu verdrücken, würde bedeuten, Steff im Stich zu lassen. Heiner spürt, dass er Teil von etwas Größerem geworden ist. Hier der Schriftsteller, da eine Frau, die bei ihm Halt und eine geistige Perspektive sucht. Der Künstler und seine Muse. Genau wie Arthur Miller und Marilyn Monroe. Wie Henry Miller und Anaïs Nin.

Nein, er muss bei Steff bleiben.

Aber was ist mit ihrer Mutter?

Sie will, dass er geht, sofort. Und es ist ihr Hotel. Und Steff ist ihre Tochter.

Er verzieht das Gesicht und stöhnt. Irgendwie kann er ja verstehen, dass sie böse auf ihn und diesen dämlichen Schöning ist. Sie ist die Mutter und möchte ihre Tochter schützen. Aber dass sie ihn dabei mit diesem Makler in einen Topf wirft, ist allerhand. Schön, auch er ist älter als Steff und von außen betrachtet eben auch nur ein weiterer reifer Mann, der die Nähe ihrer Tochter sucht. Aber trotzdem, Frau Schmidt muss doch sehen, dass er eine ganz andere Klasse hat.

Heiner überlegt. Er muss ihr deutlich machen, dass er nicht so vulgär ist, sondern anders und eben vertrauenswürdig.

Aber wie?

Die Autorenkarte scheint bei ihr keine Rolle mehr zu spielen. Steffs Mutter war die Erste, die wusste, dass er hier ein Buch schreiben will. Trotzdem will sie ihn jetzt aus dem Haus werfen.

Was kann er nur tun?

Wie kann er mit dem Segen ihrer Mutter in Steffs Nähe bleiben?

Heiner holt tief Luft und genießt einen langen Moment die frische Meeresluft und die leichte Brise, die jetzt über den Strand streicht und längst verloren geglaubte Erinnerungen an seine Kindheit an der Ostsee weckt, an den Geruch von Sonnencreme und Salz in der Luft, an die Zeit, als seine Eltern zusammen mit ihm und seinem kleineren Bruder regelmäßig nach Scharbeutz und Timmendorfer Strand gefahren sind.

Plötzlich weiß er, was er tun muss! Wie ein helles Licht fährt die Idee durch seine sorgenvollen Gedanken!

Etwas gewagt und vielleicht macht er sich damit alles kaputt. Aber Heiner ist sicher, es ist seine einzige Chance. Gleich morgen früh wird er noch mal mit Frau Schmidt reden. Und dann? Wird Steff ihm vertrauen? Oder wird sie ihn zusammen mit ihrer Mutter davonjagen?

Es hilft nichts. Heiner muss dieses Risiko eingehen. Aber ein feines Lächeln umspielt seinen Mund, als er sich in Gedanken schon die richtigen Formulierungen zurechtlegt, um zuerst Frau Schmidt und dann ihre Tochter zu überzeugen.

Voller Tatendrang springt er auf und stapft durch den weichen Sand zurück zur Pension. Der Mond steht jetzt als helle Scheibe am Himmel und taucht die Uferböschung in ein warmes Licht. Ja, morgen wird ein schöner Tag. Und mit ein bisschen Glück auch wieder für ihn. Er schafft das schon. Mit Reden kennt er sich aus.

Vorsichtig, um keinen zu wecken, schleicht er sich durch den Hotelflur. Er will gerade die Tür zu seinem Zimmer öffnen, als er auf dem Boden einen kleinen Zettel sieht.

Wir müssen reden, sofort! Gerald, steht da mit schwungvoller, aber irgendwie hektischer, liebloser Schrift.

Heiner schüttelt hintergründig lächelnd den Kopf. Nein, mein Lieber, müssen wir nicht.

Um 10 Uhr sitzt Heiner entspannt im Wintergarten vor seinem Frühstück und seinem Cappuccino. Außer ihm sind nur wenige Gäste da. Ein ergrautes Pärchen aus Hannover, das übertrieben leise miteinander flüstert, als wenn es befürchtet, jemand könnte sie in ihrer Durchschnittlichkeit ertappen. Und ein einsamer Handwerker, der sein Rührei hastig wie ein Bagger in sich hineinschaufelt. Leicht angewidert sieht Heiner zu ihm. Dann wendet er sich nachdenklich wieder zur Küche, aus der leises Scheppern und das Pfeifen einer Kaffeemaschine zu hören ist.

Plötzlich kommt Schöning herein. Er schaut sich grimmig um, entdeckt Heiner und marschiert mit noch finsterer Miene zu ihm an den Tisch. Heiner fällt auf, dass er sein rechtes Bein etwas nachzieht.

»Guten Morgen«, empfängt er ihn freundlich.

»Wieso hast du dich nicht bei mir gemeldet?«, faucht Schöning.

Heiner nippt an seinem Cappuccino. »Was ist denn mit deinem Bein? Hast du dich gestoßen?«

»Das geht dich einen Scheißdreck an. Sag mir lieber, wo du die ganze Nacht gesteckt hast?«

»Ich habe einen Spaziergang gemacht. Am Strand. Danach bin ich zeitig ins Bett, um heute früh fit zu sein.« Heiner schnuppert. Kann es sein, dass Schöning nach Alkohol stinkt? Schon wieder?

»Hast du meinen Zettel nicht gesehen?«

Heiner gibt sich verwirrt und zuckt nur mit den Schultern. Schöning nimmt vorsichtig auf dem Stuhl Platz und zuckt dabei kurz schmerzerfüllt zusammen.

»Alles in Ordnung?«, erkundigt sich Heiner betont besorgt.

Schöning winkt ungeduldig ab. »Hast du deine Sachen schon gepackt?«

Heiner starrt ihn mit regloser Miene an, was Schöning als ja versteht.

Er mustert Heiner mit abschätziger Miene. »Bist du jetzt zufrieden?«

»Keine Ahnung, was du meinst.«

»Jetzt tue nicht so. Alles wäre ganz geschmeidig gelaufen, wenn du nicht ständig dazwischengesprungen wärst.«

»Geschmeidig?«

Schöning beugt sich nach vorne und blickt Heiner tief in die Augen. »Steff gehört zu mir. Und wir wären schon längst zusammen, wenn du nicht ständig so nerven würdest.«

Heiner sieht Schöning mit einem spöttischen Lächeln an. Was für ein armer Mensch. »Steff gehört zu dir? Meine letzte Information ist, dass sie dir am Krankenhaus gesagt hat, dass sie dich nicht mehr sehen will.«

»Da war sie völlig durch den Wind. Weil du sie mit deinem Auto fast umgebracht hast.«

»Dieses dämliche Autorennen war deine Idee.«

Schöning stöhnt genervt auf, will was sagen, hält dann aber den Mund. Heiner nippt an seiner Cappuccino-Tasse, und für einen Moment schweigen beide.

»Na schön, schauen wir doch mal, wie die aktuelle Situation ist«, fängt Schöning seufzend wieder an. »Wir beide stehen hintereinander in der Schlange, wir wollen beide an Steff ran.«

»Ich will nicht an sie *ran.*« Heiner spuckt das Wort fast aus, um zu zeigen, wie abstoßend er diese Wortwahl findet. »Und ich stehe auch ganz bestimmt nicht in irgendeiner Schlange.«

»O doch, das tust du! Ganz vorne sogar! Ich habe dich doch gesehen: Vom ersten Tag an versuchst du alles, um sie in die Kiste zu kriegen!«

Schöning ist so laut geworden, dass die anderen Gäste im Wintergarten irritiert herüberschauen. Heiner presst die Lippen aufeinander, tippt betont interessiert gegen den kleinen Kompass auf der Tischmitte und versucht den Eindruck zu vermitteln, dass er und Schöning gar nicht zusammengehören.

Aber der ist noch nicht fertig. »Ja, klar, du spielst hier den feinen Mann, den großen Künstler, den Frauenversteher. Aber mir kannst du nichts vormachen. Im Grunde bist du nur ein geiler Bock, der scharf auf junge Mädchen ist.«

»Wenn du so daher redest, darfst du dich nicht wundern, wenn Steff dich nicht mehr sehen will und ihre Mutter dich aus dem Haus treibt.«

»Sie will uns *beide* aus dem Haus treiben, schon vergessen?«

Heiner lächelt nur abfällig und starrt wieder gedankenverloren auf den Kompass. Er spürt, wie Schöning ihn böse mustert.

»Ich habe deine Frau gesehen.«

Heiner schaut erschrocken auf. Gerald lächelt zufrieden.

»Deine Frau und deine beiden süßen Kinder.«

»Wie …?«

»In Hamburg. Letzte Nacht.«

Heiner spürt, wie sein Körper plötzlich von einer allgemeinen Lähmung erfasst wird. Wie ein Fisch auf dem Trockenen schnappt er nach Luft und starrt Schöning entsetzt an.

Der schiebt ihm sein breites Grinsen direkt vor das Gesicht. »Ich habe ein Foto. Willst du es sehen?«

Ohne auf seine Antwort zu warten, zieht er sein Handy aus der Tasche und hält es ihm vor die Nase. Heiner glotzt mit großen Augen auf das leuchtende Foto und starrt ihn dann ungläubig an.

»Habe ich durch den Zaun gemacht.«

»Du warst bei mir in Hamburg?«, stammelt Heiner fassungslos.

»Nur ein kleiner Ausflug. Musste doch endlich mal deine Familie kennenlernen. Schließlich sind wir Freunde.« Schöning lächelt stolz und präsentiert ihm weitere Schnappschüsse, indem er mit dem Finger über das Display seines protzigen Handys streicht. Heiner blickt ihn völlig verwirrt an. »Du bist krank, völlig irre.«

Schöning beachtet ihn gar nicht, sondern sieht nur mit anzüglichem Grinsen auf sein Handy.

»Ich muss schon sagen, sehr süß. So ein junges Ding, hätte ich dir gar nicht zugetraut. Wie alt ist die Kleine denn?«

»Geht dich gar nichts an!«, faucht Heiner. Er will immer noch nicht glauben, was Schöning getan hat. Wegsperren müsste man den Kerl, sofort!

Schöning beugt sich wieder nach vorne. »Nun komm schon, Heiner. Erzähl mal ein bisschen. Wie alt war sie denn, als ihr mit den Kindern angefangen habt? Hat sie gerade Abi gemacht?«

Heiner sieht wieder auf das Foto und dann voller Verachtung zu dem Makler. Er stinkt tatsächlich nach Schnaps!

»Was soll das Gequatsche? Bist du neidisch?«

Schöning grinst. »Ein bisschen schon. Wie hast du die Kleine denn rumgekriegt? Auch mit der Autorenmasche?«

Heiner schweigt finster. Er sieht wieder ungläubig auf das Foto.

Mit einem anzüglichen Lächeln streichelt Schöning mit seinem wulstigen Zeigefinger über das Display.

»Aber egal, Kompliment, du hast einen guten Geschmack. Trotzdem, du solltest dich schämen.«

Heiner scheint nicht zu verstehen. Schöning sieht ihn vorwurfsvoll an.

»Mann, zu Hause wartet eine junge Frau und niedliche Kinder auf dich. Warum musst du dir dann unbedingt auch noch Steff unter den Nagel reißen? Kriegst du den Hals nicht voll? Bist du krank? Sexsüchtig?«

Heiner verdreht die Augen und zeigt auf das Handy. »Warum …?« Er stockt.

Schöning lacht spöttisch. »Warum ich die Fotos gemacht habe? Was denkst du wohl? Steff wird schön gucken, wenn sie erfährt, dass du verheiratet bist.«

Heiner starrt Schöning böse an. »Ich habe nie das Gegenteil behauptet.«

»O natürlich nicht! Du hast nur den Ehering abgenommen.«

Schöning zeigt auf Heiners rechte Hand. Nur beim sehr genauen Hingucken fällt der kleine, helle Kreis am Ringfinger auf. Ertappt zieht Heiner die Hand schnell unter den Tisch.

»Was willst du von mir?«

»Lass endlich deine schmutzigen Finger von Steff! Hör auf, ihr mit deinem Schriftsteller-Geschwafel den Kopf zu verdrehen.«

»Du hast ja keine Ahnung. Uns verbindet viel mehr als du dir …«

»Schluss mit dem Gequatsche!«, unterbricht Schöning ihn. »Ich will nichts mehr hören. Es wird Zeit, dass Steff endlich die Wahrheit erfährt!«

»*Was* soll ich erfahren?«

Schöning dreht sich erschrocken zu Steff um, die auf einmal hinter ihm steht. Heiner ist nicht überrascht. Er hat sie aus der Küche kommen sehen.

»Was soll ich erfahren?«, erkundigt sie sich noch einmal.

Heiner tauscht einen Blick mit Schöning. Der zögert einen Moment – und gibt sich dann einen Ruck. »Wir haben uns gerade gefragt, ob du schon weißt, dass Heiner eine sehr reizende Frau hat.«

Zu Schönings Überraschung bleibt Steff ganz ruhig. »Ja, ich weiß.«

»Wie bitte?« Gerald starrt erst sie und dann Heiner ungläubig an.

Heiner lächelt zufrieden und deutet ein leises Nicken an. Ja, du ordinärer Penner, denkt er, damit hast du wohl nicht gerechnet?

Schöning sieht wieder zu Steff. »Du weißt Bescheid?!«

Steff setzt sich zu ihnen an den Tisch. »Ja, natürlich, er hat es Mama und mir heute Morgen erzählt.«

Sie tauscht einen vertrauten Blick mit Heiner und lächelt.

Heiner möchte sie am liebsten küssen. Perfekter kann das Gespräch mit Schöning gar nicht laufen. Der Makler ist auf einmal ganz bleich geworden. »Deine Mutter weiß es auch schon?« Er kann es nicht fassen.

Heiner bleibt ganz ruhig. »Ich musste das Missverständnis doch auflösen. Sie hat sich Sorgen gemacht, dass ich etwas von Steff will. Sie war schrecklich böse auf mich. Da habe ich ihr von Sabine erzählt, erklärt, dass ich seit sechs Jahren verheiratet bin, dass ich zwei Kinder habe und dass sie sich überhaupt keine Sorgen machen muss.«

Heiner lächelt hintergründig. Er hat nicht den Eindruck, dass Schöning ihm auch nur ein einziges Wort glaubt.

»Und …« Schöning atmet tief durch. »Und was bedeutet das jetzt für deinen Auszug?«

»Das hat sich erst einmal erledigt«, springt Steff ein. »Ich habe Mama überzeugt, dass Heiner erst weg darf, wenn er sein Buch fertig geschrieben hat.«

»Natürlich nur die erste Fassung.« Heiner lächelt breit.

»Letztlich war Mama auch ganz begeistert. Vor allem, als

Heiner versprochen hat, das *Möwenwind* in seinem Buch positiv zu erwähnen.«

»Aber … das ist ja wunderbar.« Schöning kann immer noch nicht glauben, was hier passiert. Er lächelt unsicher. Heiner findet, dass er dabei sehr dumm aussieht.

»Das heißt, du … du musst das *Möwenwind* nicht verlassen?«

Heiner nickt nur.

»Du fährst nicht weg?«

»Ich fahre nicht weg.«

Mit kaum verborgener Genugtuung sieht Heiner, wie Schöning diese Neuigkeit wie ein Faustschlag trifft.

»Hast du … habt ihr auch über mich gesprochen?«, fragt er.

Heiner sieht betrübt drein und schüttelt den Kopf. »Ja, aber ich fürchte, da können wir nichts machen«

»Heiner und ich, wir haben wirklich alles probiert, aber Mama ist hart geblieben.« Steff sieht ehrlich betroffen zu Schöning und schlägt verlegen die Augen nieder.

Heiner legt die Hand feierlich auf die breite Schulter des Maklers. »Tut mir leid, alter Freund, für dich bleibt es dabei: Du musst leider deine Sachen packen.«

22
Erdbeeren im Whirlpool

Gerald patscht einmal kräftig mit der flachen Hand auf den messingfarbenen Klingelknopf auf dem Tresen der Rezeption.

»Zahlen, bitte!«, ruft er mit rauer Stimme durch die halb geöffnete Tür hinter dem Tresen. Nichts regt sich. Er nimmt sich einen Sahnebonbon aus der Schale, die auf der Theke steht, und kaut angespannt auf der zähen Masse herum. Nebenbei blättert er in den ausliegenden Prospekten über die Attraktionen der näheren und etwas weiteren Umgebung, als würde ihn als Einheimischen das interessieren: die malerische Steilküste, das U-Boot in Laboe und der Hansa-Park in Sierksdorf mit seinen Achterbahnen … Er haut noch einmal auf die Glocke und streicht über die Sammelbüchse des Seenotrettungsdienstes, während er an der braun getäfelten Wand das gemalte Bild des Windjammers im Sturm ein letztes Mal anschaut. In wenigen Minuten ist er hier weg, und das Segelschiff wird ihm genauso fehlen wie die ausgestopfte Möwe über dem Schlüsselkasten, obwohl sie sowohl einzeln als auch zusammen genommen grottenhässlich sind.

Jetzt erscheint Frau Schmidt hinter dem Tresen.

Sie trägt ein schlichtes dunkelgraues Leinenkleid, ihre klaren, blauen Augen verraten nichts, sie wirkt weder unfreundlich noch einladend. Das letzte Mal haben sie sich in der Nacht gesehen, als sie ihm gekündigt hat. Es gibt nun zwei Möglichkeiten, was passieren kann, und schon die erste ist schlimm, dann würde sich Frau Schmidt nämlich erklären: »Tut mir leid, Herr Schöning, Sie haben nichts Falsches getan. Ich halte es nur nicht aus, wenn Sie meine Tochter vor meinen Augen anbaggern. Stefanie soll nicht mit Ihnen unter meinem Dach zusammenkommen.« Gerald wüsste nicht, was er ihr antworten sollte, ohne unhöflich zu werden.

Frau Schmidt wählt jedoch die noch schlimmere Variante: Sie sagt gar nichts. Damit bringt sie Gerald in die Bredouille: Wie soll er sich verhalten? Wenn noch eine Chance besteht, dass sie seine Schwiegermutter werden könnte, sollte er sich zurückhalten.

Wenn nicht, könnte er sie einfach anraunzen, was das eigentlich solle, Steff sei doch wohl alt genug, selber über ihr Leben und ihre Männer zu entscheiden!

Steff aufzugeben ist für ihn undenkbar!

Er will ihre Mutter nicht vollschleimen, seine Idee war es nicht, hier auszuziehen, das ist ein glatter Rausschmiss. Aber Respekt wird er ihr trotzdem erweisen, so wie er ihn sogar seinen nervigsten Kundinnen und Kunden in der Maklerfirma erweist. Erst jetzt fällt ihm auf, dass Frau Schmidt die Rechnung bereits auf den Tresen der Rezeption gelegt hat, sie hat sie wohl schon vorher geschrieben, damit es schneller geht.

»Bar oder Karte?«

»Bar.«

Gerald war frühmorgens extra noch am Geldautomaten. Er schiebt ihr ein Bündel kleine Scheine herüber. Frau Schmidt nimmt sie in die Hand und zählt nach. Es sind 4 Euro und 35 Cent zu viel. Frau Schmidt greift in die Kleingeldkasse.

Gerald winkt ab. »Lassen Sie mal …«

Doch Steffs Mutter will von ihm partout keinen Tipp annehmen und legt das korrekte Wechselgeld auf den Tresen. Sie wickelt das Auschecken ab wie die Verabschiedung eines Vertreters, der sich zufällig in ihre Pension verirrt hat und der nie wieder kommt, weil sein eigentliches Handelsgebiet Sizilien-Süd ist. Gerald schaut an Frau Schmidt vorbei in das Hinterzimmer, als würde Steff dort warten. Dass sie nicht gekommen ist, versteht er nicht. Macht nichts, ich habe ja ihre Handynummer, tröstet er sich und ruft sich anschließend zur Ordnung: Nein, ich werde sie natürlich *nicht* anrufen!

»Gute Heimfahrt«, sagt Frau Schmidt.

Gerald schaut ihr abweisend in die Augen. Das ist durch und durch böse, denn sie weiß sehr wohl, dass sein Haus abgebrannt ist und er zurzeit nicht zurück kann.

Draußen nieselt es, das Meer liegt da wie ein grauer, übel gelaunter Teich. Gerald wuchtet seine vier riesigen Koffer in den Landrover und tuckert mit kleinem Gang vom Parkplatz. Wenn der Golf von Deuters hier noch stände, würde er ihm jetzt als Abschiedsgeschenk eine Schramme in die Seite fahren. Doch sein Golf ist ja bereits Schrott, wenigstens das.

Es bleibt für ihn komplett absurd, dass er, Gerald, fahren muss und nicht Deuters. Dabei ist *er* doch der Betrüger! Aber das Spiel ist nicht zu Ende. Es wird ab jetzt nur mit anderen Mitteln geführt, er wird Deuters noch in die Knie zwingen, da hat er keine Zweifel!

Gerald ist nach Wellness und Kitsch. Also fährt er nach Lütjenburg und kauft zwei Schalen Erdbeeren, die um diese

Jahreszeit sündhaft teuer sind und per Luftfracht aus Südafrika importiert wurden. Dazu landet in seinem Einkaufswagen eine Dose Fertigsahne und die teuerste Flasche Champagner, den der Supermarkt verkauft. In einem Wollladen neben dem historischen Rathaus kauft er sieben altweiße Altarkerzen, und im Lottoladen nebenan gönnt er sich eine dicke Havanna, die einzeln verpackt ist.

Dann fährt er nach Hause.

Was auf den ersten Blick nur eine mittelmäßig gute Idee ist. Von außen sieht das Haus schon ganz ansehnlich aus, das Dach ist fast fertig, aber der neue Holzfußboden ist immer noch mit Glasscherben übersät, genauso wie das Parkett vor dem Kamin immer noch angekokelt ist.

Aber der Whirlpool ist fertig, die SMS vom Klempner war nicht gelogen. Das terracottafarbene Becken steht auf einem Massivholzpodest mitten im Raum. So sollte es sein! Die Scherben knirschen unter den Sohlen seiner Cowboystiefel, als er dorthin schreitet. Er schaut sich im leeren Raum um und lächelt: Von so einem Wohnzimmer träumt die ganze Menschheit! Er wird hier bald unterm Reetdach sitzen, auf den knackenden Kamin starren und sich vom warmen Blubberwasser massieren lassen. So wird er geschmeidig und warm durch den düsteren norddeutschen Winter kommen. Zugegeben, dazu braucht es im Moment noch Phantasie, die Temperatur im Raum liegt bei höchstens zehn Grad.

Gerald dreht den Hahn auf und lässt warmes Wasser einlaufen. Dann geht er hoch auf den Dachboden, wo er seine Kompaktanlage sucht. Die schleppt er in zwei Gängen samt Boxen nach unten, holt den Laptop aus dem Wagen und schließt ihn an die Anlage an. Heute muss es

Heavy Metal sein, harte Männermusik, er dreht den Ton voll auf: »Wherever I May Roam« von Metallica. Dann klettert er auf die kleine Treppe zum Whirlpool und zieht Stiefel und Hose aus. Als er nackt ist, schaut er sich um. Etwas fehlt noch. Gerald bückt sich und fischt sein Feuerzeug aus der Hose, die am Boden liegt. Damit zündet er die sieben weißen Altarkerzen an, die er rund um den Pool aufgestellt hat.

Das blubbernde Wasser empfängt ihn freundlich mit genau der richtigen Temperatur. Gerald lässt den Korken der Champagnerflasche gegen die Reetdecke knallen und setzt den Flaschenhals an den Mund, aus den Boxen dröhnt Metallica: »… Rover, wanderer, nomad, Wherever I May Roam, vagabond. Call me what you will – yeah!«

Genau sein Text.

Das Einzige, was ihn stört, ist der penetrante Geruch von frischem Zement. Aber dagegen hat er ja die Havanna, die eine Minute später alles um ihn herum vernebelt. Je mehr sich der Nachmittag dem Abend nähert, werfen die Kerzen bizarre Schatten ans Reetdach, die immer länger werden. Am Rand des Whirlpools stehen zwei Schalen frischer roter Erdbeeren, von denen er eine nimmt und mit Fertigsahne übersprüht.

Was soll ihm jetzt noch passieren?

Leider ist genau das sein Problem: Es wird nichts passieren. Nichts und niemand wird kommen!

Sein Herz fängt an zu rasen.

Erst bekommt Gerald seine Angst noch in den Griff, dann schießt sie wie eine Stahlkugel unter die Schädeldecke: Eine Frau wie Steff lernt man höchstens ein Mal im Leben kennen, und auch nur, wenn man sehr, sehr großes

Glück hat. Natürlich ist er nicht mehr fünfzehn und weiß, dass alles auch ohne Steff irgendwie weitergeht.

Aber wer träumt schon von »irgendwie«?

Gerald isst noch ein paar Erdbeeren mit Schlagsahne aus der Sprühdose und spült mit Champagner nach. Er würde jetzt gerne unter Wasser etwas an sich herumspielen, aber da regt sich gar nichts. Trotz der Lautstärke von »Metallica« döst er etwas weg. Seine Träume wechseln wild hin und her zwischen fliegen können und hartem Absturz. Startpunkt ist immer die Steilküste. Dann wird es kalt an seinem Nacken, nackte Frosthände packen ihn von hinten, er steht wieder einmal kurz vorm Aufprall.

»Gerald?«, säuselt eine Stimme.

Es ist nicht eine Stimme, es ist Steffs Stimme. So, als sei sie wirklich da und nicht nur ein Traum! Gerald reißt die Augen auf. Steff kniet neben dem Whirlpool und fasst ihm an den Nacken.

»Hallo«, sagt er fast tonlos.

Es ist wirklich Steff!

In Blue Jeans und einer einfachen Bluse und einer derben Seemannsjacke, die ihr gar nicht steht, dazu hohe Stiefel.

»Was willst du?«, raunzt er sie ziemlich unfreundlich an und rutscht tiefer ins Wasser.

Steff erschrickt richtig. »Ich möchte mich entschuldigen.«

»Wofür?«

»Für meine Mutter. Die spinnt.«

»So so.«

»Mensch, Gerald, ich meine es ernst.«

»Komm doch einfach rein.«

Er ist selbst erschrocken darüber, dass er das sagt. Es ist

gewagt, andererseits merkt sie auch, wie sauer er noch ist. Vielleicht beschleunigt das ja alles ein bisschen.

Steff schaut ihn fragend an.

Okay, seine Einladung ging zu weit, Mist!

»Äh, Steff …«

Dann zieht sie sich schnell aus.

Damit hat er nun gar nicht mehr gerechnet! Er weiß, dass er nicht darauf eingehen darf. Er muss sich schützen, sonst erlebt er wirklich den härtesten Aufprall in seinem Leben

Dann steht Steff nackt vor ihm.

So sehr er sich nach diesem Moment gesehnt hat, so fremd fühlt sich das an. Das erste Mal zeigt sie ihr breites Becken mit dem sauber ausrasierten blonden Schamhaarstrich, ihren kleinen, vollen Busen, auf dem sich gerade eine Gänsehaut bildet, genauso wie an den Armen und Beinen. Es ist eben immer noch sehr kalt im Raum. Der einzige warme Ort ist der Whirlpool. Sie steigt zu ihm ins Wasser und setzt sich dicht neben ihn. Er fasst sie sofort an, als sie im Wasser ist, nicht zu fest und nicht zu sanft. Und küsst sie, er will sich nicht mehr zurückhalten …

Steff beruhigt ihn. »Schhht.«

So kann sie ihm nicht kommen, seine Lust besitzt keinen Rückwärtsgang! Ihm wird heiß, viel zu heiß, sein Kreislauf rennt Amok. Er muss raus aus dem Wasser! Das will er aber nicht, weil Steff ihn ebenfalls berührt und das ist das aufregendste Gefühl, seit er auf der Welt ist!

Dann hält er es nicht mehr aus, sonst stirbt er. Er reißt sie mit sich aus dem Wasser in den Stand und schaut sich suchend auf der Baustelle voller Nägel und Glassplitter um. Nirgends ist etwas Weiches, Einladendes zu entdecken. Der nackte Fußboden zu hart, selbst mit dem Schlafsack aus dem Landrover und wenn man die Glassplitter wegräumte: Es gibt im ganzen Haus keinen Ort, an dem es ginge.

Und im Stehen will Steff nicht.

Frustrierend.

Die Musik von Metallica endet plötzlich.

Die Stille wirkt wie die abrupte Landung in einer neuen Zeitzone. Steff und Gerald wird kalt.

»Lass uns in die Pension fahren«, bittet Steff mit heiserer Stimme, während sie sich bibbernd anzieht.

»Da habe ich Hausverbot, schon vergessen?«

»Ich habe mit Mama geredet, sie nimmt das zurück.«

»Welch Gnade.«

Auch Gerald springt in seine Sachen, ohne sich abzutrocknen.

»Sie vergisst manchmal, dass ich erwachsen bin.«

»Ich will nicht.«

»Sie entschuldigt sich ausdrücklich. Bitte, Gerald«, haucht sie.

»Was willst du?«, fragt er.

In diesem Moment ertönt eine raue Männerstimme von der Eingangstür.

»Klopf, klopf!«

Ein hünenhafter Handwerker in beiger Latzhose betritt den Raum, er hat einen Besen in der Hand. Das war knapp, zum Glück sind sie angezogen. Hinter ihm scharen sich drei unrasierte Helfer, ebenfalls in beigen Latzhosen. Alle halten Besen in der Hand und starren abwechselnd auf den Whirlpool, die Champagnerflasche und die nassen Haare der hübschen blonden Frau.

»Firma Behling, wir sollen hier klar Schiff machen.«

»Ihr seid spät dran«, meckert Gerald. In Wirklichkeit ist er natürlich froh, dass die Männer nicht früher gekommen sind und ihn und Steff gestört haben.

»Soll das Parkett ganz abgeschliffen werden?«, erkundigt sich der Hüne.

»Klar.«

Der Hüne geht auf und ab. »Meiner Meinung nach könnte man die Kratzer oberflächlich wegpolieren, und dann kommt da neuer Lack drauf. Spart ihnen die Hälfte an Geld. Müssen Sie aber entscheiden.«

Steff nimmt Geralds Hand. »Ich fahre schon mal vor, ja?«

»Wie bist du hier?«

»Mit dem Škoda von Mama.«

Er gibt ihr einen Kuss auf die Wange. »Ich beeil mich.«

Sie lächelt und ruft »Tschüss« in die Runde.

Die Handwerker starren ihr versonnen nach. Man kann den Neid deutlich in ihren Gesichtern lesen: Einen freien Nachmittag mitten in der Woche mit einer Frau hatten sie seit Monaten nicht.

23
Sabine ist der Kopfmensch

Es ist doch nicht so ein schöner Tag geworden. Heiner sieht von seinem Platz hinaus zum Strand. Der Wind treibt träge Regenwolken vom Meer hinauf aufs Land. Während in der Küche leise ein Radio spielt, fließen im einsamen Wintergarten lange Schlieren stumm die Fensterscheibe hinunter.

Ein ganz normaler Herbsttag. Ohne seine Strickjacke würde Heiner wohl frieren. Trotzdem fühlt er sich pudelwohl.

Er hat es geschafft, dass er weiter im *Möwenwind* wohnen darf, bewundert von Steff, wieder geachtet von ihrer Mutter, die ihn vorhin sogar zu einem Cappuccino eingeladen hat, bevor sie für einige Besorgungen nach Oldenburg gefahren ist.

Und das Allertollste: Dieser widerliche Schöning ist endlich weg! Heiner wollte am liebsten tanzen, als sein vulgäres Riesenauto vom Hof rollte.

Er kann es immer noch kaum glauben, dass der Kerl extra bis nach Hamburg gefahren ist, um Fotos von seiner Familie zu machen. Er bekommt eine Gänsehaut, als er sich vorstellt, wie das Schwein in seinem Garten zwischen den Büschen herumgekrochen sein muss, um in sein Haus, sein Heim zu blicken. Was für ein düsterer Hass muss in seinem aufgequollenen Körper stecken, um so etwas zu tun? Die lange Fahrt, die vielen Kilometer, alles nur, um ihn vor Steff bloßzustellen!

Heiner lächelt zufrieden in sich hinein, als er an Schönings Handy-Auftritt denkt. Das hat der Kerl jetzt davon. Er musste das Hotel verlassen, wurde wie ein Hund vor die Tür gesetzt, während Heiner jetzt alleine bleiben darf, endlich ungestört in Steffs Nähe.

Ja, selber schuld, wenn man zu schlau sein will …

Apropos Steff. Wo steckt sie eigentlich? Vor einer Stunde hat sie mit nachdenklicher Miene die Pension verlassen, ohne sich von ihm zu verabschieden. Dabei hätte er mit ihr nach dem Triumph über Schöning am liebsten mit Champagner angestoßen.

Aber egal. So hat er endlich mal wieder Zeit für sich. Das Hotel ist wie ausgestorben. Die anderen Gäste sind abgereist oder spazieren. Keiner da, der ihn stören könnte. Endlich kann er wieder an seinem Buch arbeiten.

Der seltsame Franzose.

Als Heiner vorhin seinen Rechner hochfuhr und das Dokument nach längerer Zeit mal wieder öffnete, war es wie das Wiedersehen mit einem alten Freund. Heiner hat das Gefühl, dass er gerade vor lauter Kreativität platzen könnte.

Trotzdem oder vielleicht sogar deswegen hat er noch nicht zurück in seine Geschichte gefunden. Auch wenn er schon eine sehr gute Idee hatte, ist er noch in der Findungsphase. Wie ein Leichtathlet, der lange trainiert, um dann im richtigen Moment voll da zu sein, braucht auch er noch ein bisschen Zeit, um in den entscheidenden Sekunden mit einem Geniestreich zu überzeugen.

Heiner gefällt dieses Bild. Er beschließt, es irgendwo in sein Buch einzubauen.

Das Problem ist immer noch die Exposition. In Heiners Kopf schwirren zahllose brillante, witzige Bilder herum, dazu Dialogsätze, die in ihrer Genialität manchmal an

Hemingway, Paul Auster oder Philip Roth erinnern. Auch die Figurenkonstellation ist im Großen und Ganzen fertig. Darauf ist Heiner besonders stolz: Als Freund großer Ensembles hat er sich ein kunstvolles Geflecht von rund dreißig Charakteren ausgedacht, einer interessanter und zwingender als der andere.

Und in der Mitte seine Hauptfigur: *Der seltsame Franzose.*

Wenn Heiner die Augen schließt, kann er schon sehen, wie der Verlag in naher Zukunft sein Buch ankündigen wird. Riesige Plakate über dem Hamburger Hauptbahnhof oder am Potsdamer Platz. Städte voller Citylight-Schilder mit seinem leuchtenden Konterfei.

Dann wird er Steff überreden, ihn auf seine Lesereise zu begleiten. Zuerst natürlich nach Berlin. Überfüllte Szenecafés in Mitte, ein ausverkauftes Kulturkaufhaus an der Friedrichstraße, ein Meer von interessierten Zuhörern, die ihm jedes Wort von den Lippen ablesen.

Und vorne in der ersten Reihe Steff. Immer wieder wird er kurz von seinem Buch aufschauen und ihr ein charmantes Lächeln zuwerfen. Steff wird verträumt zurückblicken, dabei ihre blonden Haare aus dem Gesicht streichen und Zeugin seines Triumphes sein.

Anschließend werden sie in eines dieser netten kleinen Restaurants bei den Hackeschen Höfen gehen. Übernachten werden sie in diesem schicken neuen Hotel in der Friedrichstraße, dessen Bild er neulich im Internet gesehen hat. Wie selbstverständlich wird Heiner dort ein Doppelzimmer für sie beide buchen. Und ob er nun verheiratet ist oder nicht – schließlich wird er sie dort, über den Dächern der in der Nacht funkelnden Hauptstadt, lieben, ausdauernd, immer wieder, bis sie vor Glück japsend um eine kleine Pause flehen wird.

Ein leises Klacken an der Tür holt Heiner aus der Zukunft zurück in die Gegenwart. Er streckt den Hals und sieht zur Rezeption. Steff ist wieder da. Vorsichtig, als wenn sie Angst hat, von irgendwem gesehen zu werden, schleicht sie durch die Pension.

Ihn hat sie noch nicht erblickt. Stattdessen versucht sie, heimlich in den privaten Bereich zu huschen, der sich hinter einer Tür neben dem Eingang zum Wintergarten befindet.

»Hallo, Steff«, ruft Heiner hinter seinem Laptop und hebt freundlich grüßend die Hand.

Steff dreht sich überrascht um und sieht im ersten Moment nur verlegen und irgendwie ertappt aus. Heiner fällt auf, dass ihre Wangen leicht gerötet sind. Entweder ist sie gerade gelaufen oder sehr aufgeregt. Vielleicht freut sie sich auch nur, ihn zu sehen.

Heiner winkt sie aufgeregt zu sich. Steff zögert einen kurzen Augenblick, dann gibt sie sich einen Ruck und tritt zu ihm an den Tisch.

»Heiner, sei nicht böse, aber ich habe im Moment gerade keine Zeit.«

Heiner winkt jovial lächelnd ab. »Nur ganz kurz. Ich muss dir was zeigen.« Er schiebt ihr einen Stuhl hin.

Steff sieht sich unsicher um. Heiner errät ihre Gedanken. »Deine Mutter ist noch nicht wieder da«, verrät er augenzwinkernd.

Steff nickt und setzt sich mit einem leisen Seufzer. Sie zeigt auf den leise brummenden Laptop. »Du schreibst endlich wieder?«

»Ja, und es geht besser als je zuvor.«

»Wirklich? Das freut mich.«

»In dieser himmlischen Ruhe fliegen mir die Ideen praktisch nur so zu.«

»Dann kommst du voran?«

Heiner sieht Steff lächelnd in die Augen. Er nickt. »Willst du mal sehen, was ich mir heute überlegt habe?«

Steffs Augen beginnen zu leuchten. »O ja, gerne, darf ich was lesen?«

Heiner nickt und dreht sein Laptop feierlich zu Steff. Ihr Gesicht wird vom Bildschirm beleuchtet, als sie mit zunehmend überraschter Miene liest. Heiner fällt wieder auf, dass sie dabei stumm ihren schönen Mund bewegt. Ein wohliger Schauer läuft ihm über den Rücken.

Steff sieht fassungslos zu ihm. »Ist das dein Ernst?«

Heiner nickt wieder und bemüht sich, beim Lächeln keck die rechte Augenbraue zu heben.

Steff liest jetzt laut vor, und ihr Ton verrät stille Andacht: »Der seltsame Franzose – Für Stefanie Schmidt, die Frau, die mir den Weg zurück zu meiner Fantasie gezeigt hat.«

Steff lässt die Worte leise ausklingen. Eine feierliche Stille erfüllt den Raum.

»Du willst mir dein Buch widmen?«

Heiners freundliches Schweigen ist ein eindeutiges Ja.

»Aber …« Steff fehlen die Worte. »Das ist zuviel. Das kann ich nicht annehmen.«

»Es wird dir nichts anderes übrig bleiben.« Heiner grinst.

»Aber wenn du das Buch jemandem widmest, dann deiner Frau.«

»Ach Sabine …« Heiner seufzt, sein Blick geht betroffen hinaus über das Meer. »Ich habe es dir ja im Vertrauen schon heute Morgen gesagt. Ja, wir sind noch verheiratet. Wir haben wunderbare Kinder. Wir sind einen langen Weg gemeinsam gegangen. Und wir sind immer noch gute Freunde, natürlich. Aber schon seit längerem fehlt etwas, wir haben uns fast nichts mehr zu sagen. Vielleicht ist es ihr fehlendes Verständnis für meine … Kunst.«

Heiner hat sich diese Sätze letzte Nacht zurechtgelegt. So schlau sie ihm da vorkamen – es kostet ihn jetzt schon Überwindung, sie ohne Stottern über die Lippen zu bekommen.

Steff sieht ihn mitfühlend an.

Wieder seufzt Heiner. »Manchmal ist es so, als ob wir auf verschiedenen Planeten leben. Sabine ist der Kopfmensch. Aber ich …«

… bin ein verlogenes Schwein, ruft eine leise Stimme aus den Tiefen seiner Seele. Aber Heiner schüttelt den Kopf und schickt ein kleines Teufelchen, das ruft: Aber irgendwie ist es auch wahr! Steff versteht ihn viel besser als Sabine!

»Ich folge nun mal ungern immer nur meinem Verstand«, fährt er fort. »Das ist es doch, was uns Menschen ausmacht, dass wir ein Herz haben, Gefühle, eine Seele. Aber das will Sabine einfach nicht verstehen. Sie sagt, wenn es ein Problem gibt, muss man es eben lösen und fertig. Für sie gibt es nur Start und Ziel. Aber für mich ist gerade der Weg das Entscheidende, seine Windungen, seine Gefahren, aber auch seine unverhofften Freuden.«

Er stockt.

»Sabine hört gar nicht zu, wenn ich versuche, ihr das zu erklären. Kannst du dir vorstellen, wie einsam ich mich in solchen Momenten fühle?«

Steff sieht ihn ergriffen an. Dann beugt sie sich schließlich zu ihm. »Ach, mein lieber Heiner, komm her«, seufzt sie auf einmal und nimmt ihn zärtlich in den Arm.

Heiner kann sein Glück kaum fassen. Wohlig lächelnd schließt er die Augen. Trotz seiner Strickjacke kann er Steffs feste Brüste deutlich spüren, ihre blonden Haare kitzeln seine Nase. Er riecht ihren Duft nach Salzwasser und Meer. Und noch etwas ist da, was er bisher noch nicht an ihr gerochen hat: ein fremder, strenger Geruch. Er überlegt, was es ist, aber es will ihm nicht einfallen.

»Steff, was machst du denn da?«, unterbricht plötzlich eine leider nur zu bekannte Stimme.

Schöning ist an der Tür zum Wintergarten erschienen. Ungläubig, ja fassungslos starrt er zu Heiners Tisch.

Auch Heiner ist verwirrt. Eigentlich schön, dass dieser unangenehme Mensch Augenzeuge seines größten Triumphes ist. Aber wieso taucht der Kerl auf einmal hier auf? Er hat doch Hausverbot!

»Gerald, weißt du, was Heiner machen will?«, fragt Steff und lässt Heiner nicht los. Frech schiebt er ihr seine Hand auf die Hüfte.

»Nein, und es interessiert mich auch nicht.«

»Es ist total süß und –«

»Ich denke, wir hatten eine Verabredung?«, unterbricht Schöning und klingt dabei so charmant wie ein Kommandeur beim Morgenappell.

»Ja, natürlich, ich komme ja schon«, gibt Steff zu Heiners Überraschung nach und löst sich vorsichtig aus seiner Umarmung. Langsam geht sie zu Schöning an die Bar, schaut sich dabei aber noch einmal zärtlich zu ihm um.

Heiner versteht nicht, was hier gerade passiert. Schüchtern winkt er Steff noch einmal zu. Die schlägt verlegen die Augen nieder, greift auf der anderen Seite aber schon nach Schönings ausgestreckter Hand.

»Los, komm«, grummelt der und will Steff wegziehen – als den beiden auf einmal Frau Schmidt gegenübersteht. Immer noch im tropfenden Regenmantel und mit zwei Einkaufstüten in der Hand starrt sie Schöning entgeistert an, sieht mit ungläubigen Augen, wie er mit seiner wulstigen Hand Steff festhält – und jetzt schnell loslässt.

»Was ist denn hier los?«

»Mama, du bist schon wieder da?«, stammelt Steff, aber ihre Mutter nimmt sie gar nicht wahr. Sie sieht nur zu dem großen Mann an ihrer Seite.

Heiner merkt, wie Schöning auf einmal einen knallroten Kopf bekommt.

»Guten Tag, Frau Schmidt, wie schön, Sie so schnell schon wiederzusehen.«

Steffs Mutter mustert den Makler mit abschätziger Miene. »Was treiben Sie hier? Ich habe Ihnen doch gesagt, dass ich Sie hier nicht mehr sehen will!«

Schöning fällt die Kinnlade nach unten. Hilfe suchend sieht er zu Steff, deren Wangen jetzt so rot sind wie bei einem kleinen Mädchen am Tag der Einschulung.

»Ich denke, du hast …?«

»Noch nicht, Entschuldigung …«, flüstert sie.

»Aber ich wäre doch niemals …«, presst Schöning heraus.

»Ich hätte es ja auch noch gemacht«, zischt Steff

Heiner beobachtet das Drama aus der Entfernung. Selbst von seinem Platz am Kompasstisch kann er Schönings vor Schweiß glänzende Stirn sehen.

»Ich frage Sie noch mal: Was haben Sie hier zu suchen, Herr Schöning?« Frau Schmidt geht einen Schritt auf ihn zu.

Heiner winkt fröhlich flötend herüber. »Irgendwelche Probleme, Frau Schmidt? Kann ich helfen?«

»Nein, lassen Sie sich bloß nicht ablenken. Kümmern Sie sich um Ihren Roman. Das hier geht Sie gar nichts an.«

Heiner hebt beide Hände und lehnt sich wieder zurück. Er bemerkt, wie Schöning versucht, ihn nur mit der Kraft seines bösen Blickes zu töten. Heiner nickt ihm zu und schenkt ihm ein liebenswürdiges Lächeln. Was für ein schöner Tag! denkt er. Was für ein schöner und wundervoller Tag!

24
Im Nebel

»Mama! So läuft das nicht«, schreit Steff. »Und außerdem: Was ist mit Bielefeld?«

»Wieso?«

»Du wolltest doch heute zu Tante Margrit.«

Gerald sitzt etwas entfernt auf einer Tischkante, verschränkt die Arme vorm Bauch. Er schaut sich das Ganze an wie ein Theaterstück, allerdings hängt eine Menge davon ab, wie es ausgeht. Der blöde Deuters steht neben Frau Schmidt und glotzt weiter dümmlich lächelnd zu ihm herüber.

»Was hat Margrit damit zu tun?«

»Es ist vollkommen egal, wer hier wohnt! Weil du nicht da bist!«

»Die anderen Gäste sind abgereist, nur noch Herr Deuters ist hier«, bestätigt Frau Schmidt. Dass der alleine mit ihrer Tochter wäre, scheint ihr keine Sorgen zu machen. Schlimm wäre es nur, wenn er, Gerald, hier übernachtet – womit hat er sich das nur verdient?

»Dann sind ja noch genug Zimmer für Herrn Schöning frei, oder?«

Frau Schmidt bleibt stur. »So was geht nie gut aus, ich will das nicht!«

Steff explodiert aus dem Stand. »Mama, jetzt ist aber gut! Ich bin nicht aus Australien zurückgekommen, um mich wieder als Teenie zu fühlen.«

»Als wenn es dir als Teenager schlecht gegangen ist!«, faucht Frau Schmidt zurück.

»Du willst es ja nicht wahrhaben, aber es war die beschissenste Zeit in meinem Leben. Ich habe hier gelebt wie im Knast!«

Jetzt sind sie bei den alten Geschichten angelangt, denkt Gerald, das kann dauern. Er und Deuters sollten das Feld räumen, das hier geht sie nichts an. Nur weil Deuters nicht geht, bleibt Gerald auch. Frau Schmidt kann sich nicht mehr beherrschen und haut mit der flachen Hand auf eine Tischplatte, Deuters zuckt richtig zusammen.

»Du bist undankbar und überheblich, wie immer!«, keift sie ihre Tochter an.

»Das ist nichts gegen deine Selbstgerechtigkeit!«

Gerald wird das doch zu blöd, er verlässt wortlos den Raum. Ist vom Ausgang dieses Duells jetzt abhängig, ob er Sex mit Steff hat, oder was? Er stellt sich draußen neben den Hauseingang, wo ihn die altmodische Lampe mit dem geriffelten gelben Glas anstrahlt. Ein winziges Dreieck ist herausgebrochen. Gerald fragt sich kurz, was da passiert sein könnte. Er atmet tief durch, die Luft riecht feucht und salzig.

Es ist wirklich zum Kotzen.

Wenn diese dussligen Handwerker nicht ins Haus gekommen wären, läge er jetzt neben Steff, und sie würden es wild miteinander treiben! Er lässt den Whirlpool-Film noch einmal in sich ablaufen, Steff steigt nackt zu ihm und fasst ihn an, dann spult er zurück und sieht ihn noch mal und noch mal.

Was eine Erektion für einen Mann bedeutet, können sich Frauen nicht vorstellen. Oder sehen Frauen einen attraktiven Mann durchs Großraumabteil im ICE wandern und schwupp, wären sie innerhalb von drei Sekunden zum Sex bereit? Alle Energie im Körper läuft auf einen Punkt zu, der einerseits fest ist, andererseits auf unerträgliche Weise instabil, alle Fasern schreien nach Erlösung.

Steff soll endlich kommen und ihn erlösen!

Nichts passiert. Gerald steht regungslos vor der Tür der Pension *Möwenwind* und starrt dumpf Richtung offenes Meer, das er im Dunkeln nur hören und riechen kann. Er fragt sich, was Deuters da drinnen noch macht: Sitzt er die ganze Zeit dumpf in der Ecke und glotzt, wie sich Mutter und Tochter streiten? Der Mann hat echt kein Benehmen! In Gerald schießt die Wut hoch, Deuters muss weg, und zwar heute Abend noch! Die Vorstellung, dass Deuters und er heute Nacht die einzigen Gäste in der Pension sind, wäre gruselig: Während er mit Steff schläft, tappst sein Rivale über die Gänge vor der Zimmertür auf und ab.

Gerald nimmt sein Handy in die Hand und lässt sich von der Auskunft die Nummer von Sabine Deuters in Hamburg geben. Ob er sofort verbunden werden möchte?

»Ja, natürlich«, raunzt er, als müsste das der Frau im Call-Center klar sein.

Es tutet dreimal, dann hört er das erste Mal die Stimme von Deuters' Frau: »Sabine Deuters.«

Sie klingt älter als zwanzig, das überrascht ihn. Er sieht sie vor sich, lasziv im Pyjama auf dem Sofa liegend, sie hat den Fernseher mit der Fernbedienung schnell leiser gestellt, schaut aber weiter auf den Bildschirm.

»Gerald Schöning, ich bin ein guter Bekannter ihres Mannes. Ich wollte Ihnen nur sagen, Heiner geht es nicht so gut.«

Sabine ist sofort besorgt – wie erhofft.

»Ist etwas passiert?«

Gerald legt seinen beruhigenden Maklerton auf (»Die Schäden am Haus werden heute noch beseitigt, das ist doch klar.«): »Nein, aber er braucht dringend seine Frau. Der Roman saugt ihn förmlich aus.«

Was Sabine total verwirrt.

»Wer sind Sie?«

»Gerald Schöning ist mein Name, ich wohne in der gleichen Pension wie er.«

»Und warum sagt er mir das nicht selber?«

»Das weiß ich nicht, Frau Deuters. Vielleicht hätte ich mich auch gar nicht einmischen sollen, aber er redet immer so nett von Ihnen.«

Durch den Hörer kommt ein Schluchzen.

»Danke.«

»Alles Gute, Frau Deuters.«

Gerald drückt lächelnd die Aus-Taste. Damit hat er gerade vermutlich eine Ehe gerettet und zwei netten Kindern die Folgen einer Scheidung erspart.

Rumms!, knallt die Eingangstür auf, und Gerald springt beiseite. Frau Schmidt zischt grußlos mit einem Rollkoffer im Schlepp an ihm vorbei.

»Darf ich Ihnen helfen?«, fragt Gerald höflich.

»Macht doch, was ihr wollt!«, schreit sie wütend, ohne ihn anzuschauen. Frau Schmidt geht zu ihrem Wagen und öffnet die Heckklappe. Das Innenlicht geht an und beleuchtet ihr angespanntes Gesicht. Sie wirft eine lila Reisetasche in den Wagen und haut die Heckklappe mit Schwung zu. Es sieht nicht so aus, als ob sie und er jemals Freunde würden. Aber das kann man nie wissen, vielleicht wird genau das mal die Geschichte, die man sich auf jedem Familientreffen erzählt: »Weißt du noch, wie du mich damals rausschmeißen wolltest, Ingrid?«

»Och, Gerald, das hatte ich doch gar nicht so gemeint!«

Noch sieht es allerdings nicht danach aus …

Immerhin ist die Pension nun geräumt. Frau Schmidt ist weg, und Deuters wird mit Sicherheit noch heute Abend von seiner Frau abgeholt. Erleichtert geht er wieder hinein. Drinnen riecht es wie immer nach Sahne und ein bisschen nach verschüttetem Bier. Der spittelige Schriftsteller steht neben Steff am Eingangstresen und flüstert ihr etwas ins Ohr, worüber sie laut lacht.

Als wenn nichts gewesen wäre.

Deuters, der Frauenflüsterer.

Als Autor kennt er vermutlich alle sprachlichen Kniffe und Tricks der deutschen Sprache, aber es wird ihm nichts nützen.

Gerald geht auf Steff zu, ohne ihn zu beachten.

»Kommst du?«

Das Lächeln verschwindet aus ihrem Gesicht. »Sofort, ja?«

Sie verschwindet im Zimmer hinter dem Tresen.

Deuters beißt sich auf die Unterlippe. »Was wird das hier?«, fragt er sichtlich überrascht.

In dem Moment klingelt sein Handy. Er zieht es aus der Jackettasche und staunt. »Sabine?«

Gerald grinst sich einen. Fast hätte er gerufen: »Bestell ihr einen netten Gruß von mir!« Aber er kann sich gerade noch zurückhalten. Steff kommt wieder und starrt Deuters an, der sich ein paar Schritte Richtung Wintergarten telefonierend zurückzieht. Deuters wird wohl gleich erfahren, dass er, Gerald, sie angerufen hat. Das wird ihm nicht gefallen. Sabine wird kommen, um ihren Heiner abzuholen, und spätestens dann wird Steff sich endgültig von Deuters abwenden.

»Gehst du schon mal vor?«, bittet Steff.

»Dasselbe Zimmer, das ich vorher hatte?«

Sie grinst. »Wenn du willst?«

»Ich kann nur in der 23«, flüstert er ihr ins Ohr.

Statt einer Antwort wirft sie ihm den Schlüssel für die 23 zu und verschwindet.

Als Gerald auf den langen Gang zu seinem Zimmer einbiegt, ist er so aufgeladen, dass sämtliche Haare auf den Armen und Beinen senkrecht abstehen, jedenfalls fühlt es sich so an. Er schließt die Tür auf und schaltet das Deckenlicht an. Ohne einen einzigen persönlichen Gegenstand wirkt das Zimmer öde und trist. Aber er wird jetzt nicht seine Zeit damit vertrödeln, die Koffer aus dem Wagen zu holen!

Es ist fast 18 Uhr. Gerald schaut aus dem Fenster, aber er kann nichts sehen außer der Dunkelheit, zusätzlich zieht noch ein fetter Nebel auf, der vor Feuchtigkeit nur so trieft. Irgendwie mag er diese dicke Suppe, sie schottet das Haus nach außen ab wie ein Schutzschirm. Er schaltet die Deckenbeleuchtung aus und die Nachttischlampe ein.

Soll er sich schon mal ausziehen und ins Bett legen? Wirkt das nicht zu aufdringlich? Nein, es ist wohl besser, angezogen zu warten und auf gleichem Bekleidungsniveau zu beginnen! Andererseits kostet das nur Zeit. Gerald zieht sich nackt aus und legt sich unter die Decke. Obwohl die

Bettwäsche im ersten Moment sehr kühl ist, fühlt es sich einfach besser an. Leicht bibbernd wartet er ab und innerhalb einer Minute wird ihm wohlig warm. Und nicht nur das: Allein der Gedanke an Steff und das, was gleich mit ihnen beiden passieren wird, ersetzt ein ganzes Vorspiel mit langsamer Annäherung.

Es klopft leise an der Tür.

Steff huscht herein.

Sie zieht sich aus, erneut geht sein begehrender Blick vom Busen zum runden Po, aber er sieht sie nur ganz kurz, denn als sie nackt ist, huscht sie sofort zu ihm unter die Decke. Ihr Rücken gegen seinen Bauch, diesmal ohne Blubberwasser wie im Whirlpool. Er riecht das erste Mal Steffs Haut, und sie riecht wunderbar. Irgendwo hat er mal gelesen, wie wichtig die Nase für eine Beziehung sei, was er nur bestätigen kann. Seine letzte scheiterte letztlich auch daran, dass er Sandras Schweiß nicht riechen mochte, davon ist er im Nachhinein fest überzeugt.

Er fasst ihr von hinten zwischen die Beine und beißt ihr sanft in den Nacken. Steff stöhnt laut auf, er scheint genau den richtigen Knopf bei ihr gedrückt zu haben. Sie will es jetzt genauso wie er, das spürt er überdeutlich.

Plötzlich dreht sie sich weg und setzt sich auf die Bettkante.

»Was ist?«, flüstert Gerald und verschluckt sich fast, so erregt ist er.

Steff hält sich die Hände vors Gesicht. »Ich kann nicht, tut mir leid.«

»Was ist denn?«, fragt Gerald fast wimmernd. Er weiß überhaupt nicht, wohin mit sich.

»Meine Mutter regt mich so was von auf, die macht

einen echt fertig! Tut mir leid, ich bin jetzt nicht in der Stimmung, um …«

Gerald will das alles nicht glauben. Eine zweifelnde Stimme flüstert es ihm schonungslos offen in sein Ohr: Gib auf, Gerald Schöning! Merkst du nicht, dass sie nicht will?

Bevor Steff mehr sagen kann, rennt sie an ihm vorbei und kotzt ins Klo. In diesem Moment begreift er, dass sie absolut ehrlich zu ihm ist und ihm nichts vormacht. Er muss lächeln, wahrscheinlich hat sie eine Magenverstimmung und fühlt sich deswegen nicht gut.

Es ist wirklich zum Kotzen.

Aber es scheitert nicht an ihrem Gefühl, das ist die gute Nachricht!

25
Limonengeruch im Möwenwind

Heiner sitzt in seinem stockdunklen Zimmer und schaut mit leerem Blick hinaus in die trübe Nacht. Die Wolken rasen über das Meer. Ein Sturm ist im Anflug. Die Kiefern vor dem Fenster biegen sich im Wind. Alles rauscht, alles ist in Bewegung.

Nur Heiner nicht.

Er hockt hier alleine und muss einfach warten.

Traurig nippt er an einer Wasserflasche.

Wie konnte es nur wieder so weit kommen? Gerade hatte er alles so gut im Griff gehabt. Sein Leben ging nach vorne, getrieben von seinen eigenen Entscheidungen.

Doch nun ist er wieder nur Zuschauer. Und muss sehen, wie andere die Initiative ergreifen, während er nur reagiert.

Er fühlt sich wie ein Waschlappen, wie ein Versager, der nichts auf die Reihe bekommt.

Aus dem Nebenzimmer ist ein leises Knarren zu hören. Eine Tür? Oder wird ein Stuhl über den Boden geschoben? Vielleicht auch das Bett.

Wahrscheinlich ist es das Bett.

Er kann es immer noch nicht fassen. Steff ist mit Schöning ins Zimmer gegangen. Warum? Heiner braucht nicht viel Fantasie, um sich vorzustellen, was das Knirschen und Knacken aus dem Nebenzimmer zu bedeuten hat.

Wieso? Warum tut Steff das? Vorhin, nach Sabines kurzem, verwirrendem Anruf, hat er mit Steff noch ein paar Worte gewechselt. Sie hat ihm ihr wunderbares Lächeln geschenkt, sich noch mal – mit einem Küsschen auf die Wange! – für seine Widmung bedankt.

Und dann ist sie Schöning gefolgt …

Gut, sie hat sich am Ende noch mal kurz zu ihm umgedreht, hat ihn mit ihren grünen Augen noch einmal angesehen. Heiner ist sicher, so etwas wie ein schlechtes Gewissen in ihrem Gesicht erkannt zu haben. Bestimmt, weil sie sich schämte, dass er Zeuge ihrer animalischen Instinkte wurde.

Heiner stöhnt und presst die Lippen verzweifelt aufeinander. Ja, Steff soll sich schämen. Sie hätte es soviel besser haben können. Aber nun liegt sie mit dieser Wanze im Bett und muss sich von seinen wulstigen Fingern befummeln lassen.

Aber dem leisen Giggeln nach zu urteilen, das er aus dem Nebenzimmer hört, scheint es ihr zu gefallen.

Ob sie wenigstens in Gedanken bei ihm, bei Heiner ist, während sie es mit diesem Kerl treibt? Er will es nicht mehr glauben.

Aber er ist ja auch selber schuld. Warum hat er Steff nicht gesagt, was Sabine ihm vorher am Telefon erzählt hat? Wieso hat er nicht verraten, mit was für einem Kerl sie sich abgibt? Heiner weiß die Antwort: Weil er zu doof ist! Weil er eine endlos lange Leitung hat und manchmal einfach nicht die Klappe aufkriegt.

Aber die Situation ist auch zu verworren, um schnell entscheiden zu können. Das Dreieck Steff, Schöning und er selbst. Jetzt auch noch Sabine – Heiner braucht einfach mehr Zeit, um alle Konsequenzen zu überlegen. Zeit, die er aber nicht mehr hat.

Jetzt ist es wie so oft: Sabine wird die Sache für ihn regeln, sich um alles kümmern. Und er wird daneben stehen und mit großen Augen zuhören.

Pass bloß auf, dass er nicht abhaut, hat Sabine ihm gesagt.

Sie muss keine Angst haben. Heiner kann aus dem Nebenzimmer hören, wie Schöning seinen Triumph über ihn feiert. Der will im Moment ganz bestimmt nicht weg.

Heiner seufzt schon wieder. Er ist eben doch nur ein kleines, armseliges Würstchen. Der ganze Plan mit seinem Kreativurlaub an der Ostsee war nur eine Schnapsidee. Genau wie die Vision einer gemeinsamen Zukunft mit Steff. Was ist er nur für ein Vollidiot, dass er ernsthaft daran glauben konnte, dass sich diese junge Frau für einen trotteligen Familienvater wie ihn interessiert?

Bekümmert vergräbt er sein Gesicht in seinen Händen und verharrt so einen endlosen Moment. Plötzlich vibriert sein Handy auf der gläsernen Scheibe des Nachttisches. Heiner schaut auf das Display. Sabine. Sie ist da.

Mit besorgter Miene kommt sie in den Wintergarten und fällt ihm gleich um den Hals.

»Heiner, endlich.«

Er drückt sie sanft an sich. Der Limonengeruch in ihrem Nacken lässt ihn sofort an Zuhause denken. Hamburg trifft auf *Möwenwind* – Sabine auf einmal hier zu sehen, sie zu riechen und zu berühren hat etwas Irreales. Zwei Realitäten, die sich auf verwirrende Weise überlappen.

Sabine sieht ihn besorgt an. Sie hat ihre schwarzen Haare zu einem Zopf zusammengebunden und trägt eine kuschelige Kapuzenjacke über einem schwarzen T-Shirt. Ihre schlanken Beine stecken in einer engen Jeans, ihre Füße in braunen Sneakers. Prüfend streicht sie Heiner über die Wange.

»Gut siehst du aus«, stellt sie erleichtert fest.

»Mir geht es ja auch gut. Ich habe dir doch gesagt, dass du nicht kommen musst.«

Sabine sieht ihn mit ihren leuchtenden blauen Augen nur nachdenklich an und schweigt. In ihren Haaren glänzen Regentropfen, draußen regnet es wieder.

Erst jetzt kommt der Polizeibeamte herein, der Sabine begleitet. Vor der Tür kann Heiner seinen blau-weißen Dienstwagen sehen, einen Golf. Daneben steht der Passat, den sich Sabine für diese Tour von einer Nachbarin geliehen hat.

»Moin«, grunzt der Polizist etwas unpassend. Heiner schaut unsicher zu ihm auf. Ein Riese mit schütteren blonden Haaren. Seine düstere Miene verrät, dass er wohl lieber einen Abendfilm in der Wache gesehen hätte, als mit Sabine mitten in der Nacht hierherzukommen. Beide Hände bleiben in den Taschen, als er Heiner zur Begrüßung zunickt.

»Das ist Polizeihauptkommissar Lüders. Er war so freundlich, mich hierher zu begleiten.«

Endlich bequemt sich der Beamte, seine Hand aus der Tasche zu ziehen und sie Heiner zu reichen. Heiner zuckt irritiert zusammen. Kann es sein, dass der Mann extra fest zudrückt? Tatsächlich mustert ihn der Beamte ohne jede Sympathie mit abschätzigem Blick.

»Wo ist der Kerl?«, erkundigt sich Sabine.

»Auf seinem Zimmer. Nummer 23.« Heiner zeigt in den Flur. »Aber er ist nicht alleine.«

Aber Sabine und Lüders sind schon losmarschiert. Heiner seufzt unglücklich. Das kann nicht gut ausgehen, denkt er und folgt dann den beiden.

Bevor Lüders an die Tür klopft, wendet er sich noch einmal an Sabine. »Vielleicht sollte ich erst einmal alleine mit ihm reden?«

Sabine schüttelt entschlossen den Kopf. »Nein, auf keinen Fall.«

»Frau Deuters, ich kenne Herrn Schöning eigentlich ganz gut. Ich bin sicher, es handelt sich nur um ein großes Missverständnis.«

»Das werden wir ja sehen.« Sabine beschließt, selbst an die Tür zu klopfen. Heiner lächelt. Seine Frau. Wenn sie in Fahrt ist, kann sie keiner bremsen.

Erst nach mehrmaligem Klopfen geht die Tür auf, und ein zerzauster Kopf erscheint in dem Spalt. Schöning schaut völlig überrascht heraus. Den Ersten, den er sieht, ist Heiner.

»Was willst du?«, zischt er.

Sabine drängt sich nach vorne. »Sind Sie Gerald Schöning?«

Im Hintergrund kann Heiner Steff sehen. Sein Magen krampft sich zusammen. Sie trägt nur ihren Slip und ein T-Shirt. Verstört versucht sie zu verstehen, was in ihrem Hotel passiert.

»Verdammt noch mal, was ist denn hier los?« Schöning wirkt leicht überfordert. Erst jetzt bemerkt Schöning den Polizeibeamten und reißt verblüfft die Augen auf. »Holgi? Was soll die Scheiße?«

Lüders verzieht verlegen den Mund. Er tauscht einen kurzen Blick mit Sabine und wendet sich dann wieder an

Schöning: »Gerald, zieh dir bitte etwas über. Wir müssen uns dringend unterhalten.«

Ein paar Minuten später sitzen alle zusammen im Wintergarten. Steff hat nur eine Stehlampe angeschaltet. Normalerweise wäre es jetzt in dem Raum mit den großen Fenstern richtig gemütlich. Aber die Stimmung ist gerade genau das Gegenteil.

»Kann mir jetzt endlich mal einer sagen, was hier los ist?«, will Schöning wissen.

Lüders räuspert sich. »Nach dir wird gefahndet.«

»Was?«

Lüders zeigt auf Sabine. »Frau Deuters kam vorhin zu mir auf die Wache –«

»Sie wollen Frau Deuters sein?«, faucht Schöning aufgebracht. Sabine nickt.

»Holgi, das stimmt nicht! Die Frau ist eine Lügnerin.«

»Bin ich nicht.«

Schöning haut so plötzlich mit der flachen Hand auf den Tisch, dass alle zusammen zucken. »Blödsinn. Das ist nicht wahr.«

Er stößt den neben ihm sitzenden Heiner in die Seite. »Sag doch auch mal was! Du weißt, dass ich recht habe!«

Aber Heiner schweigt. Unsicher lächelnd fasst er sich an den Kopf. Ihm ist schwindelig. Dieses ganze Durcheinander überfordert ihn.

Schöning schüttelt verärgert den Kopf und wendet sich dann wieder an seinen Freund von der Polizei. »Die Frau ist nicht Sabine Deuters. Und ich kann es auch beweisen.«

»Wie?«

»Ich habe ein Foto von der echten Frau Deuters.«

Schöning beginnt in seiner Hosentasche zu kramen. Heiner merkt, wie Sabine und Lüders wieder einen Blick tauschen. Dann sieht er kurz zu Steff, die, jetzt richtig angezogen, ebenfalls am Tisch sitzt und völlig verwirrt versucht, dem Gespräch zu folgen.

»Hier, bitte!« Stolz präsentiert Schöning das Foto auf seinem Smartphone. »*Das* ist die echte Sabine Deuters.«

Alle, außer Heiner, beugen sich herüber und betrachten das Bild, das im Halbdunkel des Wintergartens wie eine Taschenlampe leuchtet.

Sabine lächelt spöttisch. »Tut mir leid, Herr Schöning. Aber das ist meine Cousine Hannah. Sie wohnt bei uns ganz in der Nähe und passt manchmal abends auf unsere Kinder auf. Heute auch.«

Für einen Moment herrscht absolute Stille im Wintergarten. Nur von draußen ist der Wind zu hören. Auf dem dunklen Meer kann Heiner die Positionslichter eines Frachters erkennen.

Schöning betrachtet das Foto mit ungläubiger Miene. Dann versteht er endlich. Er blickt zu Heiner.

»Du Scheißkerl hast mich angelogen!«

»Habe ich nicht«, stammelt Heiner empört.

»Du hast gesagt, die Kleine ist deine Frau!«

»Das hast du gesagt. Ich war nur entsetzt und habe mich gefragt, woher du das Foto hast.«

Schöning sieht Heiner fassungslos an. Heiner hat den Eindruck, dass er ihm gleich an die Gurgel springt, und geht unwillkürlich etwas in Deckung.

Sabine kommt ihm zu Hilfe. »Genau das ist die Frage, Herr Schöning: Woher haben Sie dieses Foto?«

Schöning verschränkt die Arme. »Ich sage jetzt gar nichts mehr.«

Steff wirft Schöning einen abschätzigen Blick zu. Sie greift nachdenklich nach dem Telefon, das auf dem Tisch liegt, schaut sich das Foto noch einmal genauer an und schüttelt den Kopf.

Sabine führt derweil das Verhör weiter: »Sie müssen uns auch gar nichts sagen. Ich weiß schon Bescheid. Sie sind in den letzten Nächten bei uns in der Straße durch die Gärten gekrochen und haben heimlich Fotos von Kindern und wehrlosen Frauen gemacht.«

Schöning horcht auf. »Wie? In den letzten Nächten?«

»Leugnen ist zwecklos.« Sabine schaut zu Lüders. »Ein Nachbar hat ihn auf frischer Tat ertappt. Er hat seinen Hund auf ihn gehetzt, aber der Kerl konnte mit seinem Auto entkommen. Einem Landrover, Kennzeichen OH-GS 2344.«

Alle Köpfe schwenken zu Schöning. Der beugt sich fassungslos zu Sabine. »Was soll das heißen, die letzten Nächte?«, fragt er noch einmal.

Heiner lehnt sich zurück. Jetzt wird es doch ganz amüsant. Er sieht, wie Steff Schöning mit immer größerem Entsetzen anstarrt. Vielleicht war Sabines Besuch ja doch eine gute Idee.

Seine Frau wendet sich wieder an Lüders. »In unserer Nachbarschaft treibt sich schon seit einiger Zeit ein Spanner herum. Neulich hat er sogar bei einem kleinen Mädchen in die Toilette geguckt und ein Foto gemacht. Seitdem haben wir Nachtwachen aufgestellt.«

»Aber damit habe ich doch nichts zu tun!« Schöning sieht jetzt wirklich erschrocken aus.

»Ach nein?« Sabine lächelt hintergründig.

»Nein, verdammt noch mal! Ja, ich gebe zu, ich war in Hamburg. Und ja, ich habe dieses Foto gemacht, aber mehr auch nicht.«

»Und *warum* haben Sie dieses Foto gemacht?«, fragt Sabine mit Nachdruck. Heiner findet, dass sie eine gute Fernsehkommissarin abgeben würde. Von Kollege Lüders kommt dagegen gar nichts. Mit dümmlichem Blick beschränkt er sich darauf, dem Gespräch einfach nur zu folgen.

Schöning windet sich. Er blickt zwischen der ernsten Steff und Heiner hin und her. Dann gibt er sich einen Ruck und zeigt auf Heiner. »Ich wollte den Beweis, dass er verheiratet ist.«

Sabine schaut verwirrt. »Warum?«

Alle starren zu Schöning, der quietschend auf dem Stuhl herumrutscht. Auch Heiner sieht erwartungsvoll zu ihm und freut sich, dass er vorhin wieder seinen Ehering aus seiner Waschtasche gekramt und auf die Hand gesteckt hat.

»Weil ich wollte, dass er endlich zugibt, dass er schon vergeben ist! Damit er endlich seine Finger von meiner Freundin lässt!«, bricht es aus Schöning hervor.

Jetzt blicken alle zu Heiner – aber es ist Steff, die sich meldet.

»Was redest du denn da?«, sagt sie und schaut Schöning fassungslos an.

»Ich habe die Schnauze voll gehabt! Ständig läuft die Kröte hinter dir her und macht dir schöne Augen!« Schöning ist so aufgebracht, dass Lüders ihm beruhigend die Hand auf den Arm legen muss.

»Aber das ist doch gar nicht wahr!« Steff wendet sich an

die mehr verwirrt als misstrauisch dreinblickende Sabine. »Hören Sie nicht auf ihn. Ihr Mann hat nichts getan. Er war immer höflich zu mir. Er hat mich kein einziges Mal belästigt, sondern immer nur an seinem Buch gearbeitet.«

»Das war doch alles nur Show! Er ist total scharf auf dich.« Schöning blickt fast verzweifelt zu Sabine. »Deshalb habe ich Sie angerufen! Damit Sie ihn endlich abholen!«

»*Du* hast Frau Deuters gesagt, sie soll herkommen?« Steff kann es nicht fassen. Heiner fällt auf, dass ihre Hand vor Aufregung zittert.

»Ja, habe ich! Damit er endlich verschwindet und uns nicht mehr auf den Geist geht!«

Wieder herrscht Schweigen. Nur Schönings Schnaufen ist zu hören.

»Was bist du nur für ein kranker Mensch?«, empört sich Steff. »Kriechst in fremden Gärten herum, fotografierst unschuldige Kinder und schwärzt Männer vor ihren Ehefrauen an …« Sie schüttelt fassungslos den Kopf.

»Aber ich habe es doch nur für uns getan.« Schöning greift nach Steffs Hand, doch die zieht sie weg.

»Lass mich bloß in Ruhe! Ich will nichts mehr von dir wissen. Und nur damit das klar ist: Ich bin nicht deine Freundin, nie gewesen.«

Schöning erstarrt und wird von einem Moment zum anderen aschgrau. Mittlerweile ist er so verzweifelt, dass er Heiner fast leid tut. Fast.

»Woher hatten Sie eigentlich unsere Adresse? Im Telefonbuch stehen wir nämlich nicht«, fragt Sabine. Sie sieht zu Heiner. »Sag bloß, du hast sie ihm gegeben?«

»Natürlich nicht. Keine Ahnung, woher er sie hat.«

Lüders räuspert sich nervös und beschließt, endlich

aktiv in das Verhör einzugreifen: »Also, Gerald, wenn ich richtig verstehe, warst du wirklich nur einmal in Hamburg?«

»Ja.« Schöning sieht Hilfe suchend zu Steff, aber die blickt verbittert an ihm vorbei hinaus aufs Meer. Wie eine Königin sieht sie aus, findet Heiner. Wie eine wunderschöne, stolze Königin.

Lüders macht sich auf einmal dramatisch Notizen in einem kleinen, abgewetzten Heftchen. »Und dann hast du nur dieses eine Foto gemacht und bist wieder zurückgefahren?«

Schöning nickt nur und fixiert dabei einen Punkt vor ihm auf der Tischdecke.

Sabine greift sich sein Handy. »Mal schauen, ob er wirklich nur dieses eine Foto gemacht hat!«

Schöning erwacht aus seiner Starre. »He, Finger weg! Das ist privat!«

»Das waren meine Kinder auch.«

Schöning versucht, nach dem Handy zu greifen. Doch Lüders drängt sich dazwischen. »Jetzt entspann dich«, zischt er. »Lass sie doch! Oder willst du nicht beweisen, dass du unschuldig bist.«

Schöning wirkt nicht überzeugt. Mit verkniffenem Mund sieht er zu, wie Sabine durch die Fotos auf seinem Smartphone klickt. Lüders und Heiner blicken ihr interessiert über die Schulter. Auch die nachdenkliche Steff riskiert einen Blick.

Zu sehen ist das schon bekannte Foto von Sabines Cousine mit den Kindern vor dem Fernseher. Und dann noch eins. Und noch eins.

»Das ist ja immer das gleiche Foto?«, sagt Lüders.

Schöning lächelt nur gequält und greift wieder nervös nach seinem Handy, aber Sabine dreht sich zur Seite und klickt weiter.

»Hallo? Was ist das denn?«, ruft sie plötzlich erstaunt. Sofort sind alle bei ihr. Heiner muss Lüders fast zur Seite schieben, um auch etwas zu erkennen.

Er sieht Unglaubliches.

Auf dem Display lächelt eine junge Frau den Betrachter an. Sie hat den Kopf neckisch zur Seite gelegt, ist nackt und drückt mit ihren beiden Händen ihre vollen Brüste zusammen. Auch auf dem nächsten Foto ist ein nacktes Mädchen zu sehen. Sie liegt in verführerischer Pose auf einem Teppich vor Schönings Kamin. Ihre Nase ist gepierct, und auf ihrem Bauch leuchtet ein riesiges Tattoo in Form eines Drachen.

Sabine klickt schnell weiter. Und entdeckt weitere Mädchen, im Schwimmbad, auf einer Decke am Strand. Irgendwo im Grünen. Alle sind sie nackt, und alle winken kokett dem Fotografen, also Schöning, zu.

Schließlich ist Schöning sogar selbst vor seinem Haus zu sehen. Stolz lächelnd steht er neben einem weißen Ferrari, das eine Bein in Modelpose auf der Stoßstange abgestellt.

Genau wie die Mädchen auf den anderen Fotos ist auch Schöning bis auf ein ausgeblichenes T-Shirt völlig nackt. Ohne jede Scham lächelt er dem Betrachter hinter einer dunklen Sonnenbrille zu und hebt die Hand zu einem bemüht coolen Gruß.

»Ich glaube, das reicht.« Sabine schaltet das Handy aus und legt es mit der Bildseite nach unten auf den Tisch.

Alle sehen erwartungsvoll zu Schöning.

Der verdreht stöhnend die Augen. »Ja, was? Das waren ein paar Freundinnen! Kleine Erinnerungen. Was ist denn schon dabei?«

Lüders räuspert sich. »Immerhin«, sagt er mit einem bemühten Lächeln, »jetzt haben wir den Beweis, dass Herr Schöning *nicht* der Spanner ist, der Ihre Nachbarschaft belästigt hat.«

Steff hat genug. Sie steht auf und verschwindet durch die Tür neben der Küche in ihr Zimmer.

Später steht Sabine mit Heiner draußen vor dem Eingang der Pension, während Lüders mit Schöning immer noch im Wintergarten sitzt. Sabine und Heiner können die beiden nicht verstehen, aber offensichtlich streiten sie heftig miteinander.

»Du willst wirklich noch hierbleiben?«, fragt Sabine ungläubig.

Heiner nickt. »Ich komme so gut mit meinem Buch voran. Noch die paar Tage und ich habe wirklich was geschafft.«

»Aber du kannst doch auch zu Hause schreiben!«

»Hier geht es besser. Die frische Luft, das Meer, das ist einfach gut für den Geist.«

Sabine betrachtet Heiner verständnislos und schüttelt den Kopf. »Du willst wirklich in diesem Haus bleiben? In der Nähe von diesem Verrückten? Nach allem, was du heute erfahren hast?«

»Jetzt ist ja alles geklärt.«

»Findest du?«

Heiner nickt nur. Sabine mustert ihn sehr skeptisch. Heiner versucht es mit einer Gegenfrage: »Wie sind denn jetzt deine Pläne? Wegen dieser … Sache?« Er zeigt nach hinten in den Wintergarten.

Sabine ordnet ihre Haare und steckt ihren Zopf wieder in das Haarband. »Ich werde ihn auf jeden Fall anzeigen, ist doch klar.«

»Meinst du wirklich, das ist nötig?«

»O ja, ich will, dass dieser Perverse sich von meinen Kindern fernhält, du nicht?«

Heiner nickt mechanisch und starrt nachdenklich zum Wintergarten.

»Die Kinder vermissen dich.«

»Ich vermisse sie doch auch. Aber ich will, dass sie stolz auf ihren Vater sein können.«

Sabine streichelt ihm zärtlich über die Wange. »Sie *sind* stolz auf dich.«

»Aber nicht, wenn ich so kurz vor dem Ziel aufgebe.«

Sabine seufzt. Heiner weicht ihrem forschenden, aber liebevollen Blick verlegen aus. Schließlich zieht sie den Reißverschluss ihrer Jacke unters Kinn. »Letzte Chance, Heiner. Ich muss los. Gaby braucht ihren Wagen morgen ganz früh wieder zurück.«

»Ich komme schon zurecht.«

»Apropos: Wo steht eigentlich unser Golf?«

Heiner hüstelt verlegen. »Tja, dumme Sache, du wirst nicht glauben, was mir passiert ist.«

Böses ahnend starrt Sabine Heiner an. Der gibt sich seufzend einen Ruck und beichtet, was auf dem einsamen Feld passiert ist, erzählt ihr von der Lesung, von der Rückfahrt, dem schlechten Wetter, dem Unfall – und dass der Wagen jetzt mit Totalschaden auf dem Hof einer Werkstatt steht. Nur von dem Rennen mit Schöning sagt er ihr lieber nichts.

Sabine sieht ihn entsetzt an. »Das ist ja schrecklich! Warum hast du mich nicht angerufen?«

Heiner weicht ihrem strengen Blick verlegen aus. »Aber wir hatten doch eine Abmachung, keine Anrufe, solange ich an dem Buch –«

»Vergiss die bescheuerte Abmachung!«, unterbricht Sabine. »Schlimm genug, dass du nicht ab und zu mit deinen Kindern sprechen willst. Aber das war ein Notfall! Meine Güte, dir hätte sonst was passieren können.«

»Ist es aber nicht.«

»Aber unser Auto ist kaputt, das musst du mir doch sagen.«

»Ich hätte mich schon noch gemeldet, keine Sorge.«

Sabine stöhnt und schüttelt entnervt den Kopf. Heiner sieht verlegen zur Seite und bemerkt, wie eine Schwalbe lautlos unter das Dach fliegt. Oder war es eine Fledermaus?

»So ein Mist!« Sabine kann sich gar nicht beruhigen. »Und du sagst, der Bauer war schuld?«

»Ja, war er, eindeutig.« Heiner will endlich das Thema wechseln. »Ich warte nur noch auf das Protokoll der Polizei«, sagt er, um ein bisschen Zeit zu gewinnen.

Sabine mustert Heiner misstrauisch, dann seufzt sie müde und gibt Heiner einen kurzen Kuss. »Ich hoffe wirklich, dein Roman ist diesen ganzen Stress wert.«

»Das ist er, wirklich. Ich komme gut voran. Es wird ganz toll.«

Sabine nickt, doch ihr müdes Lächeln verrät Skepsis. Dann geht sie zu dem Parkplatz, dreht sich aber noch einmal kurz um. »Übrigens, Maria hat angerufen. Sie wollte dich unbedingt sprechen!«

»Kann das nicht noch warten? In ein paar Tagen bin ich doch wieder in Hamburg.«

»Ich weiß nicht, sie klang sehr nervös.«

Heiner stöhnt. »Na schön, ich rufe sie morgen an, versprochen.«

Sabine nickt zufrieden.

»Und grüß Felix und Miri von mir«, ruft Heiner ihr hinterher.

»Wie wäre es, wenn du diese blöde Abmachung vergisst und die beiden einfach mal anrufst. Vor allem Felix fragt ständig nach dir.«

Heiner nickt schuldbewusst. Sabine winkt ihm noch einmal kurz zu und ist dann weg. Er beobachtet, wie sie in den Passat steigt und langsam vom Hof fährt.

Heiner friert. Erst jetzt merkt er, wie frisch es geworden ist. Der Sturm ist abgeklungen, hat aber neue, kalte Luft aus dem Westen zur Ostsee getragen.

Heiner geht zurück in die Pension. Er will zu seinem Zimmer, als er an der Rezeption auf Steff trifft. Mit trauriger Miene ordnet sie ein paar Unterlagen und starrt dabei finster Richtung Wintergarten, wo Schöning immer noch mit Lüders zusammen sitzt.

»Deine Frau ist wieder zurückgefahren?«, erkundigt Steff sich.

Heiner nickt.

»Sie ist wirklich eine sehr dynamische Person.«

»O ja, das ist sie.« Heiner nickt langsam und vermittelt damit den Eindruck, als ob das ein Fehler wäre.

»Und was ist mit dir? Wolltest du nicht mit zurück nach Hamburg?«

Heiner holt Luft. »Erst wenn ich mein Buch fertig habe.

Und ich habe es dir schon gesagt, um das zu schaffen, brauche ich dich in meiner Nähe.«

Steff lächelt gerührt.

Dann fällt sie Heiner plötzlich um den Hals. Dicke Tränen laufen ihr über die Wangen.

»He, was ist denn?«, erkundigt sich Heiner ehrlich betroffen.

»Es tut mir so leid.« Sie schluchzt leise.

»Was …?«

Aber Steff schweigt und lehnt statt zu antworten ihren Kopf an seine Schulter.

Heiner zögert. Dann streichelt er ihr in langsamen Kreisen über den Rücken. Und lächelt dabei selig über das ganze Gesicht.

26
Steakhouse

Als Gerald am nächsten Morgen in seinem Bett aufwacht, wird das Pensionszimmer von freundlichem Tageslicht geflutet. Er fühlt sich ausgeschlafen und stark. Gerald versteht selbst nicht, warum er so gute Laune hat. Musste er doch nach der gestrigen Auseinandersetzung alleine schlafen, Steff hat in der Wohnung ihrer Mutter genächtigt. Immerhin ist sein Bett warm und weich, deswegen bleibt er noch etwas liegen.

Was soll er jetzt tun?

Heruntergehen und frühstücken? Zusammen mit Deuters und Steff? Wenn er keine schlechte Laune bekommen will, kaum!

Oder gerade?

In der Sache ist er vollkommen klar: Wenn Steff sich von ein paar läppischen Fotos und einer hysterischen Hausfrau schockieren lässt, ist sie es nicht wert. Das klingt hart, aber er meint es so. Bevor ihn seine Liebe zu Steff vernichtet, setzt sein Stolz ein, wie eine mächtige, undurchlässige Brandmauer, die ihn abschottet gegen einen Absturz ins Bodenlose. Andererseits sollte er nicht gleich alles hinwerfen, in der Vergangenheit war er oft viel zu schnell damit, vielleicht war Steff einfach nur überfordert von der Situation, das sollte er vorher klären. Aber sie muss jetzt Farbe bekennen, dieses lächerliche Hin und Her spielt er nicht mehr mit! Gerald steigt aus dem Bett und zieht sich an. Duschen und Zähneputzen verschiebt er auf später.

Er geht auf den Flur, es ist totenstill im Haus, geradezu unheimlich. Auch unten im Wintergarten ist alles leer, keiner da. Er drückt die Klingel auf dem Tresen der Rezeption, ruft nach Steff – keine Antwort. Neben der Klingel entdeckt Gerald einen Din-A4-Zettel, wahrscheinlich eine Nachricht von Steff an ihn. Er nimmt das Blatt neugierig in die Hand.

Lieber Heiner, Deine Assistentin Maria Butenschön aus Hamburg bittet um Rückruf. Die Nummer ist 040-66881456. Liebe Grüße, Deine Steff.

Über das besitzanzeigende Fürwort vor »Steff« ärgert er sich am meisten: »Deine« Steff ist meine Steff! Deuters muss noch im Haus sein, sonst läge der Zettel nicht mehr hier. Wenigstens ist Deuters nicht mit Steff unterwegs, das ist schon mal beruhigend. Oder liegen die beiden zusammen in seinem Zimmer? Nein, das glaubt er nicht. Gerald liest den Zettel noch einmal und überlegt: Über Deuters' Assistentin könnte er erfahren, wie das Pseudonym des Schriftstellers Deuters lautet. Er zückt sein Handy und wählt die Nummer. Eine reife Frauenstimme meldet sich: »Studio Hamburg, Butenschön.«

Wieso »Studio Hamburg«? Das ist, soweit er weiß, eine Filmproduktion. Arbeitet ein Schriftsteller nicht eher für einen Verlag? Dann fällt es ihm ein: Wahrscheinlich schreibt Deuters auch Drehbücher!

»Schönen guten Tag, mein Name ist Schöning. Ich bin ein alter Schulfreund von Heiner Deuters.«

Der alte Trick.

»Der ist nicht da«, kommt es unfreundlich aus dem Hörer.

»Er ist ja Schriftsteller geworden, wie ich hörte. Wir

haben uns über zwanzig Jahre nicht gesehen. Könnten Sie mir freundlicherweise sein Pseudonym verraten?«, flötet Gerald dagegen.

»Mickey Spillane.«

»Mickey Spillane?«

»Ja. Rufen Sie am besten in zwei Tagen noch einmal an, dann ist er wieder da. Entschuldigen Sie mich bitte.«

Sie legt auf.

Gerald schaut ratlos durch die Scheiben des Wintergartens auf die blaue Ostsee. Der Name Mickey Spillane kommt ihm irgendwie bekannt vor. Wieso gibt sich Heiner Deuters ein englisches Pseudonym? Weil sich damit im internationalen Literaturgeschäft besser Geld verdienen lässt? Zählt Deuters zu den großen Abräumern wie Ken Follet und Dan Brown?

Die Pension *Möwenwind* passt nicht dazu.

Oder passt sie gerade, weil sie eigentlich nicht passt?

Nachdenklich schlendert er zu seinem flaschengrünen Landrover, der ist wenigstens verlässlich, nimmt ihn überall mit und kommt überall durch, auch in schwerem Gelände. Gerald zückt sein Handy und googelt Deuters' Pseudonym, mal sehen, was er für Bücher verfasst hat. Vielleicht ist es ja etwas Perverses, was Steff abschreckt, wer weiß.

Was auf dem Display erscheint, ist tatsächlich ein Schock, aber ganz anders als gedacht: *Frank Michael ›Mickey‹ Morrison Spillane (*9. März 1918 im New Yorker Stadtteil Brooklyn; †17. Juli 2006 in Murrells Inlet, South Carolina) war ein US-amerikanischer Krimischriftsteller und Comictexter.* Maria Butenschön hat ihn einfach nur verarscht.

Eine Viertelstunde später biegt Gerald auf die sechsspurige Piste Richtung Hamburg. Auf der freien Strecke peitscht er seinen kantigen Landrover auf 150, der Diesel brüllt in Höchstlautstärke. So sehr er seinen »Defender« liebt, so gerne hätte er jetzt einen Porsche, der ihn in Rekordzeit nach Hamburg trüge. Gerald will es endgültig wissen: Wer ist Heiner Deuters? Und wie lautet sein wirkliches Pseudonym?

Hinter der Lärmschutzwand taucht auf einem Turm das Logo der Marmeladenfabrik »Schwartau« auf, Gerald merkt, dass sein Magen grummelt, er hat immer noch nicht gefrühstückt. Trotzdem kann er jetzt auf keinen Fall Zeit mit Kaffee und Brötchen verplempern, aus demselben Grund hat er auf das Duschen verzichtet. Was er riecht, ist Jagdschweiß, der gefällt ihm genauso wie sein unrasiertes Gesicht.

Dies ist die zweitspannendste Fahrt seines Lebens. Das heißt, sie hat sogar das Zeug dafür, Platz 1 neu zu besetzen. Der wurde bislang von der aus dem Kieler »Hinterhof« gehalten, als er noch Schüler war. Er hatte mit seiner Clique dort die ganze Nacht getanzt, und als die Disco schloss, schlug er vor, direkt vom »Hinterhof« nach Paris zu fahren. Ronny, Sandra und »Miele« schauten ihn an, als ob er zu viel getrunken hätte, was nicht der Fall war. Immerhin mussten sie am nächsten Morgen zur Schule.

Sie fuhren trotzdem.

Jede Stadt, die auf den blauen Autobahnschildern an ihnen vorbeizog, wurde gefeiert wie ein magischer Ort: Bremen, Osnabrück, Köln, Aachen, Liège, Valenciennes. Am frühen Nachmittag standen sie auf der Place de la Concorde und tranken billigen Rotwein. Sie hatten es tatsächlich gemacht, das war Paris! Sie rannten noch ein paar Stunden durch die Straßen, bis sie todmüde in ein Nullsternehotel wankten und dort zu viert auf einem Doppelbett bis zum nächsten Morgen pennten.

Hamburg-Jenfeld ist nicht ganz so pittoresk wie der Place de la Concorde. »Studio-Hamburg« liegt gleich hinter einem sozialen Brennpunkt der Stadt mit dem üblichen Ensemble aus öden Hochhäusern und Billigmärkten. Die vierspurige Straße verspricht an keiner Stelle, dass sie zum Film führt. Allein das kitschig-mexikanisch aufgemachte »Café del sol« neben dem Besucherparkplatz wirkt auf Gerald wie eine Filmkulisse. Es ist aber echt. Ansonsten gibt es nur triste Bürobauten zu sehen. Statt einer großen Filmfirma könnte hier auch die Verwaltung einer Gabelstaplerfabrik sitzen, aber was hat er auch erwartet? King Kong in Hausgröße am Eingang, James Bond als Wachmann?

Gerald parkt frech vor der Schranke und geht in die Pförtnerloge.

»Moin«, ruft er laut hinein.

»Moin«, antwortet ein älterer Wachmann, der mit seiner roten Knollennase und dem gebeugten Rücken wie der gebrechliche Großvater von Indiana Jones aussieht.

»Einmal der Holstein-Kurier für Maria Butenschön«, nölt Gerald in gelangweiltem Singsang, als fahre er jeden Tag hier durch.

»Kannst du mir geben«, bietet der Pförtner an. »Kommt gleich in die Hauspost.«

Und jetzt?

»Nee, muss ich persönlich abgeben«, behauptet Gerald und verzieht sein Gesicht zu einer Grimasse, »die machen einen auf ›oberwichtig‹.«

Der Mann nickt, das kennt er zur Genüge!

»Du weißt, wo Maria sitzt?«

»Nee.«

»Haus vier, Zimmer 207, gleich da hinten rechts.«

Er deutet auf einen schmucklosen Neubauquader. Gerald springt zurück in den Landrover, die Schranke geht hoch. Dass es Maria Butenschön tatsächlich gibt und sie hier arbeitet, ist schon mal sicher. Gerald ist aufgeregt wie ein Kind zu Weihnachten. Auf dem Gelände schaut er jedem Menschen genau in die Augen, in der Hoffnung, einen Promi zu entdecken. Ohne Erfolg, Berühmtheiten schlafen um diese Zeit wohl noch. Er parkt den Wagen vor dem vierstöckigen Neubau. Hinein durch die Glastür. Soll er den Aufzug nehmen? Oder zu Fuß in den zweiten Stock laufen? Der Aufzug dauert ihm zu lange, er nimmt zwei Stufen auf einmal und ist ziemlich außer Atem, als er oben ankommt. Auf der Glastür zu den Büros steht *Abteilung Honorare und Lizenzen*. Das muss falsch sein, hier arbeiten die Aktenlurche aus der Verwaltung, nicht die Künstler! Oder Deuters versteckt sich hier vor dem Rummel, was ziemlich raffiniert wäre!

Gerald reißt die Tür auf. Eine ältere Frau mit rot gefärbten Haaren kommt mit einem Pott Kaffee in der Hand auf ihn zu: »Kann ich helfen?«

»Ich bin wohl falsch hier. Ich suche einen Herrn Deuters.«

Falls der hier nicht unter Pseudonym arbeitet.

»Heiner? Der ist im Urlaub an der Ostsee.«

»Dann müsste ich zu Frau Butenschön.«

Die Frau deutet auf einen Raum direkt neben der Teeküche und begleitet ihn zur 207.

»Maria, Besuch für dich!«

»Ja?«

Gerald geht in ein winziges Büro und gibt einer gelangweilt dreinblickenden Frau in einem hässlichen, braunen Rollkragenpullover die Hand. Gerald staunt, sie ist ungefähr dreißig, am Telefon kam sie älter rüber. Ihre strubbeligen, kurzen Locken decken sich mit der Farbe des Pullovers, nur ihre grauen Augen und der blasse, unreine Teint stehen im deutlichen Kontrast dazu. Sie stiert Gerald abweisend an. Aber von draußen fällt immer noch dasselbe wunderbare Licht herein, das ihm schon heute Morgen im Pensionszimmer aufgefallen ist. Als ob dieser Tag gesegnet wäre.

»Peter Förster, mein Name, Sie müssen Maria Butenschön sein.«

»Ja.«

Wenn er seinen echten Namen sagte, würde ihr auffallen, dass sie heute schon einmal telefoniert haben. Womöglich würde sie ihn dann als aufdringlich empfinden und hinauswerfen.

»Heiner hat mir viel von Ihnen erzählt, ich bin sein Cousin.«

Gerald erkennt in ihrem Gesicht Ungläubigkeit, das war vielleicht etwas dicke. Wer weiß, vielleicht liegt sie mit Deuters im Dauerclinch, kann ja sein.

»Er ist nicht da«, sagt sie unfreundlich.

Gerald schenkt ihr sein strahlendstes Verkäuferlächeln.

»Aber Heiner arbeitet doch hier als Schriftsteller?«

Sie lacht laut los. »Der und Schriftsteller …« Es ist ein ehrliches, befreiendes Lachen, sie wirkt wie ein vollkommen anderer Mensch. »Sind Sie zufällig der Schulfreund, der vorhin angerufen hat?«

»Oder als Drehbuchautor?«, schiebt Gerald schnell nach, um sicherzugehen.

Maria Butenschön faltet ihre Hände genüsslich über der Schreibtischplatte zusammen. »Herr Deuters ist aus einem einzigen Grund hier eingestellt worden«, erklärt sie lächelnd. »Weil er absolut keine Phantasie besitzt!«

Gerald staunt. »Verstehe ich nicht.«

»Er soll nüchtern alle Zahlen addieren, die er bekommt, mehr nicht.«

Gerald fragt noch einmal nach, sicher ist sicher: »Er ist also kein Schriftsteller?«

Plötzlich wird sie misstrauisch. »Wieso wissen Sie das alles nicht, wenn Sie sein Cousin sind und vor kurzem mit ihm telefoniert haben?«

Gerald lächelt entspannt. »So eng sind wir leider nicht miteinander. Manchmal spinnt er am Telefon ziemlich herum, ich konnte es selbst nicht glauben.«

»Er hat behauptet, dass er Schriftsteller ist?«

Gerald nickt mit traurigem Blick. »Ja, und dass er unter einem Pseudonym Romane schreibt.«

Sie schüttelt besorgt den Kopf. »Niemals!«

»Kann ich ihm eine Nachricht in seinem Büro hinterlassen?«, fragt Gerald.

»Gerne.«

Sie gibt ihm einen Zettel und einen Schreiber. Dann führt sie Gerald zu Raum 208, der gleich nebenan liegt. Auf dem Türschild steht *H. Deuters* und darunter *Controlling*. Es ist ein Loch von Büro, eng und nüchtern, der Schreibtisch steht zur Wand. Über dem Computer ist ein gerahmtes Foto von Sabine und den Kindern an die Wand genagelt.

Gerald überlegt einen Moment und schreibt dann: *I was here! Gerald.*

Das genügt, um Deuters schwer zu treffen!

Unglaublich, der ist nicht nur verheiratet, sondern ein Betrüger! Niemand hat etwas davon gemerkt, weder Steff noch Frau Schmidt noch er! Was schon fast für Deuters' Phantasie und Raffinesse spricht … Ob seine Frau davon weiß? Oder ist sie seine Komplizin? Worum geht es? Geld? Protzerei?

Für einen Moment keimt in Gerald die Idee auf, zu Sabine zu fahren, die Adresse hat er ja. Aber das wäre wohl eine Umdrehung zuviel.

Als Gerald auf der Rückfahrt das »Schwartauer«-Schild passiert, merkt er, wie satt er ist. Das Steak, das er im »Café del Sol« neben dem Haupteingang gegessen hat, war mehr als ein üppiges Frühstück. Ein paar Kilometer weiter breitet sich neben der Autobahn die Ostsee aus wie ein riesiges, blaues Versprechen. Und darüber schwebt wieder das segnende Licht dieses Tages. Gerald will seine Gefühle nicht mehr hinter falschem Stolz verstecken. Liebe ist nicht an Bedingungen gebunden, das ist ihm mal wieder klar geworden. Er wird Steff lieben, mit vollem Risiko, egal, wie sie ihn oder die Fotos findet.

27
Im Autorenhimmel

»Also noch mal, wo soll er ihr seine Liebe gestehen?«

»Gerade hast du gesagt, dass er dafür zu ängstlich ist.«

Heiner winkt ab. »Auch wenn er es nicht explizit sagt, werden die Leser schon verstehen, was er meint. Das nennt man Subtext.«

Steff nickt nachdenklich.

»Also wo? Im Garten? Am Strand?«

Steff seufzt. »Es wäre einfacher, was dazu zu sagen, wenn ich mehr über deine Geschichte wüsste. Ich weiß eigentlich gar nichts. Okay, er ist ein ›seltsamer Franzose‹. Aber warum ist er seltsam? Und wo genau kommt er her? Aus Paris? Vom Land?«

»Das ist jetzt nicht wichtig.«

»Finde ich aber schon.«

»Steff, bitte konzentrier dich«, sagt Heiner und ärgert sich über die leichte Ungeduld, die sich in seine Stimme geschlichen hat und die sie verschrecken könnte. »Sag mir einfach, wo die beiden sich unterhalten sollen. Der Rest ergibt sich von ganz alleine. Wie eine Blume, die sich aus einer Knospe öffnet.«

Der Satz ist nicht von Heiner. Er hat ihn aus einem dieser Freitagabendfilme, die Sabine immer so gerne schaut. Die Geschichte eines Schriftstellers, der sich in ein Schweizer Bergtal zurückgezogen hat. Eine schlimme Schmonzette, aber dieser Satz hat Heiner gut gefallen.

Tatsächlich legt Steff den Kopf zur Seite und strahlt ihn

mit ihren grünen Augen an. »Na schön, ich finde, sie sollten sich in einem Obstgarten treffen. Ich war mal im Alten Land zur Kirschblüte, das war unglaublich schön.«

Steffs verträumter Blick geht in die Vergangenheit. Sie lächelt, und wenn Heiner nicht schon in sie verknallt wäre, wäre es jetzt um ihn geschehen.

»Obstgarten finde ich gut«, sagt er. »Das nehme ich.«

»Wirklich?« Steff kann es nicht glauben. »Du willst das jetzt tatsächlich in deinem Buch schreiben?«

Heiner nickt und versucht, all seinen Charme in sein Lächeln zu legen.

Er ist im Himmel.

Im Autorenhimmel.

Was kann es Besseres geben, als mit einer wunderschönen Frau an einem sonnigen Tag mit Blick auf das Meer zusammenzusitzen und an einer Liebesgeschichte zu arbeiten?

»He, das macht Spaß.« Steff ist die Aufregung, beim kreativen Prozess dabei sein zu dürfen, an ihren roten Wangen deutlich anzusehen. Heiner muss gegen sein Bedürfnis ankämpfen, zärtlich darüber zu streicheln.

Noch nicht. Nicht hier, nicht jetzt.

»Ja, das macht Spaß. Es ist aber auch eine Menge Arbeit.« Heiner blickt auf seinen Laptop, der zwischen ihnen auf dem Tisch im Wintergarten steht, und fährt mit der Hand abwägend über die Tastatur, zieht sie dann aber wieder zögernd zurück.

»Ich muss nachher mal schauen, wie ich das einbaue.«

»Du hast wirklich den spannendsten Beruf der Welt!« Steff sieht ihn bewundernd an. Heiner schüttelt sich unter einem wohligen Schauer, der ihm sanft über den Rücken läuft.

Die kleine Glocke an der Tür klingelt.

Heiner schaut zum Eingang und verzieht das Gesicht. Schöning ist wieder da! Nachdem er ihn am Morgen beim Frühstück nicht mehr gesehen hatte, hoffte er schon, dass der Makler endlich abgereist ist. Unglaublich, dass der Kerl sich nach dem peinlichen Fiasko des letzten Abends noch hier blicken lässt!

Auch Steff sieht ihn jetzt. Sofort verschwindet der verträumte Ausdruck in ihrem Gesicht. Zu Heiners Freude wirft sie Schöning nur einen kurzen, harten Blick voller Verachtung zu und zeigt ihm demonstrativ den Rücken.

»Also dann, ein Obstgarten«, sagt sie.

»Eine wundervolle Idee.« Heiner nickt zufrieden.

»Jetzt müssen wir nur noch klären, *wie* genau er ihr sagen soll, dass er sie über alles liebt.«

»Schon eine Idee?«

»Vielleicht.« Steff überlegt. »Aber ich will mich nicht noch mehr einmischen. Schließlich ist das *deine* Geschichte. *Dein* Buch.«

»Das ich dir widmen werde.«

Wieder lächelt Steff ihn verlegen an und scheint ganz zu vergessen, dass Schöning hinter ihr an der Bar sitzt und sie beide beobachtet.

Zu Heiners Überraschung wirkt er sehr entspannt und grinst seltsam breit über das ganze Gesicht.

Wieder meldet sich das Glöckchen an der Pensionstür. Ein Rentnerpärchen zieht seine Koffer zur Rezeption.

»Entschuldigung«, haucht Steff überflüssigerweise zu Heiner und steht auf. Als sie an der Bar und Schöning vorbeigeht, wirft sie ihm einen abschätzigen Blick zu. »Worauf wartest du? Mittagessen gibt es nicht mehr.«

Zu Heiners Überraschung verzieht Schöning keine Miene, sondern sieht Steff nur stumm hinterher. Dann steht er auf, tänzelt lächelnd zu Heiners Tisch und setzt sich, ohne zu fragen, zu ihm.

»Na, ihr beiden Hübschen, habt ihr Spaß?«

Heiner mag seinen herausfordernden Blick nicht. Mit angestrengter Miene tippt er ein paar Worte in die Tasten, um Schöning zu zeigen, wie beschäftigt er gerade ist.

»Wir arbeiten. Und ja, wir haben Spaß.«

»Das freut mich. Wie kommst du denn voran? Mit deinem Buch, meine ich?«

Heiner mustert ihn misstrauisch über seinen Laptop hinweg.

»Gut. Sehr gut.«

»Und Steff hilft dir?

»O ja, sie hat viele wunderbare Ideen.«

»Deine Muse, was?«, stellt Schöning fest. Dabei nickt er freundlich, was Heiner noch mehr verwirrt, als wenn er ihn böse anstarren würde.

Heiner beschließt, das Thema zu wechseln. »Und wie ist es bei dir? Du warst weg?«, sagt er und fügt schnippisch lächelnd hinzu: »Wieder ein kleiner Ausflug nach Hamburg?«

Schöning grinst. »Ja, genau.«

Heiner erstarrt.

Schöning blickt prüfend auf seine Fingernägel. »Ich soll ganz herzliche Grüße von Frau Butenschön bestellen.«

Heiner spürt eine heiße Flamme, die durch seine Gedärme nach oben durch den Hals züngelt.

»Du bist schon wieder nach Hamburg gefahren?«, stammelt er mit auf einmal staubtrockenem Mund. »Du bist ja verrückt. Total durchgeknallt ...«

»Schluss mit dem Gerede«, fährt Schöning scharf dazwischen, lächelt dann aber wieder, zufrieden über Heiners Schockstarre. »Vergessen wir mal meine Dämonen und reden lieber über deine.«

Schöning nimmt ein paar Bierdeckel, die sich auf dem Tisch stapeln, und beginnt ein Kartenhaus zu bauen.

»Unterbrich mich, wenn ich falsch liege«, beginnt er langsam. »Alles was du mir und vor allem Steff vorgespielt hast, ist eine einzige, unverschämte Lüge. Du bist kein Schriftsteller und ein Bestsellerautor schon gar nicht.«

Heiner starrt Schöning fassungslos an. Alles dreht sich auf einmal.

Schöning bastelt weiter an seiner Pyramide. »Die traurige Wahrheit ist: Du arbeitest als kleiner Buchhalter bei einer Produktionsfirma in Hamburg und hast außer Zahlen noch nie etwas auf ein Blatt Papier gebracht.«

»Das stimmt nicht …«, flüstert Heiner.

»Wie bitte? Ich kann dich nicht verstehen.«

»Ich habe schon was geschrieben.« Heiner schluckt, fast kommen ihm die Tränen.

»Ach ja, dein großer Roman«, sagt Schöning mit einem spöttischen Grinsen. »Zeig mal.«

Und bevor Heiner reagieren kann, zieht Schöning plötzlich den Laptop zu sich herüber.

»He, spinnst du?« Heiner greift nach seinem Rechner, aber seine Arme sind zu kurz.

»Schhh …« Schöning legt seinen Zeigefinger auf die Lippen. »Wir wollen doch nicht, dass uns jemand hört.«

Dann betrachtet er den Bildschirm. Heiner kann sehen, wie sich das Licht in seiner glänzenden Stirn spiegelt.

»*Der seltsame Franzose*«, liest Schöning mit dramatischer

Stimme. »Von Heiner Deuters. Für Stefanie Schmidt, die Frau, die mir den Weg zurück zu meiner Fantasie gezeigt hat.« Er blickt zu Heiner. »Ist das nicht ein bisschen dick? Selbst für einen Schleimer wie dich?«

Heiner rührt sich nicht. Das kann doch nur ein Alptraum sein?

Derweil scrollt Schöning über den Text – und stutzt.

»Das ist doch nicht wahr? Sag bloß, das ist alles?« Schöning klingt selbst erschrocken: »Drei mickrige Seiten?! Mehr hast du nicht?«

Heiner schweigt und schaut müde hinaus auf die Ostsee, sieht wie die strahlende, aber schon tief stehende Herbstsonne das Wasser in ein Meer aus Diamanten verwandelt.

»Heiner, du hockst hier jeden Tag stundenlang und alles, was du bis jetzt zusammengeschrieben hast, sind drei jämmerliche Seiten?«

»Es gibt auch ein Exposé dazu!«

»Was für ein Exposé?«

»Ich war auf einem Seminar. Kreatives Schreiben. Und da habe ich ein Exposé verfasst. Für den Roman. Die Seminarleiterin war begeistert. Das musst du unbedingt schreiben, hat sie gesagt.«

»Was für ein Seminar denn? An der Volkshochschule?«

Heiner presst die Lippen aufeinander und weicht Schönings spöttischen Blicken verlegen aus.

»Also ja. Na toll. Und wie lang ist so ein Exposé? Fünf Seiten? Zehn?«

»Es war mehr ein Ideenpapier …«, gibt Heiner leise zu.

»Was soll das heißen? Zwei Seiten nur? Oder eine?!«

»Jetzt hör schon auf!«, ruft Heiner. Seine Stimme klingt gebrochen. »Ja, ich gebe zu, ich bin noch kein Autor. Aber ich wollte es immer sein. Ich hatte keine Lust mehr, in diesem muffigen kleinen Büro in Jenfeld zu sitzen, um Schecks für andere Leute auszufüllen und Quittungen für Producer zu fälschen. Jeden Tag muss ich mir in der Kantine ansehen, wie sich diese elenden Fernseh- und Filmfritzen aufspielen und ihre geilen Finger nicht von den jungen Praktikantinnen lassen können. Und sie haben sogar Erfolg! Nur weil alle sie für so unglaublich kreativ halten! Aber ich bin auch kreativ, ich habe auch Ideen. Deshalb habe ich mir zwei Wochen freigenommen. Deshalb bin ich extra hierher gefahren. Um endlich einmal Ruhe zu haben. Um mein Buch zu schreiben. Mein eigenes Buch!«

Schöning tippt mit dem Finger auf den Rechner. »Welches Buch? Hier drin sind nur drei Seiten?«

»Aber es sind *gute* drei Seiten! Frag doch Steff!«

Schöning mustert ihn mit einer Mischung aus Spott und Mitleid. Heiner schnauft, er will kein Mitleid, nicht von Schöning.

»Hat sie deine Geschichte schon gelesen?«

»Nein, ich wollte sie ihr erst geben, wenn sie fertig ist.« Heiner seufzt, er weiß, wie lächerlich er sich anhört.

Schöning lässt Heiner nicht aus den Augen und schüttelt vorwurfsvoll den Kopf. Für einen Moment herrscht Stille im Wintergarten. Nur leises Meeresrauschen ist durch die Doppelverglasung des Wintergartens zu hören.

In dem Moment kommt Steff wieder zurück. Irritiert bemerkt sie, dass Schöning bei Heiner am Tisch sitzt.

»Streitest du dich schon wieder mit Heiner? Lass ihn bloß in Ruhe!« Besorgt merkt sie, wie verzweifelt Heiner dreinschaut. »Alles in Ordnung?«

Heiner nickt und sieht nervös zu Schöning.

Der lässt sich nichts anmerken. »Steff, mach dir keine Sorgen, wir haben uns wieder versöhnt. Diese ganze Streiterei war völlig überflüssig. Eigentlich haben wir gerade festgestellt, dass wir ganz dicke Freunde werden können. Stimmt doch, Heiner, oder?«

Schöning klopft Heiner kumpelhaft auf den Rücken. Heiner versucht zu lächeln, aber es fällt ihm sichtlich schwer. Dieser Mistkerl treibt sein Spiel mit ihm, und er muss mitspielen.

Steff blickt zweifelnd zu Schöning und scheint zu überlegen, ob er wirklich die Wahrheit sagt. Dann wendet sie sich wieder an Heiner. Sie seufzt traurig. »Wir müssen später weitermachen. Für heute Abend hat sich eine kleine Reisegesellschaft angekündigt. Ich muss noch ein paar Zimmer vorbereiten.«

Heiner nickt verständnisvoll.

Steff verschwindet Richtung Gästetrakt. Heiner bemerkt, dass Schöning ihr mit einem anzüglichen Lächeln auf den Hintern starrt. Heiner hat im Moment kein Auge für solche Dinge. Erleichtert, dass Schöning noch mal seine Klappe gehalten hat, atmet er aus und nestelt an seinem Hemdkragen.

Schöning sieht ihn nachdenklich an. »Was ist eigentlich mit dieser Geschichte, die du Steff und ihren durchgeknallten Buchfreundinnen vorgelesen hast? Die ist nicht von dir, oder?«

Heiner zögert. Dann gibt er sich einen Ruck, warum noch weiter Theater spielen?

»Die hat die Seminarleiterin geschrieben. Als Beispiel. Um uns zu zeigen, wie ein guter Spannungsbogen funktioniert.«

Schöning grunzt fassungslos: »Mann, Heiner, ich habe dich wirklich unterschätzt. Natürlich war mir klar, dass du vor Steff nur ein Spiel aufziehst. Aber dass du ein so durchtriebener Scheißkerl bist … Hut ab!«

Heiner schweigt und versucht sich auf den Kompass auf seinem Tisch zu konzentrieren.

»Und was jetzt?«, erkundigt er sich vorsichtig. »Sagst du Steff die Wahrheit, damit sie mich aus dem Hotel wirft? Willst du mich gemeinsam mit ihr irgendwo an einen Baum nageln und mit faulen Tomaten bewerfen?«

»Schöne Vorstellung, aber nein.«

»Du willst Steff nichts verraten?«

Schöning schüttelt den Kopf. »Ich würde schon wollen, aber ich tu es nicht. Und weißt du warum? Weil ich Mitleid mit dir habe.«

Heiner sieht ihn verwirrt an.

»Ja, da staunst du, was? Du denkst, ich bin ein gefühlloses Schwein. Aber nein, das bin ich nicht. Ich habe ein Herz, und wenn ich sehe, was für ein erbärmlicher kleiner Wurm du bist, dann kommen mir die Tränen.«

Schöning schiebt ihm den Rechner achtlos wieder zurück. »Nein, keine Angst, ich werde dich nicht bei Steff verpfeifen und ihr damit den Glauben an das Gute in der Welt nehmen. Von mir aus soll sie dich weiter für einen großen Schriftsteller halten.« Schöning beugt sich mit plötzlich düsterer Miene über den Tisch und zischt: »Aber nur, wenn du deine Sachen packst und von hier verschwindest.«

»Sofort?«, erwidert Heiner mit belegter Stimme.

»Von mir aus kannst du diese Nacht noch hier bleiben. Aber morgen früh nimmst du den ersten Bus und haust ab, verstanden?«

Heiner senkt den Kopf und nickt. Was bleibt ihm anderes übrig?

»Aber inzwischen halt dich verdammt noch mal von Steff fern! Sie gehört zu mir! Und du zu deiner Frau und deinen Kindern! Kapier das endlich!«

Heiner versucht es trotzig mit einem letzten Konter. »Ja, schon gut, ich lass euch alleine. Aber egal, was passiert, du wirst ihr nie das geben können, was ich ihr gegeben habe.«

Schöning sieht Heiner tief in die Augen und grinst. »Wollen wir wetten? Wenn du morgen in Hamburg bei deiner Sabine bist und neben ihr vor dem Fernseher einschläfst, werde ich Steff in meinem Whirlpool lieben. Einmal. Noch mal. Und dann noch einmal. Immer wieder. Am Ende wird sie vor Erschöpfung japsen und vergessen, dass sie jemals ein Buch gelesen hat.«

Stunden später liegt Heiner angezogen auf dem Bett und starrt an die Decke.

Ihm ist immer noch übel und schwindelig, daran hat auch ein Spaziergang am Strand nichts geändert. Er war so zerstreut, dass er ganz vergessen hatte, dass man die Schuhe ausziehen muss, wenn man durch die Brandung geht. Seine Füße, Strümpfe und Schuhe sind immer noch nass und tropfen über die Bettkante.

Aber das ist alles unwichtig.

Heiner steht unter Schock, immer noch. Er zittert am ganzen Körper, obwohl das Zimmer völlig überheizt ist.

Was für eine Demütigung! Was für eine Schande! Wieso musste er ausgerechnet an so einen Menschen wie Schöning geraten? Ja, der Kerl hat ihn nicht verraten, aber bestimmt nicht, weil er so ein gutes Herz hat.

Wie kann der liebe Gott nur zulassen, dass er sein Geheimnis ausgerechnet mit diesem Subjekt teilen muss?

Aber du bist ja selber schuld, meldet sich sein schlechtes Gewissen. Warum hast du nicht gleich mit offenen Karten gespielt? Was wäre denn so schlimm daran gewesen, allen zu sagen, dass du etwas Neues probieren möchtest? Dass du keine Lust mehr auf deinen armseligen Buchhalterjob hast und versuchen willst, ein Buch zu schreiben?

Ja, ich habe ein bisschen geflunkert, antwortet sein Stolz. Na und? Wieso sollte er ausgerechnet vor diesem aufgequollenen Makler sein Seelenleben offenlegen? Und überhaupt: Er hat doch keinem wehgetan! Auch Steff nicht, gerade ihr nicht! Jeder kann sehen, wie sehr sie in seiner Gegenwart aufblüht!

Steff …

Als er von seinem Spaziergang zurückkam, stand sie mit Schöning zusammen an der Rezeption. Worüber sie sich gerade unterhalten hatten, konnte er nicht erkennen. Aber die Stimmung war immer noch gereizt. Steff schien immer noch böse auf Schöning zu sein. Zu recht!

Aber als Heiner durch die Tür trat, begannen ihre Augen sofort zu leuchten. Besorgt merkte sie gleich, wie krank er aussah.

Unter Schönings misstrauischer Beobachtung behauptete Heiner, sein Rücken würde ihm wieder Probleme machen. Was noch nicht einmal gelogen ist. Nach dem Gespräch im Wintergarten ist Heiner so verkrampft, dass er nur noch leicht nach vorne gebeugt gehen kann. Sobald er den Kopf hebt, fährt ihm sofort ein stechender Schmerz in den Nacken.

Natürlich war Steff, der gute Mensch, sofort voller Mitgefühl für ihn. Besorgt bot sie ihm an, ihre Badewanne für ein Kräuterbad zu benutzen.

Für einen Moment überlegte Heiner, ihr Angebot anzunehmen. Doch ein deutlich vernehmbares Räuspern von Schöning, der bis zu diesem Zeitpunkt überschwängliches Mitgefühl für den kaputten Rücken seines »guten Freundes« geheuchelt hatte, zeigte ihm an, was jetzt eigentlich von ihm erwartet wurde.

Vorsichtig zog er Steff zur Seite und verkündete ihr, dass er am nächsten Morgen zurück nach Hamburg fahren würde.

»Aber warum das denn?« Steff sah ihn enttäuscht an. »Ich dachte, wir wollen weiter an deinem Buch arbeiten?«

Heiner schüttelte den Kopf und sah unsicher zu Schöning, der ihn in Steffs Rücken nicht aus den Augen ließ.

»Mein … Agent hat mich angerufen. Er will mich unbedingt in Hamburg sprechen.«

»Und du kommst nicht mehr zurück?«

Schöning schüttelte entschlossen den Kopf.

»Nein, erstmal wohl nicht …« Heiner konnte sich kaum auf den Beinen halten, so schwindelig war ihm in dem Moment. Die Gewissheit, Steff bald nicht mehr sehen zu können, war einfach zu viel.

Es klopft an der Tür. Heiner schreckt aus seinen Gedanken. Er will »herein« sagen, aber Schöning öffnet schon die Tür.

»Gut gemacht«, sagt er und lächelt so fies, dass Heiner ihm am liebsten eine scheuern möchte – wenn er denn die Kraft und nicht so ein Zittern im Arm hätte.

Schöning setzt sich. »Dann war es das also? Du bist morgen früh weg. Und wir werden uns nie wieder sehen.«

»Hoffentlich«, krächzt Heiner.

»Keine Sorge. Halt dich einfach von Steff fern. Dann lasse ich dich auch in Ruhe.«

»Keine Besuche mehr in meinem Garten?« Heiner versucht, das Gesicht zu einem spöttischen Grinsen zu verziehen.

Schöning schüttelt den Kopf. »Ach ja, was diese Anzeige gegen mich angeht: Ich gehe doch mal davon aus, dass du deine Frau überzeugen wirst, dass das eine dumme Idee ist und sie sie sofort zurückziehen muss.«

Heiner schweigt und blickt aus dem Fenster hinaus auf die dunkle Ostsee, die sich hinter den Kiefern versteckt.

Schöning klopft ihm auf den Oberschenkel. »Gut, dann lasse ich dich mal alleine mit deinen kreativen Gedanken. Wünsch mir Glück mit Steff.«

»So wie es vorhin aussah, scheinst du das auch zu brauchen.«

Schöning winkt ab. »Keine Sorge. Noch ist sie ein bisschen eingeschnappt. Aber die kriege ich schon wieder weich. Morgen Abend ist sie fällig, denk an unsere Wette.« Wieder grinst er.

Heiner mustert ihn voller Verachtung und löst damit einen stechenden Schmerz in seinem Nacken aus. Er stöhnt.

Schöning steht auf und geht zur Tür. »Ich würde an deiner Stelle mal die nassen Schuhe ausziehen. Sonst fängst du dir noch eine ganz böse Erkältung ein.« Er winkt noch einmal. »Leb wohl. Wer weiß, vielleicht schaffst du es ja tatsächlich mal, ein Buch zu schreiben. Viel Glück dabei.«

Dann ist er weg.

Heiner bleibt alleine zurück. Verzweifelt wälzt er sich in

seinem Elend, seiner Verzweiflung und der Scham über sein armseliges Leben. Er beginnt, leise zu weinen.

Nach einer schrecklichen Nacht, in der er erst in den frühen Morgenstunden ein bisschen Schlaf gefunden hat, steht er völlig erschöpft vor der Rezeption und drückt auf die Klingel. Zu seiner Überraschung kommt Steffs Mutter von hinten aus ihrem Zimmer.

»Herr Deuters, wie schade, Steff hat mir schon erzählt, dass Sie heute abreisen.«

Heiner nickt müde. »Wie war es in Bielefeld?«

Frau Schmidt winkt ab. »Nach dem Streit mit Steff hatte ich überhaupt keine Ruhe. Ich konnte es kaum abwarten, wieder zurückzukommen und mich mit ihr zu vertragen.«

Heiner nickt verständnisvoll. Während Frau Schmidt die Rechnung ausdruckt, schaut er sich unsicher um.

Von Steff keine Spur.

Wo steckt sie nur? Er hatte ihr doch gesagt, dass er heute abreist! Hat sie zu tun? Oder hat Schöning ihr die Wahrheit gesagt? Wird er sein Schweigen vielleicht doch brechen, wenn er erst einmal wieder zurück in Hamburg ist? Wie sehr wird Steff ihn dann verachten?

Heiner versucht den unangenehmen Gedanken aus seinem Kopf zu verbannen. Aber er weiß, dass er sich noch lange, sehr lange wie ein Giftstachel in seinem Verstand festsetzen wird.

»Wie wollen Sie denn jetzt zum Bahnhof nach Oldenburg kommen?« erkundigt sich Frau Schmidt.

»Mit dem Bus.«

»Das dauert doch ewig. Soll ich Ihnen kein Taxi rufen?«

»Nein, vielen Dank. Nicht nötig.« Vor allem viel zu teuer.

Er hat kurz überlegt, wieder seinen Taxifreund, die menschliche Qualle, anzurufen. Aber mittlerweile hat sich die Werkstatt gemeldet. Der Golf ist völlig kaputt, der Rahmen ist verzogen, Totalschaden. Heiner hat sich entschlossen, sein Geld lieber zusammenzuhalten, aber das will er Frau Schmidt jetzt nicht erklären.

Immer noch nichts zu sehen von Steff. Heiner nimmt seine Crumpler-Tasche mit dem Computer und seinen kleinen Koffer und macht sich auf den Weg.

Traurig schleppt er sich den Weg hinauf zur Hauptstraße, als er auf einmal Schritte hinter sich hört.

»Heiner, warte!«

Steff! Aufgeregt läuft sie zu ihm.

»He, sag bloß, du wolltest abreisen, ohne dich zu verabschieden?«

Heiner zuckt nur verlegen mit den Schultern.

»Und du musst wirklich los?«

Heiner nickt.

Steff sieht ihn nachdenklich an. »Wann hast du denn den Termin mit deinem Agenten?«

Heiner zögert. »Erst heute Abend.« Das ist nur halb gelogen. Es gibt keinen Agenten. Aber heute Morgen hat er Sabine angerufen. Sie war sehr überrascht, dass er jetzt doch nach Hause kommen will. Aber schade, sie werden sich wohl erst heute Abend sehen, weil sie mit den Kindern einen Ausflug zum Heide-Park in Soltau macht.

»Aber so lange brauchst du doch gar nicht nach Hamburg?«

Heiner lächelt verlegen. Was soll er sagen? Dass Schöning ihm verboten hat, länger zu bleiben?

Steff sieht ihn freundlich an und scheint über etwas nachzudenken. »Was hast du hier eigentlich außer dem Hotel gesehen?«

»Nicht viel, den Strand ein bisschen, die Steilküste … Aber ich bin ja auch zum Arbeiten hergekommen.«

Steff lächelt. »So geht das nicht, du kannst nicht zurück in die Stadt, ohne dass du ein bisschen was erlebt hast.«

»Habe ich doch.«

»Quatsch«, sagt Steff und hakt sich zu seiner Überraschung bei ihm ein. »Komm mal mit. Wir machen einen kleinen Ausflug.«

»Aber mein Bus?«

»Vergiss den Bus. Ich bringe dich nachher zum Bahnhof.«

»Aber wo willst du denn hin?«

Steff lächelt frech, während sie ihn wieder zurück zum Parkplatz führt. »Überraschung.«

Heiner sieht sie unsicher an. Eigentlich mag er keine Überraschungen, davon hat er hier schon genug gehabt. Aber Steffs Lächeln lässt seinen Widerstand so schnell vergehen wie Wasser im Sand.

Hoffentlich sieht Schöning ihn jetzt nicht.

Ein paar Minuten später fahren sie zusammen in dem Škoda von Steffs Mutter durch die sanften Hügel der Holsteinischen Schweiz, immer dicht am Meer entlang. Steff trägt ihren blauen Anorak, darunter einen dicken schwarzen Rollkragenpullover und eine braune Feincordhose. Ihr Gesicht wirkt sehr blass, die blonden Haare strähnig.

Heiner kann nicht glauben, was gerade mit ihm passiert.

Er und Steff, alleine in einem Auto, unterwegs zu einem unbekannten Ziel. Die Bäume, die Wolken, die Felder, alles fliegt stumm an ihm vorbei wie in einem Traum. Vergangenheit und Zukunft sind eins. Sabine und die Kinder sind ganz weit weg. Schöning und sein arrogantes Lächeln auch. Wer weiß, was morgen ist – jetzt zählt nur, dass er mit Steff zusammen ist. Und der Himmel weiß, was der Tag noch bringen wird.

Steff sagt wenig und konzentriert sich stattdessen auf die Straße. Auch Heiner ist nicht nach Reden. Er schaut hinaus in den Herbst, der ihm wie ein Frühling erscheint, und genießt die Fahrt.

Schon nach einer Viertelstunde verlassen sie die Hauptstraße. Steff fährt einen kleinen asphaltierten Weg hinunter Richtung Meer.

»Machen wir ein Strandpicknick?«

Steff schüttelt lächelnd den Kopf. »Sei nicht so ungeduldig.«

Schließlich parkt sie den Wagen hinter einem Knick mitten auf einem Feld.

Dann führt sie ihn – an der Hand! – über einen kleinen, ausgetretenen Pfad hinunter zu einem rutschigen Bootssteg, der um diese Jahreszeit vollkommen leer ist. Etwas entfernt ankert eine weiße Segelyacht, für die das Wasser hier direkt am Ufer wohl zu flach ist.

Kein Mensch ist zu sehen. Steffs Ziel ist ein kleines Boot, ganz am Ende des Stegs. Die Sonne blendet. Heiner hält die Hand über die Augen, um etwas zu erkennen.

Er sieht einen Mann, der mit dem Rücken zu ihm eine Proviantkiste in das Boot verstaut. Er trägt eine orangefarbene Schwimmweste über der Wetterjacke.

»Ahoi, Kapitän!«, ruft Steff gutgelaunt. »Ich habe hier noch einen Leichtmatrosen für unseren Ausflug.«

Der Mann dreht sich überrascht um. Er sieht Heiner und sein Lächeln gefriert sofort.

Schöning fehlen die Worte, genau wie Heiner. Beide starren sich mit großen, entsetzten Augen an.

»Heiner muss erst heute Abend wieder in Hamburg sein«, erklärt Steff fröhlich. »Ich dachte, wir nehmen ihn vorher noch mal mit auf dein Segelschiff. Damit er sieht, dass man hier am Meer auch Spaß haben kann und nicht nur arbeiten muss.«

28
Segeltörn zu Dritt

Steff vergräbt ihren Hals tief in ihrem dicken schwarzen Rollkragenpullover und schubbert mit ihrer Hand kurz über Geralds Schwimmweste.

Nicht gerade das, was er eine überschwängliche Begrüßung nennen würde.

»Ich hoffe, dich stört das mit Heiner nicht«, sagt sie, so dass Deuters es hören kann.

»Nein«, lügt Gerald, »aber du hättest mich anrufen können.«

»Ihr seid doch so was wie Freunde geworden, oder nicht?«

Er hätte fast laut gelacht, so absurd klingt das. Sie will ihn wohl nur ein bisschen ärgern wegen der Fotos.

»Lass uns doch einfach aufs Meer fahren und den ganzen Mist hinter uns lassen«, hatte er vorgeschlagen und von der Segelyacht seines alten Kumpels Mirko geschwärmt. Steff war total begeistert gewesen.

Nun hat sie wieder kalte Füße bekommen, zu zweit auf hoher See ist ihr wohl doch zu eng.

Deuters war für ihn bereits Geschichte – tot!

Und nun feiert er mit seinem lächerlich-altmodischen Tweed-Jackett und den schlecht sitzenden Jeans Auferstehung?

Er, Gerald, soll mit ihm auf engstem Raum über die Ostsee schippern, zusammen mit seiner Liebsten? Am besten, er sagt Steff gleich und hier die Wahrheit über den von ihr bewunderten »Schriftsteller«, damit der gar nicht mit an Bord kommt!

Deuters steht am Steg und mustert die weiße Segelyacht, die ungefähr fünfzig Meter entfernt liegt, mit misstrauischem Blick. Albernerweise heißt sie auch noch »Daisy II«. Ganz wohl ist dem Buchhalter offensichtlich nicht dabei, mit an Bord zu gehen. Eines muss Gerald ihm lassen: Der Mann zeigt Mut, dieser Törn kann für ihn nur im Fiasko enden, denn noch weiß Steff nichts von seiner großen Lüge. Worauf Deuters dabei hofft, ist Gerald ein Rätsel.

Die dichten grauen Wolken reißen auf, und die Ostsee wird von der Herbstsonne beschienen wie eine große, glänzende Bühne. Gerald schaut an Steff vorbei auf die Ostsee, deren Oberfläche nicht mal ein Kräuseln zeigt, das kleine, gelbe Beiboot liegt wie ein Brett am Steg, so windstill ist es.

»Ich habe nur eine Schwimmweste mitgebracht«, entschuldigt sich Gerald. »Ich konnte ja nicht ahnen …«

»Nimm du meine, ich kann gut schwimmen«, bietet Steff Deuters an. Dabei ist sie an der Küste aufgewachsen und weiß, dass das Quatsch ist. Auch wenn Gerald nach seiner Rückkehr aus Kopenhagen kurz im Meer gebadet hat – länger als ein paar Minuten kann man es bei diesen Temperaturen im Wasser nicht aushalten, dann ertrinkt man unweigerlich. Natürlich überlässt Deuters Steff die Weste und klettert als Einziger ohne in das kleine Beiboot. Das senkt sich mit den drei Erwachsenen bedenklich tief ins Wasser, ein paar Tropfen schwappen über die Kante. Gerald rudert Steff und Deuters mit kräftigen Schlägen hinüber zur Yacht. Er weiß, dass es totaler Unsinn ist, was er gerade tut, er sollte den Törn absagen. Aber aus irgendeinem unerfindlichen Grund hat er momentan keine Lust mehr, zu kämpfen, er lässt die Dinge einfach geschehen.

Gerald klettert zuerst über das Fallreep an Bord, dann hilft er Steff, an Deck zu kommen. Deuters hat große Probleme, das Gleichgewicht zu halten, als er die Proviantkiste hochreicht, die mit Alkohol, Gemüse und einer Tüte Couscous gefüllt ist. Nachdem Gerald die Kiste verstaut hat, nimmt er Deuters Hand und zieht ihn an Bord, seine Haut fühlt sich aprikosenweich an, ein Schreibtischmensch durch und durch.

Während Gerald das kleine, gelbe Beiboot am Heck vertäut, schaut sich Steff begeistert an Bord der Dreißig-Meter-Yacht um.

»Fettes Teil«, ruft sie.

Gerald öffnet die Luke zur Kajüte und klettert unter Deck. Sekunden später kommt er mit drei geöffneten Bierflaschen wieder zurück.

»Wollen wir die Segel setzen?«, fragt Steff und nimmt einen ordentlichen Schluck aus der Flasche.

»Das bringt nichts, wir haben Flaute.«

»Es sieht aber toll aus.«

»Wir müssten den Motor dazu nehmen, sonst kommen wir nicht voran.«

»Egal.« Steff krempelt lächelnd die Ärmel ihrer Jacke hoch. »Wo müssen wir anpacken?«

»Nirgends.« Gerald grinst. »Das ist ein Rentnerboot.«

Er klettert zum Baum, löst ein paar Riemen und öffnet die Klappe für das Hightech-Cockpit neben der Kajütenluke. Mit einem Knopfdruck wirft er den Motor an, der sich sofort mit sattem Brummeln meldet. Dann lässt Gerald das weiße Großsegel von einem elektrischen Motor am Mast hochziehen.

»Hol an, hol an, hol an«, feuert Steff die unsichtbaren Seeleute an. Ihre Laune könnte nicht besser sein. Deuters und Gerald werfen sich einen düsteren Blick zu, sie wissen, dass es so harmonisch nicht bleiben wird. Die Hochhäuser von Sierksdorf und Timmendorfer Strand liegen auf der Steuerbordseite im Wolkenschatten wie böse Warnzeichen.

Gerald nimmt Kurs auf die Mecklenburger Bucht.

Steff erzählt im fröhlichen Plauderton von einer Segeltour rund um Tasmanien, wo weitaus angenehmere Temperaturen herrschten als hier, an der Ostsee im Oktober. Sie war dort mit vier Freundinnen aus Darwin unterwegs. Nur eine konnte segeln, was normalerweise kein Problem gewesen wäre, wenn kein Sturm aufgekommen wäre. Steff ahmt das hysterische Gequieke ihrer Freundinnen in den hohen Wellen nach.

Gerald versucht ein Lächeln.

Es erleichtert ihn zwar, dass kein Mann in der Geschichte vorkommt, aber ansonsten ist er nicht in der Stimmung für solche Storys. Deuters kauert sich in eine Ecke des Achterdecks und starrt an Gerald und Steff vorbei, als wartete er auf eine Fähre und würde sie nicht kennen.

Steff schaut ihn mitleidig an.

»Ich bin schon so gespannt auf dein Buch«, verrät sie. »Wann erscheint es denn?«

»Nie«, ruft Gerald spontan, bevor Deuters etwas anderes sagt.

Steff lacht ihn aus. »Du schon wieder …« Dann fragt sie bei Deuters nach: »Gibt es ein festes Datum?«

Gerald lässt das riesige Ruderrad durch seine Finger laufen. Die *Daisy II* macht einen Schlenker nach backbord und hält auf die offene See zu.

»Sag du's ihr, sonst mach' ich es«, zischt Gerald.

»Woher willst du wissen, wann sein Buch erscheint?«, erkundigt sich Steff amüsiert bei Gerald.

Deuters starrt auf den leeren Ozean.

»Es ist alles im Werden«, murmelt er vage.

Das lässt ihm Gerald nicht mehr durchgehen. »Damit will er sagen, er ist gar kein Schriftsteller!«, ruft er laut.

Steffs Gesicht wird hart wie eine Betondecke. »Gerald, du bist so was von krank, das macht mir echt Angst!«, zischt sie.

Damit bringt sie Gerald auf den Siedepunkt, er explodiert: »Reiß endlich dein Maul auf, Heiner!«

Der schaut weiter stumm an Steff vorbei auf die offene See.

»Gerald hat recht«, gibt er schließlich leise zu.

Na endlich!

»Womit?«

Deuters nimmt ein Tau in die Hand, das auf dem Boden liegt. »Bis jetzt habe ich noch nichts veröffentlicht.«

Steff versteht gar nichts mehr. »Aber …«

Gerald hilft ein bisschen nach. »Er ist Buchhalter in einer stinknormalen Firma.«

»So stinknormal nun auch wieder nicht, wir machen Film und Fernsehen«, protestiert Deuters schwach und spielt mit dem Tau in seiner Hand herum.

»*Du* addierst da nur Zahlen!«, erinnert ihn Gerald.

Jetzt erst schaltet es bei Steff durch, dass Deuters sie von vorne bis hinten betrogen hat.

»Stimmt das?«, fragt sie den traurig dreinblickenden Mann im Tweed-Jackett, der ihr plötzlich sehr unheimlich erscheint.

»Ja.«

»Und das ›kranke Herz‹? Die Geschichte, die du mir und meinen Freundinnen vorgelesen hast?«

Deuters ist plötzlich ganz klar. »Das war nicht von mir. Der Text war von einer … Kollegin.«

Steff starrt ihn ungläubig an. »Was?«

»Aber ich werde selber auch einen Roman schreiben«, erklärt er selbstbewusst.

»Er hat in der ganzen Zeit drei Seiten geschafft«, schnaubt Gerald verächtlich, »davon nimmt allein die Widmung für dich zwei Seiten ein.«

»Das ist komplett übertrieben«, wehrt sich Deuters.

»Drei Seiten? Das ist nicht wahr, oder?«, fragt Steff ungläubig nach.

»Ich habe im Fernsehen mal einen Beitrag über japanische Bogenschützen gesehen«, weicht Deuters aus. »Deren Philosophie ist es nicht, das Ziel zu treffen, sondern eins mit dem Ziel zu werden.«

»Laber keine Scheiße«, höhnt Gerald.

Doch Deuters redet unbeirrt weiter: »Ich wollte in der Pension nicht Schriftsteller werden, sondern Schriftsteller sein. Das hatte gar nichts mit dir zu tun, Steff. Du kamst nur zufällig dazwischen.«

»Und ich«, ergänzt Gerald im Stillen.

Steff kann es nicht fassen. Ungläubig starrt sie Deuters an.

»Ich habe geglaubt, ich treffe das erste Mal einen echten Künstler, der mich versteht«, schimpft sie beleidigt. »Ich war so stolz auf den Obstgarten, den du einbauen wolltest, das erste Mal in meinem Leben wäre etwas von mir in einem richtigen Buch erschienen! – Wie naiv bin ich eigentlich?«

Gerald nimmt sie tröstend in den Arm. »Er war total gerissen.«

»Ich töte dich, Heiner Deuters!«, brüllt Steff.

Deuters nimmt einen Bootshaken mit einer fiesen Metallspitze in die Hand und spielt damit herum. Seinen Augen nach zu urteilen, sollte Steff sich zurückhalten. Womöglich hat Deuters längst mit seinem bisherigen Leben und seiner Familie abgeschlossen. In diesem Fall wird es an Bord dieses engen Segelbootes lebensgefährlich für ihn und Steff!

»Nun mal ganz ruhig, Steff«, erklärt Gerald beschwichtigend. »Du kannst es auch als Kompliment sehen.«

»Willst du mich verarschen?«

»Warum hat Heiner die ganze Show denn abgezogen?«, erklärt er fast flehentlich. »Doch deinetwegen! Wie ein Erpel, dessen bunte Halsfedern dem Weibchen imponieren sollten.«

»Mit dem Unterschied, dass dem Erpel die bunten Federn von selber wachsen«, ruft Steff immer noch beleidigt.

»Heiner ist das alles auch von selber gewachsen! Nur nicht am Hals, sondern im Hirn.«

Deuters schaut Gerald verblüfft an. Eine Verteidigung von seiner Seite hat er wohl als Letztes erwartet.

»Vielleicht ist das mein eigentlicher Stoff«, er lacht plötzlich laut los, »die Geschichte eines Betrügers.«

Gerald macht dieses Lachen Angst. Es kommt eine Spur zu schnell und ist zu laut. Ein falsches Wort und der Buchhalter prügelt mit dem Bootshaken auf sie beide ein! Geralds Hand fängt leicht an zu zittern. All die Medienberichte von den U-Bahn-Schlägern, Geiselnahmen und Hunderte TV-Thriller sind nicht spurlos an ihm vorübergegangen. Er weiß genau: Dass er der Sieger im Kampf um Steff ist, prädestiniert ihn zum Opfer, er wäre als Erster fällig!

»Du hast mich ausgenutzt wie eine Nutte!«, faucht Steff Deuters an.

»Na, na«, versucht sie Gerald zu beschwichtigen, er weiß ja, dass da nichts weiter passiert ist. Doch Steff will sich nicht beruhigen. Deuters rutscht nervös hin und her, er weiß nicht mehr wohin auf dem engen Boot, was gar nicht gut ist …

»Kannst du das Ruder übernehmen, Heiner?«, bietet Gerald ihm an.

Wenn Deuters den Bootshaken weglegt und etwas anderes in die Hand bekommt, wird er sich vielleicht etwas beruhigen. Passieren kann dabei nichts, es ist windstill, und Eisberge sind nicht in Sicht.

»Einfach geradeaus weiter.«

Deuters nickt und packt das große Ruder. Dem Anschein nach tut es ihm gut, da kann er mal so richtig Kapitän spielen. Gerald klettert mit Steff an den Bug und lehnt sich dort mit dem Rücken an die Reling, so dass er Deuters stets im Blick hat.

Steff sieht unendlich müde aus. »Wie lange weißt du es?«, erkundigt sie sich.

»Seit heute.«

»Wie bist du darauf gekommen?«, will Steff wissen.

Gerald will nicht so gerne zugeben, dass er schon wieder in Hamburg war, um Deuters nachzuspionieren, damit ist er bei Steff schon einmal schlecht gefahren.

»Instinkt«, behauptet Gerald und kratzt sich am Kinn.

Er wollte, dass es wahr wäre. Wenn es überhaupt einen Instinkt gegeben hat, dann den der kleinkarierten Eifersucht.

»Mir ist aufgefallen, dass er sich in Widersprüche verwickelt«, erklärt Gerald großspurig. »Der Rest hat mich zwei Anrufe gekostet.«

Steff wirkt schwer getroffen. Fassungslos sieht sie zu Deuters, der verloren am Ruder steht und mit leeren Augen an ihnen vorbei zum Horizont starrt. In ihrem Blick sieht Gerald Verachtung und Abscheu. Aber auch Angst. Deuters scheint ihr unheimlich zu sein.

Gerald legt seinen Arm um sie.

»Ich werde immer für dich da sein, das weißt du. Wir werden es gut haben, Steff, besser, als jeder von uns es je hatte.« Er lächelt. »Am meisten freue ich mich auf die Wochenenden im Winter, wenn wir im warmen Whirlpool sitzen, während draußen der Schneesturm ums Haus heult. Was nicht bedeutet, dass wir keine Reisen machen, ich möchte viel mit dir reisen. Zum Beispiel könntest du mir dein Australien zeigen, so wie du es kennengelernt hast, das würde ich superspannend finden.«

Steff schaut ernst und stumm durch ihn hindurch. Er ahnt, warum sie schweigt: Deuters macht sie befangen. Ohne ihn könnte es so schön sein …

»Am besten wir essen etwas zusammen, was meinst du?«, sagt Gerald.

Ein absurder Gedanke, nach dem was passiert ist: Wie soll er sich das Gespräch während so eines Essens vorstellen? Andererseits ist es auch nicht absurder als alles andere, was man jetzt an Bord machen könnte.

»Bleib du hier sitzen, ich koche mit Heiner«, schlägt Gerald vor. Steff wird unsicher. »Und wenn er zu mir kommt und etwas will?«

»Keine Sorge, den halte ich auf Trab.«

Er ist jetzt ganz nahe bei ihr. Gerald hangelt sich an der Edelstahlrohr-Reling entlang zum Heck, wo Deuters brav das Ruder auf Kurs hält. Gerald behält ihn genau im Blick, damit er nicht das Boot mit einer plötzlichen Ruderbewegung herumreißt und er über Bord geht.

»Ich suche uns einen Ankerplatz«, kündigt er an.

Deuters wirkt erschöpft und überlässt Gerald gerne wieder das Ruder. Der tut niemandem mehr etwas an, da ist sich Gerald sicher. Er kündigt an, etwas zu essen machen zu wollen.

»Ich habe keinen Hunger«, sagt Deuters.

»Aber Steff.«

»Ah ja.«

»Unter Deck gibt es einen kleinen Herd mit zwei Kochplatten.« Gerald drückt ihm einen rosa Plastikeimer in die Hand. »Kannst du etwas Gemüse schnippeln? Liegt alles unten auf dem Kartentisch.«

»Gut.«

Deuters verschwindet unter Deck.

Gerald legt den Rückwärtsgang ein, um die *Daisy II* so zum Stillstand zu bringen. Er gibt dabei etwas zuviel Gas, so dass sich der Bug kurz nach vorne neigt. Steff, die dort sitzt, schreit erschrocken auf.

»Alles okay!«, ruft er ihr zu.

Gerald drückt einen Knopf im Cockpit und fährt das Großsegel ein. Dann lässt er am Bug die Ankerkette ins Wasser rasseln. Das Land ist jetzt ungefähr zweihundert

Meter entfernt, sie sind auf Höhe der Steilküste, auf der er mit Deuters vor einer Woche seinen ersten Spaziergang hatte, am Ende des Strandes liegt die Pension *Möwenwind*.

Gerald zieht den Kopf ein und klettert unter Deck.

Hier ist alles in lackiertem Teakholz ausgeschlagen, was überhaupt nicht seinem Geschmack entspricht, aber an Bord einer Segelyacht natürlich ein Klassiker ist. Deuters hat sein Tweed-Jackett nicht ausgezogen, er sitzt an einem Tisch und schnippelt brav Zucchini.

»Der Sieg geht an dich«, gibt er mürrisch zu.

Gerald tröstet ihn mit milder Herablassung. »Immerhin hast du dich länger gehalten, als du es selber gedacht hast, oder?«

»Das wird nicht der Beginn einer wunderbaren Freundschaft!«, stellt Deuters klar.

Gerald lacht. »Hey, du hast ja Humor. Wo hattest du den denn versteckt?«

»Ach, leck mich!«

Gerald öffnet eine Tüte. »Es gibt Couscous mit Hähnchenfleisch.«

Er zieht einen Kunststoffkanister unter einer Sitzbank hervor, füllt Wasser in einen Topf und stellt die Herdplatte an. Im kleinen Kühlschrank finden sich noch zwei Flaschen.

»Kochbier?«, fragt er.

Deuters schaut Gerald einen kurzen Moment verwirrt an, diesen Ausdruck kennt er nicht. Gerald wirft ihm die grüne Flasche zu, die Deuters im allerletzten Moment auffängt.

»Danke«, murmelt er, obwohl Gerald ihn fast am Kopf getroffen hätte.

»Bitte.«

»Wenn du Steff jemals schlecht behandelst …«, droht Deuters.

Gerald fragt sich, woher der das Recht nimmt, so mit ihm zu reden.

»Halt einfach die Fresse!«, blafft er ihn an.

Deuters wendet sich seiner Zucchini zu und fängt wieder an zu schnippeln.

»Schon klar, das wird ein Abschiedsessen«, greint er.

»Zur Taufe unserer Kinder lade ich dich ein«, höhnt Gerald.

»Warum sie auf solche Blender wie dich steht, kapiere ich immer noch nicht«, entgegnet Deuters gereizt.

Gerald lacht hämisch. »Na, wenn das der große Autor Heiner Deuters sagt …!«

Deuters wendet sich wieder der Zucchini zu. Gerald fällt in diesem Moment das erste Mal auf, dass Deuters Linkshänder ist.

Er klettert an Deck, um zu sehen, was Steff macht.

»Herrliche Luft«, ruft er und schaut sich um: Wo ist sie?

Steff ist nirgends zu sehen!

Ist sie über Bord gegangen? Gerald sucht die glatte Wasseroberfläche ab – nichts! Ein paar Seemeilen weiter schiebt sich ein dunkler Frachter mit Containern vorbei.

Er entdeckt sie schließlich auf der anderen Seite.

Steff sitzt im gelben Beiboot und rudert mit regelmäßigen, ruhigen Schlägen auf den Strand unterhalb der Steilküste zu. Während er mit Deuters in der Kombüse saß, hat sie die Flucht ergriffen. Deuters kommt an Deck und freut sich, als er das sieht.

»Hinterher!«, fordert er Gerald auf. »Es ist deine Braut!«

»Zu flach für die *Daisy*«, stammelt Gerald verwirrt, als sei das der Grund.

Was ist da los?

Warum haut Steff ab?

Es fühlt sich so an, als ob er in einem Fahrstuhl aus dem 15. Stock ungebremst ins Erdgeschoss jagt. Eben war er noch der Bestimmer, der Deuters besiegt hatte – und jetzt? Sie wollte ihn doch genauso wie er sie, oder hat er da etwas nicht mitbekommen? Ihre Signale waren doch mehr als eindeutig!

Er kapiert einfach nicht, warum!

Meter für Meter nähert sich das gelbe Beiboot dem Strand. Er muss jetzt auch noch zusehen, dass er das Beiboot wieder zur *Daisy II* bekommt, sonst gibt es Ärger mit seinem Freund Robert. Das Teil kostet an die drei-, viertausend Euro. Außerdem kann er nicht zurück zum Ankerplatz, wie sollen sie da ohne Beiboot zum Steg kommen?
»Und jetzt?«, fragt Deuters.

»Alle Macht den Drogen«, grummelt Gerald und fischt aus einer Luke im Achterdeck eine Whiskyflasche hervor. »Oder fällt dir was besseres ein?«

»Bin ich Schriftsteller oder was?«

Gerald fährt ein trauriges Grinsen übers Gesicht, dann nimmt er einen großen Schluck und reicht die Flasche an Deuters weiter.

»Auf die wahre Liebe!«, sagt der.

29
Down Under

Steff wandert ungeduldig vor dem regungslosen Rollband in der Gepäckhalle des Kingsford Smith Airport in Sydney auf und ab. Nach dreißig Stunden Flug tut es zwar gut, sich zu bewegen, aber könnte das nicht alles ein bisschen schneller gehen? Draußen ist australischer Hochsommer, Ende Oktober ist es dreißig Grad warm, sie will endlich in die Sonne!

Soll sie zwischendurch auf die Damentoilette und sich ein bisschen frisch machen? Ein bisschen stylen?

Jetzt ist aber langsam gut, schimpft eine strenge Stimme in ihrem Kopf. Du warst doch schon im Flugzeug drei Mal auf dem Klo und hast dir die Wimpern nachgezogen, die Haare zerzaust und die Lippen angemalt. Und das Ergebnis ist absolut okay, wie du im Spiegel am Halleneingang gesehen hast!

Prüfend blickt sie noch einmal in ihr Gesicht, das sich in einer Glasscheibe spiegelt – und verschwindet doch noch einmal in der Flughafentoilette, sicher ist sicher. Sie fühlt sich erstaunlich wach, zum Glück kann sie überall schlafen, auch im Flugzeug.

Aber das ist nicht der eigentliche Grund für ihre gute Kondition.

Wenn es den Begriff nicht vorher gegeben hätte, hätte sie ihn jetzt erfunden, das macht allein das Wunder der Liebe! Ein Motor, der sie kaum schlafen lässt, und gleichzeitig ein Schutzwall gegen alles Negative: Jeder Tag ist ein guter Tag!

Und wo ist das alles entstanden?

Ausgerechnet im guten alten *Möwenwind*, an der kalten, nebligen Ostsee. Wo sie ihre langweilige Kindheit und Jugendzeit verbracht hat, das ist das größte Wunder, sie kann es selbst nicht fassen!

Als sie aus der Toilette zurückkommt, läuft das Gepäckband bereits. Nach kurzem Warten erscheint ihr abgeschrabbelter Samsonite-Rollkoffer mit dem großen Aufkleber der »Deutschen Gesellschaft zur Rettung Schiffbrüchiger«, den hat hier keiner außer ihr! Steff zerrt den Koffer herunter und macht sich auf den ewig langen Weg zum Ausgang.

Die Zollbeamten beobachten sie aufmerksam, sie sitzen lässig auf ihren Hockern und sind weniger an dem Inhalt ihres Rollkoffers als an ihrem Hintern interessiert. Sollen sie, denkt Steff, und schüttelt müde lächelnd den Kopf, ob in Deutschland oder Australien, Männer sind überall gleich. Dann steht sie vor der letzten Tür. Die Sonne, die durch die kunstvoll verschachtelten Dachfenster des Kingsford Smith International Airport in ihr Gesicht strahlt, ist so hell, dass sie für einen Moment geblendet ist.

In der Ankunftshalle reißt Steff erwartungsvoll die Augen auf und schaut sich um. Um sie herum werden ihre Mitreisenden von Freunden und Angehörigen begrüßt, umarmt und geküsst.

Nur zu ihr kommt keiner.

Was ist passiert? Jake hatte doch versprochen zu kommen! Irritiert sucht Steff das Durcheinander ab, das sie in der Ankunftshalle umgibt. Aber so sehr sie den Kopf auch dreht und wendet – keine Spur von ihm. Genervt schaut sie auf ihr Handy, immer noch kein Empfang, das kann doch nicht sein, sie ist mitten auf einem Flughafen einer Weltstadt! Sie versucht noch einmal eine Verbindung zu dem neuen Netz herzustellen. Und tatsächlich, dieses Mal bauen sich die kleinen Balken auf, und der Name des australischen Telefonanbieters erscheint.

Kurz darauf leuchtet eine SMS auf, na also!

»Welcome in Down Under Sweetie! Kann dich leider nicht abholen. Sitze mit Freunden bei Charlie am Fairlight Beach. Schnapp dir ein Taxi und komm! Hugs and Kisses, J.«

Sie ist total verärgert, auf Jake ist echt kein Verlass!

Wehe, er hat keinen guten Grund dafür, warum er nicht gekommen ist, Tod oder ein Buschfeuer wären das mindeste! Also gut, dann nimmt sie eben ein Taxi, es ist ja nicht so, dass sie zum ersten Mal hier ist. Zu dumm, dass sie einmal komplett durch Sydney muss. Aber anderseits auch nicht verkehrt, so kann sie ihrer Lieblingsstadt in aller Ruhe hallo sagen.

Ein chinesisch-stämmiger Taxifahrer chauffiert sie durch Kingsford und Darlingshorst, vorbei an vornehmen Villen und absurd grünen Golfplätzen, sie freut sich über die Menschen auf den Straßen, die zwanglos und entspannt mit gammeligen Turnschuhen und Badelatschen unterwegs sind. Dann sieht sie endlich wieder das strahlend blaue Wasser des Ozeans, kann von der Brücke herab bis auf die Korallen auf dem Grund sehen. Sie hat an der Ostsee fast die ganze Zeit an Australien gedacht, wenn sie ehrlich ist. Jetzt liegt O. mit seiner Steilküste und dem *Möwenwind* Lichtjahre entfernt auf einem anderen Planeten!

Es war kalt und öde dort.

Das konnten auch die beiden Kerle, die in der Pension

ihrer Mutter um sie herumtänzelten, nicht herausreißen. Wenn Deuters wirklich Schriftsteller gewesen wäre, hätte sie das ganz interessant gefunden, sie hatte noch nie einen echten Autor kennengelernt. Steff kann nicht nachvollziehen, warum er sich derartig lächerlich machen musste. Dass er seine Frau verschwiegen hat, geschenkt, aber die ganze Künstlernummer, tat die wirklich not? Hatte er sonst gar nichts zu bieten?

Schöning war da ein ganz anderes Kaliber. Ein Macher, der nicht lange fragt, sondern einfach anpackt: Es gibt zu wenig Hausboote in Deutschland? Dann suche ich einen Kanal, kaufe in Dänemark zwölf schwimmende Häuser und verkaufe sie für ein Drittel mehr weiter. Das hat ihr imponiert. Schöning ist für Australien wie gemacht, solche Männer kommen hier weit. Und dabei besitzt er auch eine poesievolle Seite, sein »Abschied« von Rilke hatte etwas zutiefst Rührendes.

Trotzdem, auch er war ein Vollidiot.

Wie konnte er nur glauben, dass sie ernsthaft etwas von ihm wollte? Sie hat ein bisschen mit ihm geflirtet, ja gut. Aber hat sie ständig so getan, als ob sie für alle Zeiten zusammengehören wie Romeo und Julia? Bestimmt nicht! Und wenn sie ihm mal die Meinung gesagt hat, zum Beispiel über diese ekligen Fotos auf seinem Handy, hat er einfach nicht zugehört. Dabei fand sie die wirklich eklig! Und nach dem Whirlpool ist bei Schöning wohl endgültig eine Sicherung durchgeknallt. Zugegeben, sie hätte es in dem Moment wohl mit ihm gemacht. Aber schon einen Moment später war sie heilfroh, dass es nicht dazu gekommen war.

Aber das hat Schöning nicht gemerkt, natürlich nicht.

Dieser Blödmann war so sehr von sich überzeugt, dass er dachte, er muss nur mal kurz winken, und schon ist sie ihm verfallen! Das schwülstige Gequatsche auf dem Schiff – was hat er sich bloß dabei gedacht? Dass sie alles stehen und liegen lässt und auf seine halbverbrannte Burg zieht? Ganz zum Schluss hätte er wohl den Eingang zugemauert, damit sie nicht mehr herauskam – gruselig!

Und trotzdem hat sie sich im *Möwenwind* verliebt.

Ohne es zu ahnen, haben Deuters und Schöning ihr klar gemacht, dass sie nicht auf der Suche war, sondern längst am Ziel. Je länger die beiden um sie herumtanzten, desto mächtiger und klarer schoss ihr Gefühl zu Jake wieder hoch: Er ist und bleibt absolut der Richtige für sie!

Der chinesische Taxifahrer hält vor einer kleinen Bar mit spektakulärem Blick hinüber über die funkelnde Bucht mit ihren sanft im Wasser wippenden Segelschiffen bis hinüber zu den grünen Bäumen des Sydney Harbour National Park. Steff steigt aus, nimmt ihren Koffer und zieht ihn den kleinen Weg hoch zum *Charlie's*, das auf einer kleinen Anhöhe liegt.

Sie bekommt richtig weiche Knie vor Vorfreude. Okay, Jake und sie hatten vorher so ihre Differenzen gehabt, aber welches Paar hat das nicht? Damals hatte sie ihn verlassen und war enttäuscht zurück nach Deutschland geflohen. Aber es hat sich nichts geändert.

Auf halber Strecke hört sie lautes Lachen, offensichtlich feiert dort eine größere Gruppe. Und endlich sieht und hört sie Jake! Einmal, als sie mit Gerald am Strand saß, hätte sie ihn fast Jake genannt. Weil sie immer an Jake gedacht hatte: Die Ostsee war Jake, Kopenhagen war Jake und auch die Steilküste.

Er steht in einer fröhlichen Gruppe, die fast ausschließlich aus Frauen besteht, und quatscht sie zu. Alle sind ihm restlos verfallen, sie kann es ja verstehen, Jake sieht einfach unglaublich aus: die süßen schwarzen Locken, die klaren, freundlichen Züge, das offene Lachen – und das Sexy-Sixpack. Wie viele Australier legt er wenig Wert auf formelle Etikette, sein weißes Hemd ist bis zum Bauchnabel aufgeknöpft, so dass jeder seinen muskulösen Körper bewundern kann. Steff bleibt kurz noch auf Abstand, um ihn auf sich wirken zu lassen. Kaum zu glauben, dass dieser attraktive Mann ihr gehört! Die Gruppe von notgeilen Schlampen um ihn herum, die über jeden seiner Sätze kichern, wird sie gleich auflösen. Zum Glück hat Jake ihr mit seinen Mails klar gemacht, dass er inzwischen gelernt hat, zwischen Flirten und Sex genau zu unterscheiden. Dass sich ihr Magen angesichts der Frauen schon wieder meldet, ist eine Fehlschaltung ihres Unterbewusstseins.

Eine der Frauen bemerkt, dass Steff Jake beobachtet, und macht ihn darauf aufmerksam. Der dreht sich irritiert um und sieht endlich Steff.

»Sweetieeee!«

Er strahlt über das ganze Gesicht. Mit offenen Armen läuft er auf Steff zu und hebt sie jubelnd hoch. Dann dreht er sich um und stellt sie den Frauen vor.

»Hey girls, please welcome my german sunshine!«

Steff schmilzt dahin wie Schokolade in der Sonne: Und er riecht so gut! Jake liebt sie so sehr, wie schön, dass das alle sehen können. Aus den Augenwinkeln bemerkt sie, wie die anderen sie abweisend anstarren. Vor allem eine Blonde mit großem Busen und arschkurzen Jeansshorts.

»He, ich habe auf dich gewartet!«, sagt Jake zu Steff und streichelt ihr zärtlich über den Kopf.

»Ich dachte, du würdest mich abholen.«

Englisch geht ihr noch nicht so schnell über die Lippen, aber das wird sich bald ändern.

»Sorry«, sagt Jake, »aber ich habe gerade jemand sehr wichtigen kennengelernt.« Jake zeigt auf die vollbusige junge Frau. »Inga kommt aus Schweden und arbeitet an einem Projekt zur Rettung der australischen Korallenbänke. Wird komplett bezahlt von der Scandinavian Oversea Society. Und stell dir vor, sie kann wohl noch für mich einen Platz auf einem Forschungsschiff klarmachen.«

Steff bekommt einen trockenen Mund, Jake ist Meeresbiologe, das ist sein Beruf, da darf sie ihm auf keinen Fall im Wege stehen!

»Ach ja? Für wie lange denn?«

»Das ist noch nicht raus«, sagt Jake und küsst sie auf die Wange. »Aber nicht lange, vielleicht ein, zwei Monate.«
Ein bis zwei Monate? Das ist verdammt noch mal länger, als sie jetzt in Deutschland war! Aber sie will vor den interessiert lauschenden Weibern nicht als eingeschnappte Spaßbremse dastehen, die Konkurrenz ist hart.

»Ah, wie schön«, haucht sie und nickt wohlwollend. Ihr entgeht nicht das wissende, freche Lächeln der blonden Tittenfrau aus Schweden. Aber zumindest im Moment hat Jake nur Augen für Steff, diskret zieht er sie ein bisschen zur Seite.

»Wie schön du bist«, haucht er.

Steff antwortet nur mit einem verlegenen Lächeln. Jake

zwickt sie frech in die Hüfte. »Komm, sag die Wahrheit, wie vielen Männern hast du in Deutschland den Kopf verdreht?«

Steff sieht Jake mit großen Augen verliebt an. »Keinem, der es wert wäre, dir von ihm zu erzählen.«

Jake grinst und gibt ihr einen Kuss.

»Hör zu, was hältst du davon, wenn ich dir was zu trinken bestelle und du dich hier draußen auf der Terrasse ein bisschen ausruhst? Ich bin sofort bei dir. Ich muss nur kurz noch was klären.«

»Wegen diesem Job auf dem Forschungsschiff?«, fragt Steff und sieht aus den Augenwinkeln zu der blonden Busenfrau, die wieder fröhlich mit ihren Freundinnen quatscht.

Jake beißt sie zärtlich ins Ohrläppchen. »Dauert auch nicht lange.«

Steff nickt nur, und Jake zieht davon.

Seufzend setzt sie sich an einen der wenigen leeren Tische und bestellt sich eine Cola. Versonnen nippt sie an ihrem Glas und sieht dabei in die in der Sonne glänzende Bucht. Schön, wieder hier zu sein, auf der anderen Seite der Welt. Sie blickt diskret zu Jake und der Schwedin. Die Laune der beiden ist prächtig, sie lachen und giggeln ausgelassen herum. So sehen also Jakes Geschäftsbesprechungen aus.

Steff fragt sich seufzend, ob sich etwas geändert hat in den letzten Wochen.

Doch, *sie* hat sich geändert!

Dieses Mal wird sie nicht mehr einfach davonlaufen, wenn es Probleme gibt, wie damals wegen dieser Susan. Sie weiß, was sie will, und das ist Jake. Sie gehören zusammen, sie sind füreinander bestimmt, das hat er gerade wieder einmal bewiesen.

Sie liebt ihn, und er liebt sie.

Und für diese Liebe ist sie um die ganze Welt geflogen, für sie wird sie den Rest ihres Lebens kämpfen!